© Éditions Auzou, 2011

Textes réécrits par Jeanne Moineau et Agnès Vandewiele
Illustrations de Jean-Noël Rochut

Direction générale : Gauthier Auzou
Responsable éditoriale : July Zaglia
Coordination éditoriale : Gwenaëlle Hamon
Fabrication : Olivier Calvet
Relecture : Anne Placier
Mise en page : Armel Ressot
Création de couverture : Elfried Werner
Dépôt légal : juin 2011

Droits de traduction et de reproduction réservés pour tous les pays.
Toute reproduction, même partielle, de cet ouvrage est interdite.
Une copie ou reproduction par quelque procédé que ce soit, photographie, microfilm,
bande magnétique, disque ou autre, constitue une contrefaçon, passible des peines prévues
par la loi du 11 mars 1957 sur la protection des droits d'auteur.
Loi 49.956 du 16.07.1949

Imprimé en Chine

Les contes de Grimm

Version intégrale

Illustrations de Jean-Noël Rochut

AUZOU

Sommaire

Blanche-Neige 11-18
Les Musiciens de Brême 19-26
Cendrillon 27-34
Le Petit Poucet 35-42
La Belle au bois dormant 43-50
Le Vaillant Petit Tailleur 51-58
Le Petit Chaperon rouge 59-66
Le Loup et les Sept Chevreaux 67-74
Hansel et Gretel 75-82
Frérot et Sœurette 83-90
Raiponce 91-98
Les Douze Frères 99-106
La Fille du roi et la Grenouille 107-114
L'Esprit dans la bouteille 115-122
Jorinde et Joringel 123-130
Jean le fidèle 131-138
Les Trois Fileuses 139-146
Le Diable et sa grand-mère 147-154
La Mariée blanche et la Mariée noire 155-162
L'Apprenti meunier et la Petite Chatte 163-170
Blanche-Rose et Rose-Rouge 171-178
Le Pêcheur et sa femme 179-186
Dame Hiver (Dame Holle) 187-194
L'Enfant de la bonne Vierge 195-202
Le Griffon 203-210
Histoire de celui qui s'en alla apprendre la peur 211-218

Sommaire

Les Trois Plumes	219-226
La Lumière bleue	227-234
Hans-Mon-Hérisson	235-242
L'Oie d'or	243-250
Le Pauvre et le Riche	251-258
L'Ondine de l'étang	259-266
Unœil, Deuxyeux, Troisyeux	267-274
Les Sept Souabes	275-282
Le Poêle en fonte	283-290
Le Maître-Voleur	291-298
Le Serpent blanc	299-306
Jean le chanceux	307-314
L'Ours et le Roitelet	315-322
Les Trois Cheveux d'or du diable	323-330
Demoiselle Méline	331-338
Dénichet	339-346
Fernand-Loyal et Fernand-Déloyal	347-354
La Gardeuse d'oie à la fontaine	355-362
Le Conte du genévrier	363-370
L'Homme à la peau d'ours	371-378
L'Intelligente Fille du paysan	379-386
Les Six Compagnons	387-394
Les Souliers de bal usés	395-402
La Petite Table, l'âne et le bâton	403-410
Index	412-413

Biographie

Les frères Grimm
Jacob Grimm (1785-1863)
Wilhelm Grimm (1786-1859)

Derrière le nom de « frères Grimm » se cachent deux écrivains et linguistes nommés Jacob et Wilhelm Grimm.

C'est de leur éducation et de leurs origines protestantes que ces deux Hessois tirèrent leur démarche rigoureuse, que l'on pourrait qualifier de scientifique. Ils firent tous deux leurs études à l'université de Marbourg. Wilhelm s'orienta vers la critique littéraire tandis que Jacob, lui, s'intéressa à la linguistique et à la littérature médiévale.

Rapidement, Jacob trouva un poste de secrétaire à l'école de Kassel. Mais, du fait de la guerre napoléonienne contre la Prusse et la Russie, il fut chargé du ravitaillement des troupes de combat. Il y trouva si peu de goût qu'il décida de quitter son poste. Wilhelm, plus chétif, demeurait sans emploi. C'est à cette période que débuta la compilation de contes et d'histoires que nous connaissons aujourd'hui. En 1807, après avoir rassemblé bon nombre de contes, ils publièrent dans certaines revues des articles sur les maîtres troubadours.

Après le décès de leur mère, en mai 1808, en qualité d'aîné, Jacob prit en charge toute la famille. Il occupa le poste de directeur de la bibliothèque privée de Jérôme, le frère de Napoléon. Outre ses études auxquelles il dédiait le plus clair de son temps, il occupa en 1809 une place d'assesseur au Conseil d'État.
La même année, en raison de sa maladie, Wilhelm effectua une cure à Halle aux frais de Jacob. Durant sa cure, il séjourna à Berlin où il fit la connaissance de divers écrivains et artistes berlinois dont Ludwig Achim von Arnim. Lors de son retour à Kassel, il rencontra Goethe, qui l'encouragea à écrire.

Le premier ouvrage de Jacob Grimm, *les Maîtres troubadours allemands,* parut en 1810. Deux ans plus tard parut le premier tome des *Contes d'enfance et du foyer.* En 1815 sortit le second volume qui fut réimprimé sous forme augmentée en 1819. En 1822, il publia un troisième volume contenant les remarques sur les contes des deux précédents volumes. Il fut suivi en 1825 d'une édition sous forme réduite à un volume, illustrée par son frère Ludwig Grimm. Celle-ci contribua largement au succès des contes.

Forts de leur réussite, les frères Grimm publièrent dans les années 1816 et 1818 deux tomes d'un recueil de légendes (*Deutsche Sagen*). Collectés indifféremment, il leur fut difficile de dissocier les contes et les légendes sur des critères thématiques. Il existe pourtant une nuance : les contes se fondent essentiellement sur des sources orales, tandis que les légendes se basent davantage sur des sources écrites. De par leurs nombreuses publications, dès l'âge de trente ans, les deux frères étaient déjà très renommés.
En avril 1816, Jacob rejoignit Wilhelm à la bibliothèque de Kassel. Chargés du prêt, des recherches et de la classification d'ouvrages, les frères Grimm en profitèrent pour mener à bien leurs propres recherches.

Sans l'encouragement et la protection dont ils bénéficiaient, Jacob et Wilhelm n'auraient sans doute jamais pu publier durant autant d'années. Encouragés par la princesse Wilhelmine Karoline de Hesse et par le prince électeur, ils jouissaient de tout le soutien nécessaire à l'avancement de leurs recherches. Toutefois, le décès de la princesse marqua un tournant dans leur vie.

Au cours de cette période charnière, Jacob Grimm commença son travail de réflexion sur la *Grammaire allemande*. De ce travail acharné naquit, en 1819, un premier tome sur la flexion et un second sur la formation des mots, achevé en 1826. Wilhelm Grimm avait entre-temps publié divers livres, qualifiés de chefs-d'œuvre, sur les chants héroïques allemands et les runes. Le mariage de Wilhelm avec Henrietta Dorothea Wild, en 1825, insuffla un air de stabilité dans la vie des deux frères.
Cependant, après respectivement treize et quinze ans de loyaux services à la bibliothèque, ils donnèrent leur démission. Dans les années 1830, il furent tous deux engagés à l'université de Göttingen. Jacob en tant que chargé de cours en droit ancien, en histoire de la littérature et en philosophie, et Wilhelm comme bibliothécaire. En 1841, invités par Frédéric-Guillaume IV de Prusse, ils s'installèrent à Berlin où Wilhelm devint membre de l'Académie royale des sciences. De son côté, en 1848, Jacob entreprit plusieurs voyages à l'étranger et fut nommé député au parlement de Francfort.
Durant leur période berlinoise, les frères Grimm se consacrèrent à la rédaction d'un dictionnaire historique de la langue allemande, qui présentait chaque mot avec son origine, ses usages, son évolution ainsi que sa signification. Bien qu'ayant entamé cette tâche en 1838, ils ne l'achevèrent qu'en 1854, et seuls quelques volumes furent édités de leur vivant.

Wilhelm mourut le 16 décembre 1859. Jacob continua seul leur travail d'écriture avant de s'éteindre, le 20 septembre 1863.

BLANCHE-NEIGE

Il était une fois une reine qui cousait devant sa fenêtre dont le cadre était en bois d'ébène. C'était l'hiver.
Songeuse, elle regardait le paysage.
Dans un mauvais geste, elle se piqua le doigt. Trois petites gouttes de sang tombèrent dans la neige. La reine fut surprise de la beauté de ce rouge sur la neige. Elle songea :
« J'aimerais tant avoir un enfant dont la peau serait aussi blanche que la neige, les lèvres aussi rouge que le sang et les cheveux aussi noirs que l'ébène. »
Quelque temps après, elle eut une petite fille qui était en tout ce qu'elle espérait. Ainsi, on l'appela Blanche-Neige. Malheureusement, la reine mourut en lui donnant naissance.

Un an plus tard, le roi se remaria avec une autre femme très belle, mais qui ne supportait pas que l'on soit plus belle qu'elle. Elle avait un miroir magique. Chaque jour, elle allait s'y admirer : « Miroir ! Ô mon miroir, dis-moi qui est la plus belle du royaume ? » Et le miroir répondait : « Incontestablement, Madame, c'est vous la plus belle du royaume. » La reine était satisfaite de cette réponse.
Alors que Blanche-Neige avait eu ses sept ans et devenait de plus en plus belle, la reine demanda à son miroir : « Miroir ! Ô mon miroir, dis-moi qui est la plus belle du royaume ? » Et le miroir répondit : « Dame, vous êtes la plus belle ici, mais Blanche-Neige l'est bien plus que vous. » La reine passa par toutes les couleurs et crut ne pas bien comprendre. De rage, elle fit venir un chasseur. Elle lui ordonna d'emmener Blanche-Neige dans le fin fond de la forêt et de lui prendre son cœur et ses poumons pour lui prouver qu'il l'avait bien tuée.

Le chasseur conduisit Blanche-Neige dans la forêt. Quand ils furent arrivés, il s'apprêta à plonger son couteau dans le cœur de l'enfant. La petite se mit à pleurer et le supplia de lui laisser la vie sauve. Elle était si attendrissante et si belle que le chasseur la laissa partir en lui disant : « Ma petite, sauve-toi... »
Aussi, quand un marcassin passa par là, le chasseur le tua, lui prit le cœur et les poumons pour les rapporter comme preuves à la reine. La reine ordonna qu'on les cuisine et elle les mangea.

Blanche-Neige, quant à elle, était bien perdue dans cette immense forêt. Elle était effrayée par tous les bruits. Les animaux sauvages étaient là, à lui tourner autour sans vouloir malgré tout lui faire du mal. Elle courut sans savoir vraiment où aller. Dans sa course, elle vit une petite maison.
Elle y entra. À l'intérieur, tout était petit.
Sur la table étaient disposées sept petites assiettes. Le long du mur étaient alignés sept petits lits dont les draps étaient beaux et propres. Affamée, Blanche-Neige prit un peu du repas qu'il y avait dans chacune des assiettes, but un peu de vin dans chacun des gobelets et prit un morceau de pain.
Fatiguée, elle se coucha sur le septième lit, le seul qui lui allait parfaitement.
Elle s'endormit après avoir prié.

À la nuit tombée, les sept nains, car c'étaient eux les habitants de cette petite maison, rentrèrent de leur travail à la mine. À la lumière de leurs lanternes, ils s'aperçurent très vite que quelqu'un était passé ici.
« Qui s'est mis sur ma chaise ? dit le premier.
– Qui a mangé dans mon assiette ? fit le deuxième.
– Qui a pris un morceau de mon pain ? » dit le troisième.
Et tous ainsi de suite, jusqu'au septième qui, arrivé devant son lit, vit Blanche-Neige dormir.
Ils la laissèrent jusqu'au lendemain matin.
Quand toute la maisonnée fut réveillée, ils questionnèrent la petite. Elle leur raconta tout.
Les sept nains lui proposèrent de s'occuper de la maison et ainsi, en échange, ils lui offrirent le gîte. Blanche-Neige accepta de tout cœur.

Blanche-Neige restait seule toute la journée. Avant de partir, les sept nains la mettaient en garde : elle ne devait laisser entrer personne.

Pendant ce temps, la reine, ne doutant plus de sa beauté et pensant Blanche-Neige morte, alla se mirer devant le miroir :

« Miroir ! Ô mon miroir, dis-moi qui est la plus belle du royaume ? »

Alors le miroir répondit : « Dame, vous êtes la plus belle ici, mais Blanche-Neige, auprès des sept nains, l'est bien plus que vous. »

La reine fut hors d'elle. Le miroir disait la vérité.

C'est ainsi qu'elle eut l'idée de se barbouiller et de s'affubler de vieux vêtements. Ainsi, elle était méconnaissable.

Habillée en colporteuse, elle s'approcha de la maison des sept nains.

« Attention, de beaux articles à vendre ! Sortez regarder ! »

Blanche-Neige se pencha à la fenêtre pour la voir :

« Bonjour, que vendez-vous ?

– Du bel article, venez voir ! »

Blanche-Neige fit entrer la vieille.

Cette dernière lui proposa de lacer son corset et le serra si fort que Blanche-Neige tomba comme morte. Les sept nains revinrent heureusement à temps pour le lui desserrer. La reine, découvrant que Blanche-Neige s'en était sortie, trouva un autre piège et, en lui rendant encore une fois visite, lui proposa un peigne empoisonné qu'elle s'empressa de lui mettre sur la tête. Les sept nains arrivèrent de nouveau à temps pour la sauver. Alors, la reine se déguisa en paysanne. Elle proposa des pommes à vendre.

Blanche-Neige, cette fois méfiante, lui dit que cela ne l'intéressait pas. La paysanne lui donna une pomme, la coupa en deux, croqua dans une moitié et tendit l'autre. Blanche-Neige, voyant la paysanne faire, ne put résister et mangea un morceau de la pomme empoisonnée – car elle l'était bien. À peine l'eut-elle fait qu'elle tomba à terre, morte. Satisfaite, la reine eut confirmation par son miroir qu'elle était maintenant la plus belle. Les sept nains, en rentrant, découvrirent Blanche-Neige qui ne respirait plus.

Malheureux, ils décidèrent de la placer dans un cercueil de verre. Un jour, un prince, voyant la belle enfant, proposa aux sept nains de la prendre et de s'en occuper. Le cercueil, porté par ses serviteurs, tomba. Blanche-Neige, dans la secousse, rendit le morceau de pomme et se réveilla. Les deux jeunes gens s'éprirent l'un de l'autre.

Un grand mariage fut célébré et la reine fut invitée. Toujours dévorée par la jalousie, elle s'y rendit tout de même. Pour la punir de sa méchanceté, on lui avait préparé des souliers de fer brûlant qu'elle dut porter pour danser jusqu'à ce que mort s'ensuive.

LES MUSICIENS DE BRÊME

Il était une fois un homme qui avait un vieil âne. Il voulait s'en débarrasser, car il n'était plus bon à la besogne. Il songeait même à le tuer pour récupérer sa peau. L'âne, loin d'être bête, s'était bien aperçu de l'indifférence de son maître. Il préféra prendre la poudre d'escampette et partir pour Brême. « Peut-être pourrais-je être musicien et ainsi jouer dans la ville ? »
Après avoir marché assez longuement, l'âne rencontra un chien de chasse à bout de forces, qui aboyait difficilement.
« Qu'as-tu à aboyer comme ça ?
– Oh… Ma vieillesse m'affaiblit terriblement et, pour un chien de chasse, ça n'est pas facile tous les jours. Mon maître, en ayant assez de moi, faillit m'assommer. Du coup, j'ai préféré m'échapper. Maintenant, je ne sais pas quoi faire.
– Suis-moi si tu veux, je vais à Brême. Tous les deux, nous pourrons devenir musiciens. Moi au luth et toi aux timbales. »

Le chien, ravi de cette proposition, suivit l'âne. Ensemble, ils marchèrent un moment et rencontrèrent un chat couché au milieu du chemin. L'air triste, le chat regardait les deux nouveaux amis passer. Le chat les vit s'arrêter devant lui. « Qu'as-tu à faire cette mine si triste ? lui demandèrent-ils.
– J'ai pris de l'âge et ma maîtresse n'est plus satisfaite de ma présence. C'est vrai que je préfère rester au chaud près du poêle et les souris ne m'intéressent plus guère.
– Viens avec nous à Brême, tu devrais pouvoir faire comme nous et jouer de la musique. »
Et ils partirent tous les trois.
Tandis que les trois compagnons reprenaient le chemin, ils arrivèrent devant une cour. En haut de la porte était perché un coq. Il criait à se faire mal au gosier.

« Mais pourquoi cries-tu donc ? lui demandèrent-ils.
— Aujourd'hui, j'ai voulu annoncer le beau temps pour fêter le jour où Notre-Dame a lavé les chemises de Jésus qu'elle devait faire sécher. Seulement, demain dimanche, ma maîtresse reçoit du monde et a dit à la cuisinière que moi, j'allais passer à la casserole. Si bien que je criais une dernière fois tant que j'en avais encore le temps.
— Écoute, suis-nous plutôt à Brême.
Tu as une forte voix. À nous quatre, nous ferons un bon concert. »

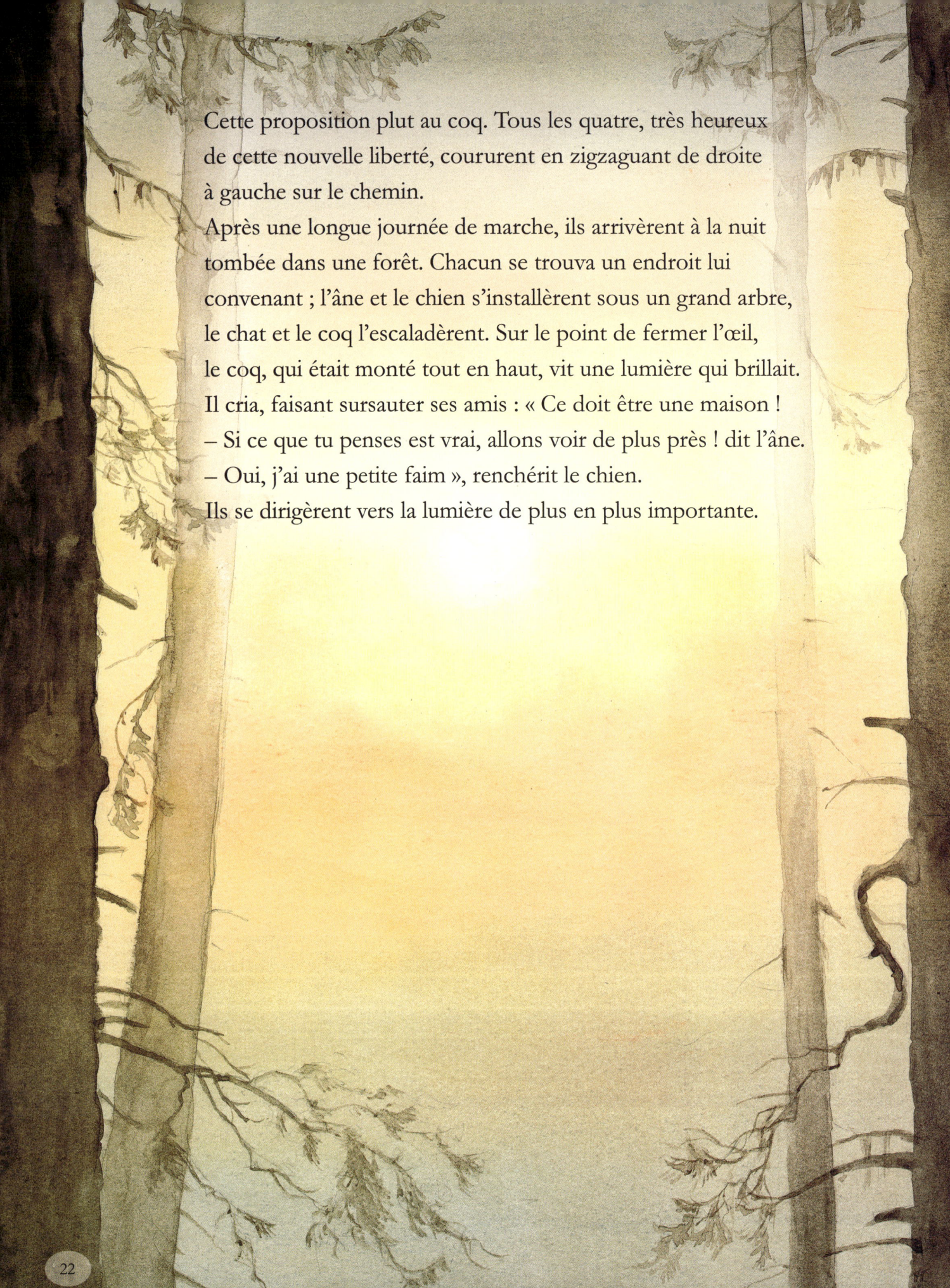

Cette proposition plut au coq. Tous les quatre, très heureux de cette nouvelle liberté, coururent en zigzaguant de droite à gauche sur le chemin.

Après une longue journée de marche, ils arrivèrent à la nuit tombée dans une forêt. Chacun se trouva un endroit lui convenant ; l'âne et le chien s'installèrent sous un grand arbre, le chat et le coq l'escaladèrent. Sur le point de fermer l'œil, le coq, qui était monté tout en haut, vit une lumière qui brillait. Il cria, faisant sursauter ses amis : « Ce doit être une maison !

– Si ce que tu penses est vrai, allons voir de plus près ! dit l'âne.

– Oui, j'ai une petite faim », renchérit le chien.

Ils se dirigèrent vers la lumière de plus en plus importante.

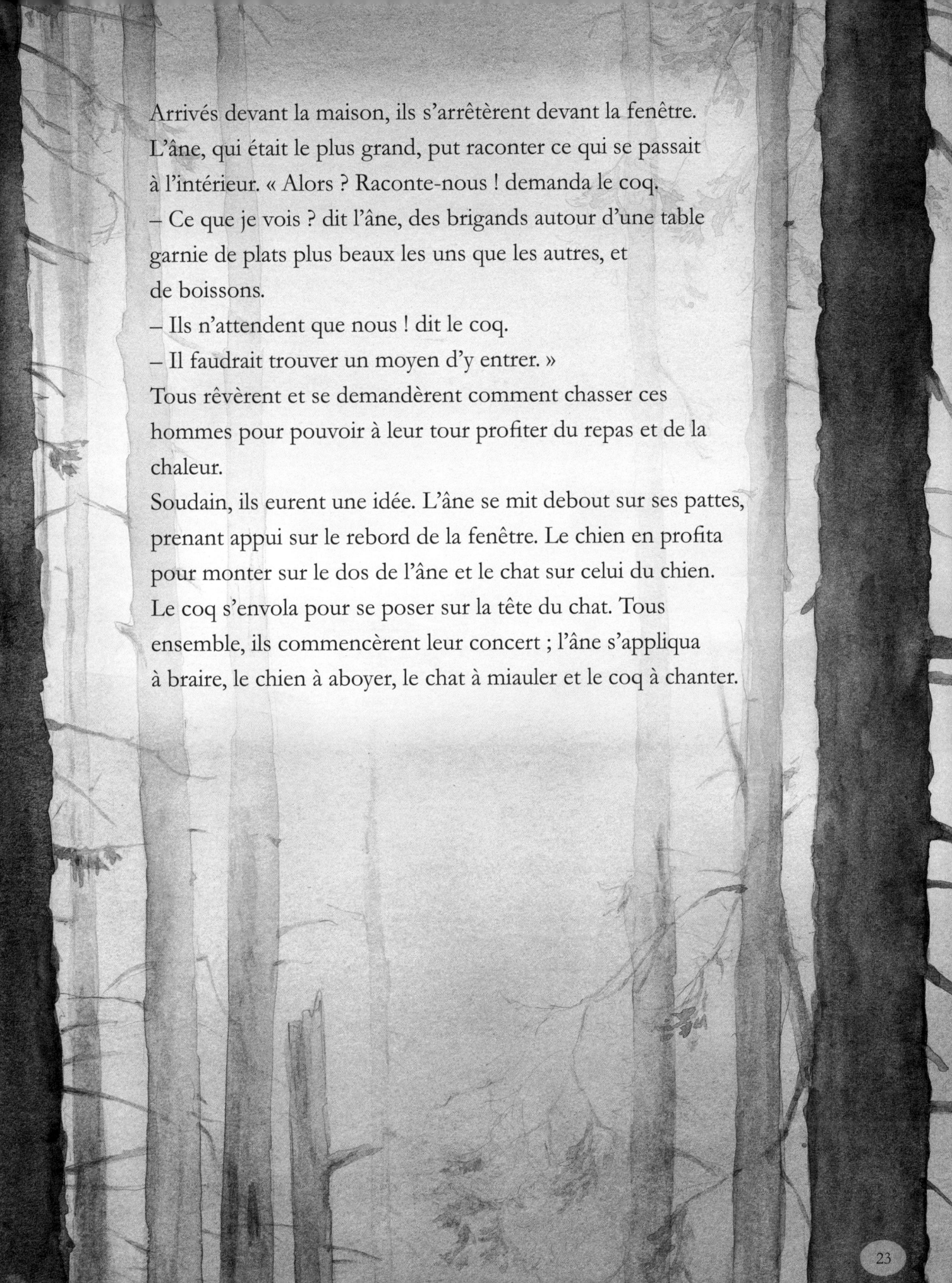

Arrivés devant la maison, ils s'arrêtèrent devant la fenêtre. L'âne, qui était le plus grand, put raconter ce qui se passait à l'intérieur. « Alors ? Raconte-nous ! demanda le coq.
— Ce que je vois ? dit l'âne, des brigands autour d'une table garnie de plats plus beaux les uns que les autres, et de boissons.
— Ils n'attendent que nous ! dit le coq.
— Il faudrait trouver un moyen d'y entrer. »
Tous rêvèrent et se demandèrent comment chasser ces hommes pour pouvoir à leur tour profiter du repas et de la chaleur.
Soudain, ils eurent une idée. L'âne se mit debout sur ses pattes, prenant appui sur le rebord de la fenêtre. Le chien en profita pour monter sur le dos de l'âne et le chat sur celui du chien. Le coq s'envola pour se poser sur la tête du chat. Tous ensemble, ils commencèrent leur concert ; l'âne s'appliqua à braire, le chien à aboyer, le chat à miauler et le coq à chanter.

De toutes leurs forces, ils enfoncèrent la fenêtre, provoquant un grand fracas. Les voleurs, effrayés, se levèrent d'un bond. Croyant voir un revenant, ils déguerpirent à toutes jambes.
Ainsi, les quatre amis en profitèrent pour s'installer à la table et manger les restes laissés par les brigands. Leur pitance achevée, ils cherchèrent un coin pour la nuit, selon leur convenance ; l'âne s'installa sur le fumier, le chien près de la porte, le chat près de la cheminée où la cendre était encore chaude et le coq sur une poutre. Minuit était passé quand les voleurs, qui regardaient vers la maison, s'aperçurent que tout était redevenu calme. Le chef leur dit : « Je crois que nous avons eu tort de partir comme ça. Toi, va voir ce qui se passe dans la maison. »

L'homme, en s'approchant, trouva la maison bien tranquille. Il pénétra dans la cuisine, mais ne vit rien. Il fit craquer une allumette pour faire un peu de lumière. Deux yeux brillants le regardaient, car le chat était bien gêné de cette intrusion. L'homme, l'allumette à la main, se rapprochait. Le chat, qui ne l'entendait pas ainsi, lui sauta au visage et le griffa. De peur, le voleur s'enfuit et, en passant près de la porte, se fit mordre par le chien. Une fois dans la cour, tout près du fumier, l'âne lui donna un méchant coup avec ses pattes. Le coq, réveillé par le bruit, donnait déjà l'alerte en criant : « Cocorico ! »

Le voleur fit demi-tour et alla retrouver son capitaine en courant.
Il lui dit : « Il y a une affreuse sorcière qui m'a griffé le visage ;
puis un homme avec un couteau qui m'a touché à la jambe ;
un monstre noir qui m'a assommé, et j'ai aussi entendu un juge qui criait :
" Amenez-moi ce vaurien ! " Alors, j'ai préféré venir vous retrouver. »
C'est ainsi que les brigands ne mirent plus les pieds dans la maison, laissant là l'âne, le chien, le chat et le coq. Les quatre musiciens de Brême décidèrent de rester dans ce logis jusqu'à la fin de leurs jours.

CENDRILLON

Il était une fois un homme très riche qui était marié à une femme très malade. Ensemble, ils avaient eu une fille. Alors que la femme sentait sa fin venir, elle appela son enfant : « Ma fille, je suis triste de devoir partir, mais je serai toujours là pour toi et je te protègerai du haut du ciel. Reste telle que tu es, bonne et respectueuse. »
Épuisée d'avoir prononcé ces paroles, elle mourut.
La petite fille allait tous les jours sur la tombe de sa mère. Elle tenait à lui être fidèle. L'hiver passa ainsi.
Au printemps, son père rencontra une autre femme qu'il prit pour épouse. Celle-ci avait deux jolies filles, mais qui n'étaient pas bien gentilles, car elles étaient habituées à être trop gâtées.

Elles traitaient la fillette de souillon, lui laissant comme seul vêtement un vieux tablier et, pour se chausser, des sabots. « Si Mademoiselle veut bien nous suivre ! », lui disaient-elles en ricanant, la laissant dans la cuisine. Le quotidien de la jeune fille était devenu labeur et travaux domestiques pour satisfaire ses sœurs. Les deux filles faisaient preuve d'une grande imagination pour se moquer d'elle, en lui laissant trier des lentilles qu'elles avaient laissé tomber dans la cendre.

Le soir venu et seulement après avoir terminé ses pénibles tâches, elle allait se coucher dans les cendres près du foyer. À cause de son air poussiéreux et sale, on l'appela « Cendrillon ».

Un jour, le père, qui souhaitait aller à la foire, s'adressa à ses filles et leur demanda ce qu'elles souhaitaient. « Pour moi, de jolis habits !
– Moi, des perles et des pierres précieuses ! »
Comme il s'adressait aussi à Cendrillon, celle-ci lui répondit : « Père, seulement le premier rameau qui touchera ton chapeau. »
Il trouva rapidement les beaux habits et les bijoux demandés. Sur la route du retour, son chapeau tomba en touchant une branche de noisetier. Il put ramasser le rameau pour sa fille.
Cendrillon, heureuse de son cadeau, alla le planter au pied de la tombe de sa mère. Ses larmes l'arrosèrent et un arbre poussa. C'est ainsi que trois fois par jour, Cendrillon se rendait sur la tombe et un petit oiseau blanc lui donnait ce qu'elle souhaitait.

Le roi, qui avait un fils à marier, décida de donner une fête qui devait durer trois jours. Quand elles apprirent la nouvelle, les deux sœurs exigèrent de Cendrillon de les peigner et de brosser leurs souliers.

« Et ajuste les boucles ! Nous devons être parfaites pour le bal ! »

Cendrillon obéit tristement, car elle aurait souhaité se rendre elle aussi à cette fête et faire la rencontre du prince. Elle insista auprès de sa belle-mère pour s'y rendre également. Cette dernière se moqua d'elle :

« Comment veux-tu te présenter ainsi devant le prince ? Tu rêves, ma petite fille ! Va plutôt trier les lentilles que j'ai jetées dans les cendres. Si tu réussis, tu pourras te joindre à nous. »

Cendrillon eut une idée et appela ses amis les oiseaux. « Petits oiseaux chéris, pigeons et tourterelles fidèles, aidez-moi à trier ces graines. » C'est ainsi que tous les volatiles trièrent une à une les graines dans les cendres. La jeune fille, la besogne terminée et les oiseaux envolés, se fit une joie d'annoncer qu'elle pourrait venir avec sa belle-mère et ses deux sœurs.

Seulement, la méchante femme lui imposa de trier deux grands plats de lentilles qu'elle s'était empressée de jeter. De nouveau, Cendrillon fit appel aux gentils oiseaux : « Petits oiseaux chéris, pigeons et tourterelles fidèles, aidez-moi à trier ces graines. » Les oiseaux vinrent aider leur chère amie et s'envolèrent dès qu'ils eurent fini. Toute joyeuse, Cendrillon courut retrouver sa belle-mère et lui annonça la bonne nouvelle. Mais décidément, cette femme était vraiment méchante. « Tu es vraiment naïve, ma pauvre Cendrillon ! Habillée en souillon, tu espérais pouvoir venir ? » Elle se mit à rire et partit avec ses filles.

Déçue, Cendrillon se réfugia près de son arbre. Ne perdant pas espoir, elle s'adressa à lui : « Arbre fidèle, montre-moi ta force. Fais quelque chose pour que je puisse aller au bal. » L'oiseau lança alors sur elle une robe or et argent ainsi que de magnifiques pantoufles. Cendrillon, devenue une belle princesse, se rendit à la fête. Personne ne put la reconnaître. Le prince l'accueillit, séduit par sa beauté. Ils dansèrent toute la soirée jusqu'à ce que Cendrillon veuille rentrer. Le prince, souhaitant en savoir plus sur elle, la suivit. Elle se cacha dans le pigeonnier. Mais dès qu'elle entendit le roi et son fils, elle s'en échappa et se retrouva en haillons. Le jour suivant, Cendrillon se représenta devant son arbre et lui dit : « Arbre fidèle, montre-moi ta force. Fais quelque chose pour que je puisse aller au bal. »

Parée d'une robe encore plus magnifique que la veille, Cendrillon dansa une fois de plus toute la soirée avec le prince. Quand il fallut repartir, Cendrillon échappa de nouveau à son cavalier et se réfugia dans un poirier. Le prince, toujours aidé de son père, abattit l'arbre, mais il n'y avait déjà plus personne.
Le troisième soir, Cendrillon était plus belle que jamais dans sa robe et ses pantoufles d'or. Elle faisait l'admiration de tous. Ce soir-là, le prince avait pris soin de mettre une couche de poix sur les marches du palais. De ce fait, quand il fallut repartir, Cendrillon, en courant, perdit une de ses pantoufles.

Le lendemain, le prince décida de se marier avec la femme qui pourrait chausser ce soulier d'or si fin. Les deux sœurs en étaient heureuses, sûres que la pantoufle leur irait. Découvrant que la pantoufle était pour elles trop petite, l'une et l'autre, sur le conseil de leur mère, voulurent se couper le pied afin de pouvoir épouser le prince. Toutefois, le prince, découvrant la supercherie, demanda si les deux sœurs étaient les seules filles qui habitaient cette maison. Le père répondit :
« Il y a bien la fille de ma première femme, mais c'est une pauvre Cendrillon toute sale.
– Eh bien, faites-la venir ! s'écria le prince.
– Enfin, Prince, elle est loin d'être présentable ! »
Le prince insista. Cendrillon se présenta devant le fils du roi et réussit à enfiler la pantoufle en or. Le prince reconnut sa belle et s'écria :
« Voilà ma fiancée ! »

Le mariage fut rapidement célébré. Les deux méchantes sœurs jalouses voulurent empêcher cette union avant de se rendre à l'église. Elles furent punies par les deux pigeons qui leur crevèrent les yeux, et elles devinrent aveugles pour le restant de leurs jours.

LE PETIT POUCET

Un jour, un pauvre paysan, qui était assis près de l'âtre, dit à sa femme :
« Quel dommage de ne pas avoir d'enfant. C'est bien trop calme ici. » Sa femme, qui filait, répondit : « Oui, moi aussi, j'aimerais tant entendre les rires d'un enfant dans cette maison ! Si petit qu'il ne fût pas plus grand qu'un pouce, j'en serais comblée. De tout notre cœur, ce serait notre fils adoré. »
Quelque temps passa, la femme tomba malade. Après sept mois, elle accoucha d'un bel enfant. Seulement, il n'était pas plus grand qu'un pouce. Les parents, tout de même heureux de cet événement, se dirent qu'il était comme ils le souhaitaient. Il fallait donc l'aimer ainsi. Ils l'appelèrent Petit Poucet.
Le petit garçon mangeait à sa faim, mais malgré cela ne grandissait pas. Il restait toujours tel qu'il était né. Cependant, l'enfant respirait l'intelligence, était vif et adroit.

Le père voulut aller couper son bois et dit qu'il aurait aimé avoir quelqu'un pour lui descendre sa charrette. Petit Poucet, entendant son père, se dressa sur ses deux petites jambes et cria : « Je te mènerai la charrette. Fais-moi confiance et à l'heure dite, elle sera dans la forêt.

– Comment veux-tu faire ? Tu n'es pas plus grand que mon pouce. Comment tiendras-tu les rênes du cheval ?

– Mais, père, il suffit que mère l'attèle et une fois dans l'oreille du cheval, je saurai le guider !

– Si tu le dis, je te fais confiance. »

Ainsi, la mère s'occupa du cheval et prit Petit Poucet pour le mettre dans l'oreille de l'animal.

« Hue ! Hue ! Dia ! » Petit Poucet était vraiment doué. Il ne fut pas difficile pour lui de se retrouver sur le bon chemin.

Deux étrangers traînaient par là et entendirent la petite voix.
« Une charrette qui avance toute seule !
– Oui, plutôt bizarre ! Suivons-la et voyons où elle va. »
Pourtant, la charrette continuait sa route vers le lieu où l'on coupait le bois. Elle s'arrêta.
De nouveau, on entendit la voix de Petit Poucet qui criait : « Me voici, père. Tu vois, j'y suis arrivé sans problème. Peux-tu m'aider à descendre maintenant ? »
Les deux étrangers, les yeux écarquillés, virent Petit Poucet. Ils en restèrent bouche bée.
Cependant, l'un des deux hommes se rapprocha de son comparse et lui chuchota :
« Tu imagines l'argent que nous pourrions gagner en le montrant dans la grande ville ? »
S'avançant vers le père, les deux hommes lui posèrent cette question :
« Combien vends-tu ce petit homme ?
– Pour rien au monde je ne vendrai mon fils ! » Petit Poucet, qui était sur l'épaule de son père, lui murmura à l'oreille : « Père, vends-moi à ces hommes. J'arriverai à revenir à la maison. »
Le père céda alors son fils en échange d'une belle pièce d'or.

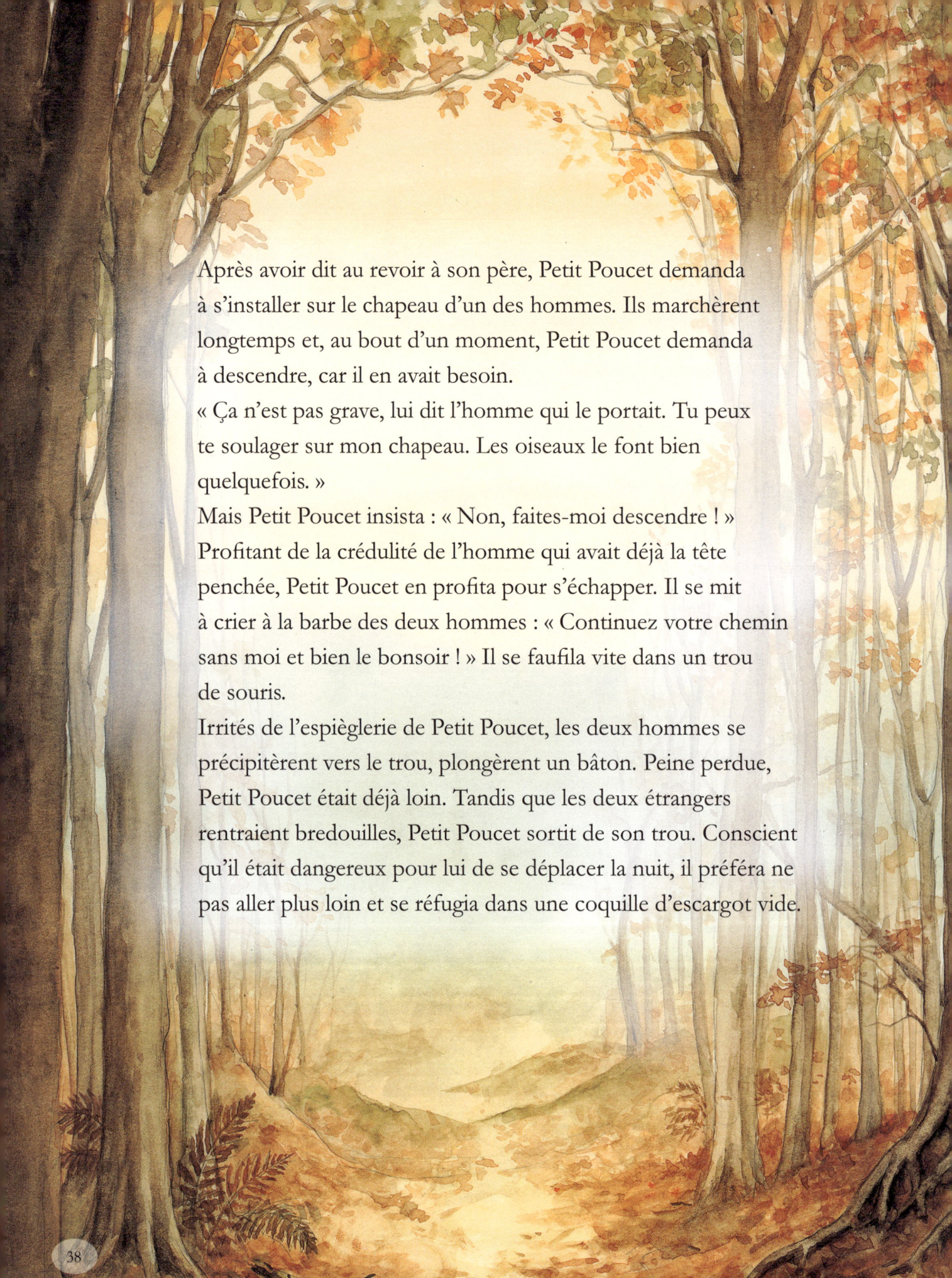

Après avoir dit au revoir à son père, Petit Poucet demanda à s'installer sur le chapeau d'un des hommes. Ils marchèrent longtemps et, au bout d'un moment, Petit Poucet demanda à descendre, car il en avait besoin.

« Ça n'est pas grave, lui dit l'homme qui le portait. Tu peux te soulager sur mon chapeau. Les oiseaux le font bien quelquefois. »

Mais Petit Poucet insista : « Non, faites-moi descendre ! » Profitant de la crédulité de l'homme qui avait déjà la tête penchée, Petit Poucet en profita pour s'échapper. Il se mit à crier à la barbe des deux hommes : « Continuez votre chemin sans moi et bien le bonsoir ! » Il se faufila vite dans un trou de souris.

Irrités de l'espièglerie de Petit Poucet, les deux hommes se précipitèrent vers le trou, plongèrent un bâton. Peine perdue, Petit Poucet était déjà loin. Tandis que les deux étrangers rentraient bredouilles, Petit Poucet sortit de son trou. Conscient qu'il était dangereux pour lui de se déplacer la nuit, il préféra ne pas aller plus loin et se réfugia dans une coquille d'escargot vide.

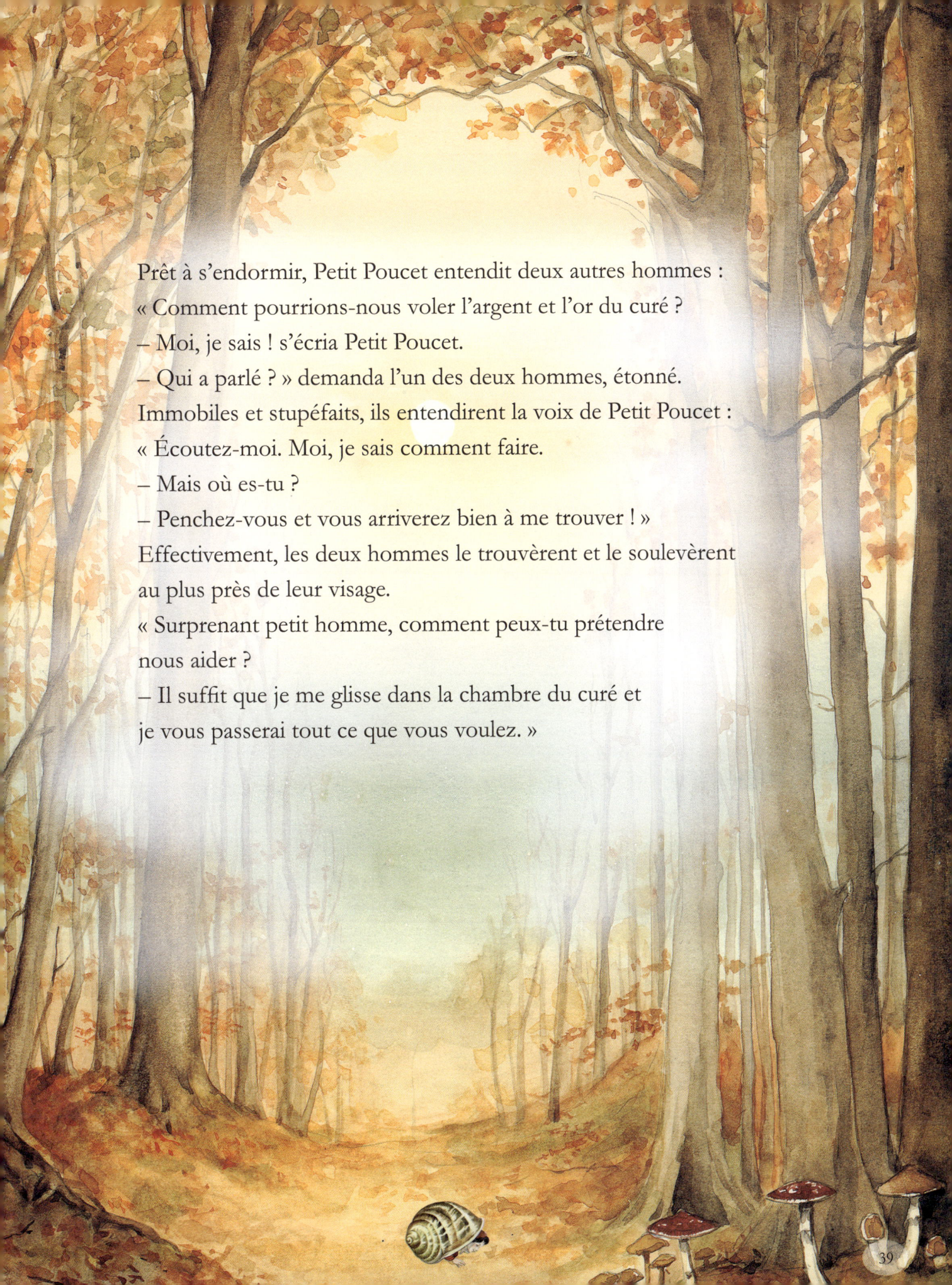

Prêt à s'endormir, Petit Poucet entendit deux autres hommes :
« Comment pourrions-nous voler l'argent et l'or du curé ?
– Moi, je sais ! s'écria Petit Poucet.
– Qui a parlé ? » demanda l'un des deux hommes, étonné.
Immobiles et stupéfaits, ils entendirent la voix de Petit Poucet :
« Écoutez-moi. Moi, je sais comment faire.
– Mais où es-tu ?
– Penchez-vous et vous arriverez bien à me trouver ! »
Effectivement, les deux hommes le trouvèrent et le soulevèrent
au plus près de leur visage.
« Surprenant petit homme, comment peux-tu prétendre
nous aider ?
– Il suffit que je me glisse dans la chambre du curé et
je vous passerai tout ce que vous voulez. »

Les deux voleurs, trop heureux de cette aubaine, se mirent en marche vers le presbytère. Arrivés devant, ils posèrent Petit Poucet qui se glissa à travers les barreaux. Il cria :
« Dois-je prendre tout ce qu'il y a ici ?
– Mais tais-toi donc ! Tu vas réveiller tout la maisonnée. »
Petit Poucet feignit de ne rien entendre et cria de nouveau : « Comment ? Dois-je prendre tout ce qu'il y a ici ? » La cuisinière, qui dormait juste à côté, entendit sa voix. Se dressant dans son lit, elle écouta encore. En chuchotant, les deux voleurs demandèrent à Petit Poucet : « Sois gentil, donne-nous quelque chose ! » Alors Petit Poucet cria encore plus fort : « Tenez-vous prêts, je vais tout vous donner ! » Plus de doute, la cuisinière avait bien entendu. Elle se leva. Les voleurs s'enfuirent à toutes jambes.
Une lumière à la main, la cuisinière ne trouva rien. Sûrement un drôle de rêve ! Elle alla se recoucher. Pendant ce temps, Petit Poucet avait trouvé refuge dans une auge à foin pour se reposer avant de repartir.

Dès le lever, la cuisinière alla dans la grange pour nourrir les bêtes. Elle prit du foin juste où se trouvait Petit Poucet. Fort endormi, il ne se rendit pas compte tout de suite qu'il était dans la gueule d'une vache. Soudainement réveillé, il fallut faire attention à ne pas être écrasé. Il descendit dans l'estomac de l'animal.

L'ennui était que la vache, en continuant de manger du foin ainsi, allait l'étouffer. Il se mit à crier le plus fort possible : « Arrête de me donner du foin, arrête de me donner du foin ! »

La bonne reconnut la voix entendue la nuit dernière. Précipitamment, elle se dirigea vers le curé et s'écria : « La vache a parlé ! »

Le curé, la croyant folle, alla à l'étable. Petit Poucet se remit à parler. Le curé eut peur aussi. On décida de tuer la vache. L'estomac dans lequel était Petit Poucet avait été jeté au fumier. Au moment où il allait presque sortir, un loup avala l'estomac en une fois.

Petit Poucet se mit encore une fois à parler : « Loup, écoute-moi et je peux t'indiquer où trouver de bonnes choses à manger. »

Le loup, sans le savoir, se dirigeait vers la maison des parents. Il entra dans la cuisine. Il mangea tant et tant qu'au moment de repartir, il ne put le faire, tellement il était devenu gros. Petit Poucet, heureux que le loup soit ainsi coincé, se mit à crier si fort que ses parents se réveillèrent. En voyant le loup, ils décidèrent de le tuer avec leur hache et leur faux. Petit Poucet, entendant ses parents, cria :

« Père, c'est moi ! Je suis dans le ventre du loup. »

Fort heureux de cette nouvelle, ses parents décidèrent de faire autrement pour ne pas blesser Petit Poucet et assommèrent le loup. Ils lui ouvrirent le ventre et retirèrent leur enfant.

« Ah ! dit le père, dans quel malheur nous étions de ne plus avoir de tes nouvelles. Où étais-tu passé ?

– Père, je suis passé par un trou de souris, dans la panse d'une vache, dans le ventre d'un loup ! Alors, maintenant, je reste avec vous !

– Et nous, nous ne te vendrons plus pour rien au monde ! »

Petit Poucet, vêtu de nouveaux habits, se joignit à ses parents pour partager un bon repas.

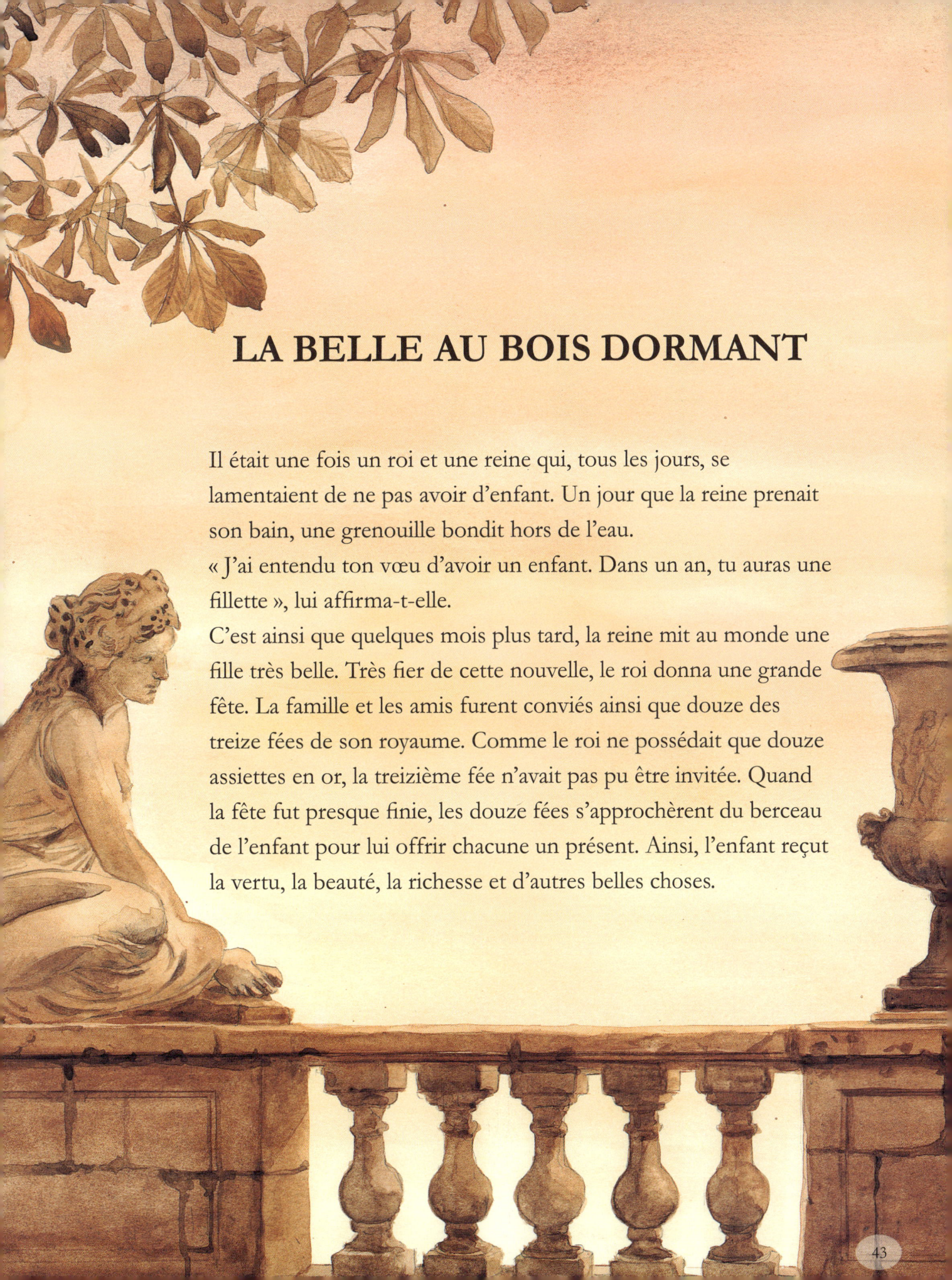

LA BELLE AU BOIS DORMANT

Il était une fois un roi et une reine qui, tous les jours, se lamentaient de ne pas avoir d'enfant. Un jour que la reine prenait son bain, une grenouille bondit hors de l'eau.
« J'ai entendu ton vœu d'avoir un enfant. Dans un an, tu auras une fillette », lui affirma-t-elle.
C'est ainsi que quelques mois plus tard, la reine mit au monde une fille très belle. Très fier de cette nouvelle, le roi donna une grande fête. La famille et les amis furent conviés ainsi que douze des treize fées de son royaume. Comme le roi ne possédait que douze assiettes en or, la treizième fée n'avait pas pu être invitée. Quand la fête fut presque finie, les douze fées s'approchèrent du berceau de l'enfant pour lui offrir chacune un présent. Ainsi, l'enfant reçut la vertu, la beauté, la richesse et d'autres belles choses.

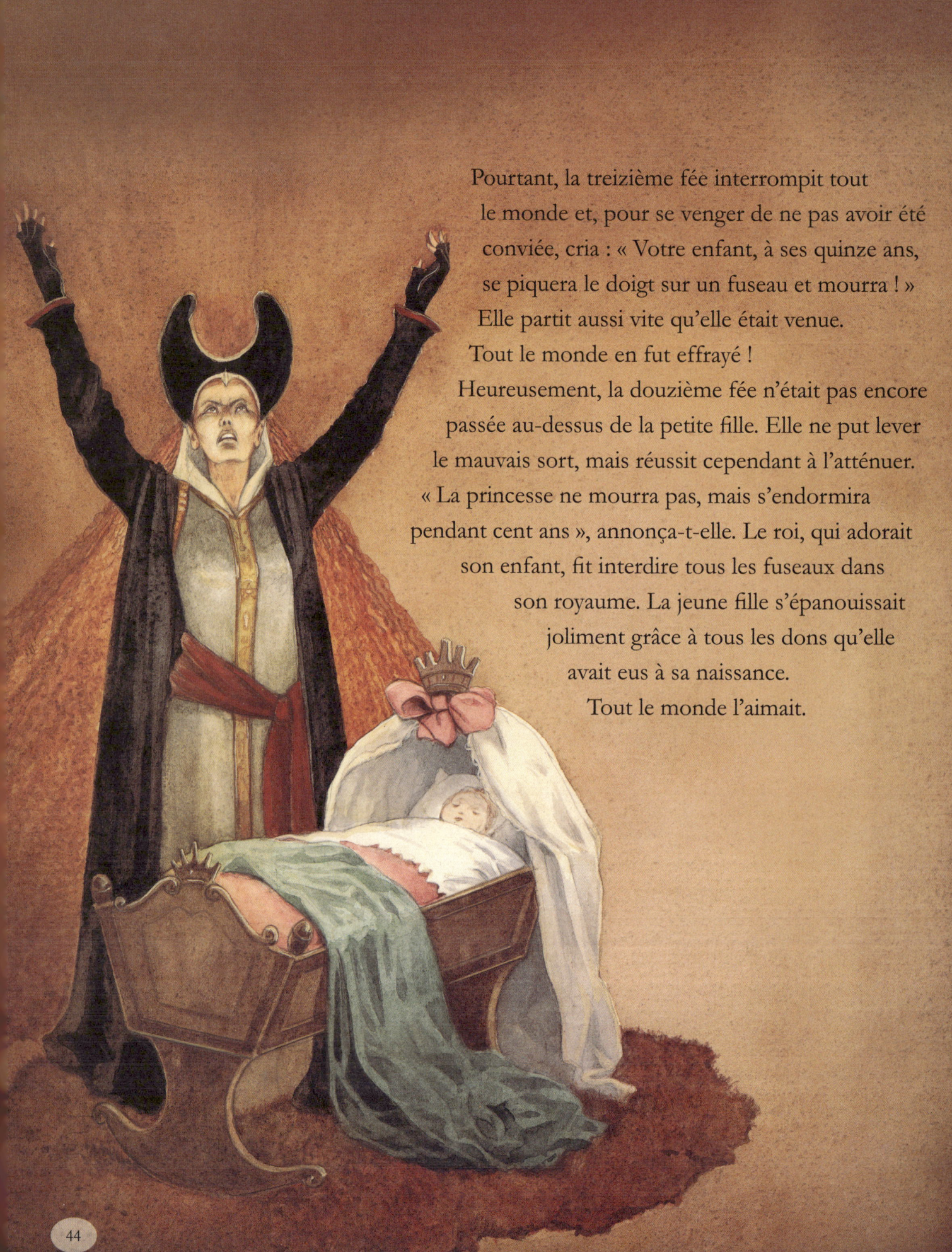

Pourtant, la treizième fée interrompit tout le monde et, pour se venger de ne pas avoir été conviée, cria : « Votre enfant, à ses quinze ans, se piquera le doigt sur un fuseau et mourra ! » Elle partit aussi vite qu'elle était venue.
Tout le monde en fut effrayé !
Heureusement, la douzième fée n'était pas encore passée au-dessus de la petite fille. Elle ne put lever le mauvais sort, mais réussit cependant à l'atténuer. « La princesse ne mourra pas, mais s'endormira pendant cent ans », annonça-t-elle. Le roi, qui adorait son enfant, fit interdire tous les fuseaux dans son royaume. La jeune fille s'épanouissait joliment grâce à tous les dons qu'elle avait eus à sa naissance.
Tout le monde l'aimait.

Le jour de ses quinze ans, les parents de la jeune fille s'absentèrent du palais. La jeune fille resta seule un moment et en profita pour se promener dans le château. Elle arriva dans une tour dans laquelle elle n'avait jamais encore eu l'occasion d'aller. Après avoir gravi l'escalier en colimaçon, elle arriva devant une porte. Elle tourna la clé rouillée et la porte s'ouvrit. Dans la pièce se tenait une vieille femme qui filait. La princesse, s'approchant de la grand-mère, lui demanda :
« Que fais-tu ?
– Je file, dit la vieille.
– Quelle est cette chose ? demanda-t-elle en pointant de son doigt le fuseau. »
Le sort était jeté. Elle tomba dans un sommeil profond, et tout le royaume avec elle.

Le roi et la reine, qui rentraient juste à ce moment dans la salle du château, s'assoupirent aussi. Surpris, les chevaux, les chiens, les mouches firent de même. Le cuisinier, qui en avait après son apprenti parce qu'il avait raté son plat, s'arrêta dans son mouvement et s'endormit. La bonne cessa de plumer une poule et s'endormit. Et même le vent ne souffla plus. Tout autour du palais, une haie d'épines avait poussé et chaque jour devenait plus imposante. Elle recouvrit le château tout entier. Le mythe autour de la Belle au bois dormant se propagea. Ainsi, quand un prince passait devant le château, il tentait bien d'y pénétrer, mais n'y parvenait jamais. Il restait accroché à la haie d'épines et, n'arrivant pas à s'en défaire, mourait sur place.

Après de très très longues années, le fils d'un roi passa par là. Il rencontra un vieil homme qui lui raconta toute l'histoire qu'il tenait lui-même de son propre grand-père ; la naissance de la jeune enfant, les fées, le mauvais sort qui avait été jeté, le royaume endormi, et tous les princes qui avaient tenté en vain de réveiller la jeune endormie, et avaient tous péri accrochés à la haie d'épines. Le prince fut intrigué par le mystère de la Belle au bois dormant. Décidé, il dit au vieillard : « Je n'ai pas peur et je veux absolument voir cette jeune femme. »
Le vieillard tenta de dissuader le jeune prince.
Ce dernier ne l'écouta pas.

Cela faisait justement cent ans jour pour jour que le château était tombé dans un profond sommeil. La Belle au bois dormant devait se réveiller et, comme l'avait prédit la douzième fée, le sort serait rompu. Le prince s'approcha de la haie d'épines qui se transformèrent en belles fleurs. Un chemin se forma et le prince l'emprunta tandis que la haie se refermait sur lui. En entrant dans le château, il vit dormir les chevaux, les chiens tachetés, les mouches et même le cuisinier, la main levée sur son apprenti, qui ronflait profondément. Le prince continua de marcher et, dans un silence absolu, s'approcha de la tour. Une fois en haut, il poussa doucement la porte et vit la Belle endormie.

Son regard était captivé par tant de beauté. Délicatement, il approcha ses lèvres et posa un baiser. Là, la Belle au bois dormant ouvrit les yeux et lui sourit. Quand ils sortirent tous les deux de la tour, le roi et la reine s'éveillèrent. Toute la Cour suivit.
Le bruit reprit possession des lieux, et tout le monde s'observait avec des yeux surpris.

Les chevaux agitèrent leurs sabots ; les chiens, excités, furetèrent en tous sens ; les mouches reprirent leur mouvement lancinant ; les oiseaux s'envolèrent.
En cuisine, le cuisinier acheva ce qu'il avait voulu faire il y a cent ans ; il donna une gifle à l'apprenti qui se mit à crier.
La bonne continua de plumer sa poule et le feu se remit en route. Les oiseaux sortirent leur tête de leurs ailes et reprirent leur envol.
Ainsi, l'activité reprenait, et tout le monde en fut bien comblé.
Un beau mariage fut célébré quelque temps plus tard, pour la plus grande joie des invités. Le prince et la Belle au bois dormant vécurent ainsi heureux jusqu'à la fin de leurs jours.

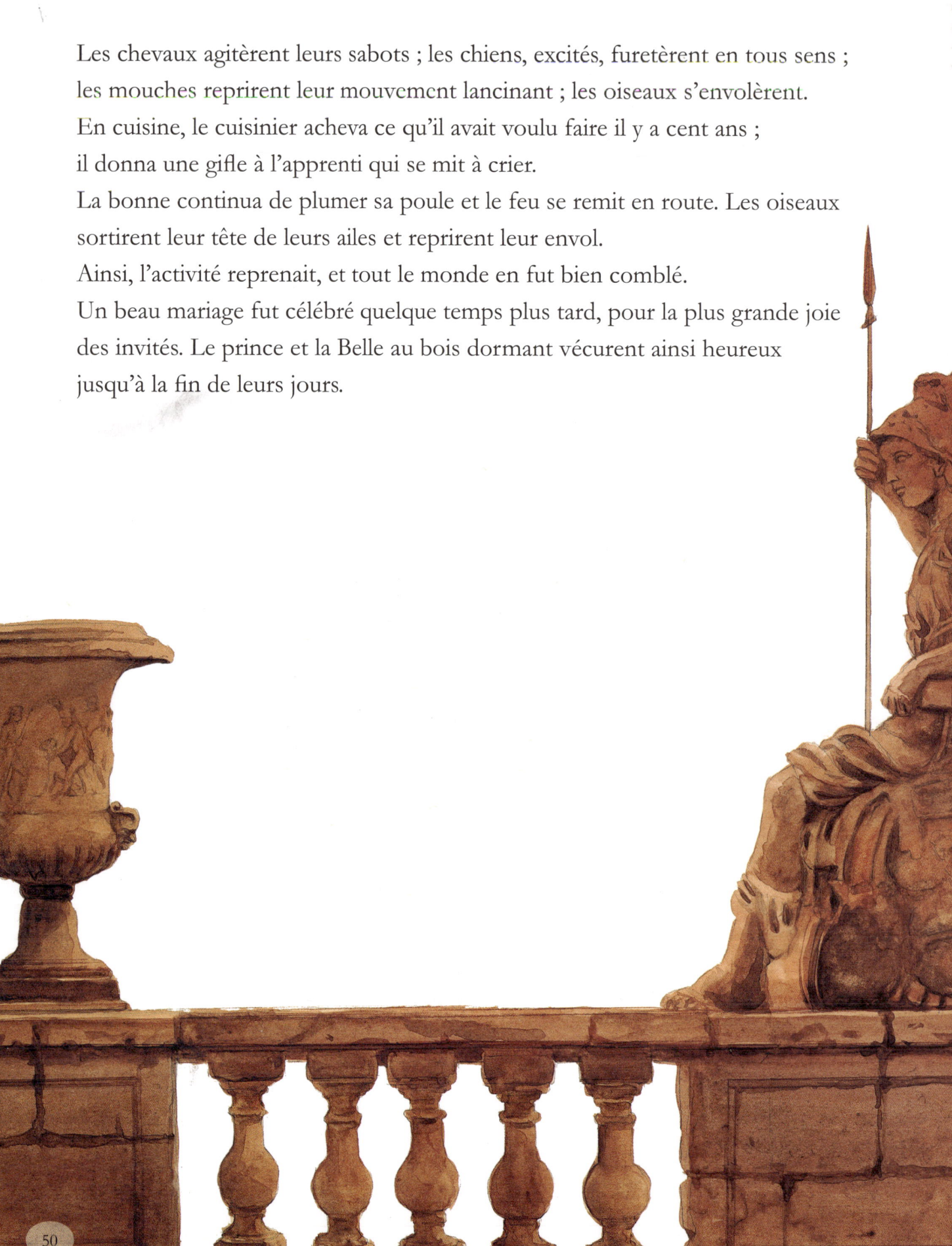

LE VAILLANT PETIT TAILLEUR

Un matin d'été, un petit tailleur, qui était de fort bonne humeur, cousait. Une paysanne passa en criant de toute sa voix : « Bonne confiture à vendre ! » Le tailleur passa la tête par la fenêtre et dit : « Hé ! bonjour, madame. Montrez-moi votre marchandise ! » La femme s'approcha de la fenêtre en portant son lourd panier. Le petit tailleur regarda de près les pots, les soupesa et annonça à la marchande : « Cette confiture me semble bonne. Donne-m'en un petit pot. » La marchande, pensant qu'il en aurait pris plus, fut déçue. Le petit tailleur se prépara une tartine, mais ne croqua pas tout de suite dedans, car il avait une veste à finir. Il la posa donc. Les mouches, attirées par l'odeur sucrée, se mirent à tourner autour. Le petit tailleur leur donna un grand coup à l'aide d'un torchon. Il en avait tué sept d'un coup.

Il n'en revenait pas de sa vaillance et se dit qu'il fallait que la ville le sache, ou plutôt, que le monde entier le sache !

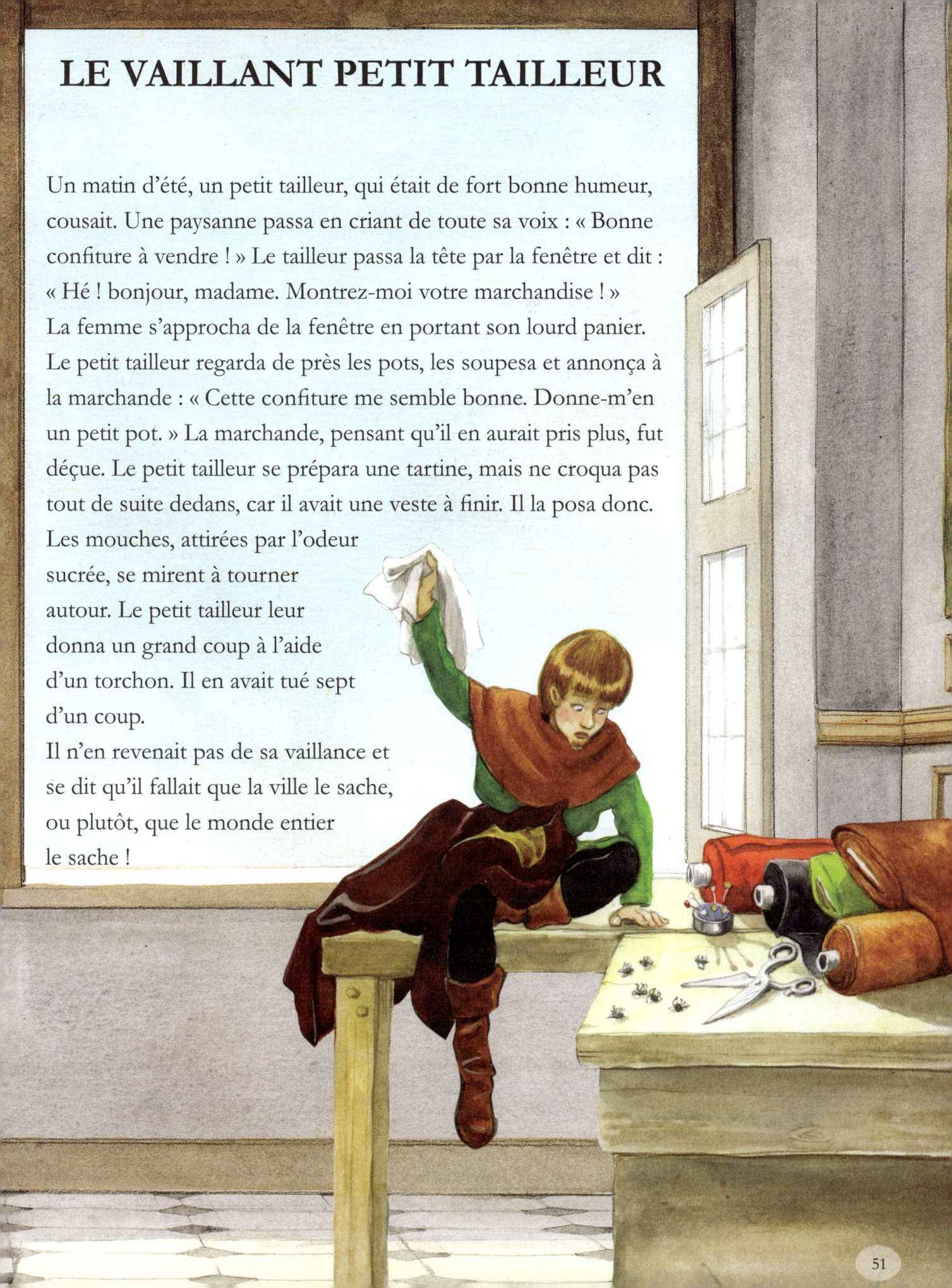

Le petit tailleur, après s'être cousu une ceinture avec, brodé dessus, « Sept d'un coup », décida de partir dans le monde. Il emporta un morceau de fromage, un petit oiseau trouvé dans les broussailles, et les mit dans sa poche. Il quitta ainsi son atelier d'un pas léger. Le chemin qu'il suivait le mena jusqu'à une montagne. Une fois au sommet, il vit un géant tranquillement assis à regarder le paysage.

Le petit tailleur se rapprocha vaillamment de lui et le salua :

« Bonjour, tu regardes aussi ce merveilleux paysage. Je vais justement traverser le vaste monde. Veux-tu venir avec moi ? »

Le géant le regarda d'un air hautain et dit :

« Que me dis-tu, fripon ? »

Le petit tailleur ne se démonta pas et lui répondit : « Tu ne sais pas à quel homme tu as affaire ! » Il montra sa ceinture. Le géant lut « Sept d'un coup » et crut que le tailleur avait tué sept hommes d'un coup. Il reconsidéra un peu son jugement.

Il voulut en avoir le cœur net. Il prit une pierre qu'il écrasa si fort que du jus en coula et dit au petit tailleur : « Fais-en autant ! »

Le petit tailleur prit le fromage qu'il avait emporté et le serra si fort qu'il en coula du jus. Le géant n'en revenait pas. Il prit une pierre qu'il lança si haut qu'en un instant, on ne la vit déjà plus, et dit au petit tailleur : « Alors, gringalet, fais-en autant ! »

Le petit tailleur prit son oiseau et le lança si fort qu'il s'envola et ne redescendit pas. Le géant en convenait : le tailleur savait lancer. Il lui proposa alors de l'aider à porter un arbre. Le petit tailleur, sûr de lui, lui dit : « Prends le tronc sur ta large épaule et, moi, je porterai les branches. » Quand le géant avança, il ne s'aperçut pas que le petit tailleur était assis sur une branche.

Le petit tailleur, tout joyeux, se mit à chanter. Le géant, lui, n'en pouvait plus – car il était bien le seul à tirer l'arbre – et dit au petit tailleur qu'il devait laisser l'arbre.

Sautant vite de sa branche et se remettant en place, le petit tailleur dit au géant : « Quoi, un grand gaillard comme toi, tu ne peux pas aller plus loin avec cet arbre ! » Ensemble, ils continuèrent leur chemin. En passant sous un fruitier, le géant attrapa le plus haut de l'arbre, le tordit pour en prendre les fruits mûrs qui semblaient les attendre, et le donna au petit tailleur. Le géant lâcha le haut de l'arbre et le petit homme, si léger, fut envoyé en l'air. Le géant en fut fort étonné et le lui fit remarquer. Le petit tailleur répondit :

« Que racontes-tu ? Tu crois que c'est ça qui me ferait peur alors que j'ai tué sept hommes d'un coup ! Non, j'ai seulement entendu des chasseurs et j'ai préféré m'esquiver ! Saute si tu le peux ! » Le géant, à cause de son poids, ne put y parvenir. Le petit tailleur avait encore gagné.

Le géant proposa au petit tailleur de venir avec lui dans sa grotte pour y passer la nuit. Quand ils arrivèrent, les autres géants tenaient chacun un énorme rôti. Le géant lui montra un très grand lit sur lequel il pouvait dormir. Le petit tailleur préféra se poser dans un coin. Le géant, pensant le petit tailleur bien endormi, frappa un grand coup et brisa le lit, espérant avoir touché le petit homme.

Tôt le matin, les géants partirent en forêt : ils avaient déjà oublié le tailleur. Tout heureux et toujours aussi téméraire, le petit tailleur avança vers les géants qui prirent peur et préférèrent s'enfuir. Au hasard, le petit tailleur poursuivit son chemin. Après bien longtemps, il arriva dans un palais royal. Fatigué de son voyage, il se coucha et s'endormit. Les gens s'approchèrent de lui et lurent sur sa ceinture : « Sept d'un coup. » Ils allèrent prévenir le roi. Certainement, il serait utile d'avoir un tel homme en cas de guerre, et il ne fallait pas le laisser partir.

Le roi décida de lui offrir une fonction militaire. À son réveil, le tailleur dit justement qu'il était venu pour cela. On mit alors une demeure à sa disposition.

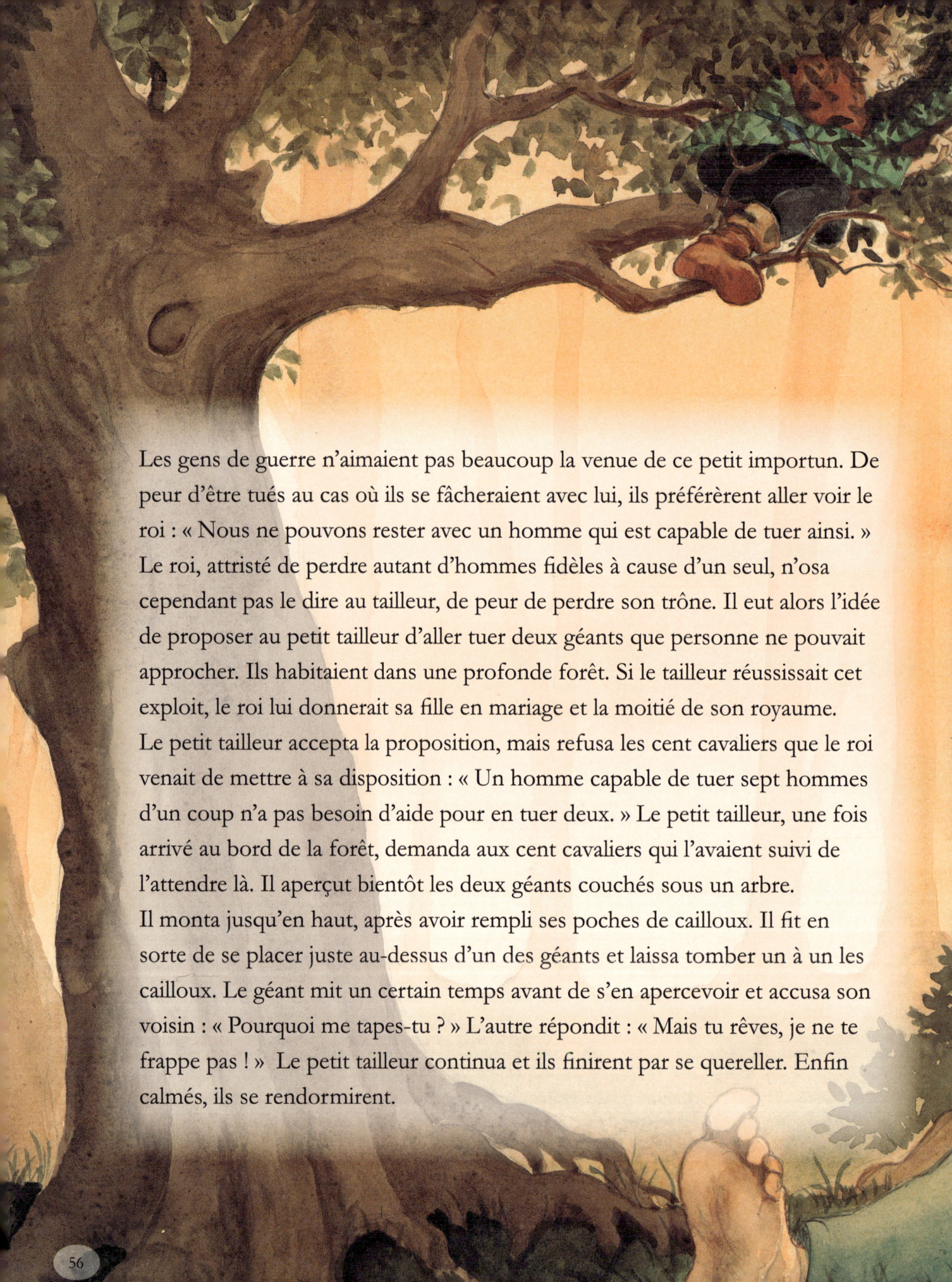

Les gens de guerre n'aimaient pas beaucoup la venue de ce petit importun. De peur d'être tués au cas où ils se fâcheraient avec lui, ils préférèrent aller voir le roi : « Nous ne pouvons rester avec un homme qui est capable de tuer ainsi. » Le roi, attristé de perdre autant d'hommes fidèles à cause d'un seul, n'osa cependant pas le dire au tailleur, de peur de perdre son trône. Il eut alors l'idée de proposer au petit tailleur d'aller tuer deux géants que personne ne pouvait approcher. Ils habitaient dans une profonde forêt. Si le tailleur réussissait cet exploit, le roi lui donnerait sa fille en mariage et la moitié de son royaume. Le petit tailleur accepta la proposition, mais refusa les cent cavaliers que le roi venait de mettre à sa disposition : « Un homme capable de tuer sept hommes d'un coup n'a pas besoin d'aide pour en tuer deux. » Le petit tailleur, une fois arrivé au bord de la forêt, demanda aux cent cavaliers qui l'avaient suivi de l'attendre là. Il aperçut bientôt les deux géants couchés sous un arbre.
Il monta jusqu'en haut, après avoir rempli ses poches de cailloux. Il fit en sorte de se placer juste au-dessus d'un des géants et laissa tomber un à un les cailloux. Le géant mit un certain temps avant de s'en apercevoir et accusa son voisin : « Pourquoi me tapes-tu ? » L'autre répondit : « Mais tu rêves, je ne te frappe pas ! » Le petit tailleur continua et ils finirent par se quereller. Enfin calmés, ils se rendormirent.

Le tailleur prit alors une plus grosse pierre et la jeta sur la poitrine du géant. C'en était trop ! Celui-ci sauta sur son compagnon. Ils se battirent à coups d'arbres et finirent raides morts. Heureusement, ils n'avaient pas arraché l'arbre sur lequel s'était perché le petit tailleur.

Le tailleur réclama alors au roi ce qui lui était dû. Le roi, qui regrettait amèrement sa promesse, lui demanda d'aller attraper une licorne.

Le tailleur prit une corde et une hache, demanda encore une fois aux cent guerriers de l'attendre. Il vit l'animal, attendit qu'il soit plus proche et bondit. La licorne, dans sa peur, enfonça sa corne dans le tronc. Elle était prise. Le roi, cette fois, décréta qu'il n'accorderait la main de sa fille et la moitié de son royaume que s'il attrapait un sanglier. Dans la forêt, le tailleur fit tout pour se faire remarquer de cet animal. Celui-ci le suivit. L'habile petit homme sauta alors dans une chapelle et en ressortit par une fenêtre, mais le sanglier, lui, resta enfermé. Les chasseurs purent s'en occuper. Un somptueux mariage fut donné malgré le peu de joie qui régnait. Un soir, la jeune reine entendit son mari parler à haute voix et devina qu'il n'était en fait qu'un petit tailleur. Elle alla voir son père pour lui demander de la protéger. Le roi pensa le faire capturer pendant une nuit et l'envoyer sur un bateau. Mais le jeune roi, prévenu par un de ses serviteurs, se mit cette nuit-là à crier : « J'en ai abattu sept d'un coup, j'ai tué deux géants, capturé une licorne et pris un sanglier, et je devrais avoir peur de ceux qui se trouvent dehors, devant la chambre ? » Saisis par la peur, les hommes qui étaient venus pour l'attraper s'enfuirent.

Le petit tailleur resta ainsi roi jusqu'à la fin de sa vie.

LE PETIT CHAPERON ROUGE

Il était une fois une petite fille très aimée de tout le monde, et tout particulièrement de sa grand-mère. Cette dernière lui avait fait un bonnet en velours rouge. La petite fille le portait tous les jours, si bien que tout le monde l'appelait « Chaperon rouge ».
Un jour, sa mère lui dit : « Chaperon rouge, voici du gâteau et une bouteille de vin que tu iras porter à ta grand-mère. Elle n'est pas très bien ces jours-ci et ta visite lui fera sûrement le plus grand bien. Je préfère que tu partes maintenant, vu la chaleur qu'il fait en ce moment. » Le petit Chaperon rouge écoutait attentivement sa mère.
« Surtout, Chaperon rouge, ne traîne pas en route et sois sage.
Tu risquerais de tout faire tomber et ta grand-mère serait bien déçue. »

La petite fille regarda tendrement sa mère, lui prit la main et la rassura par ces mots :
« Ne t'inquiète pas maman, je ferai tout comme tu as dit. »
Après un baiser sur la joue, le Chaperon rouge se mit en route. La grand-mère habitait en pleine forêt, à trente minutes du village. Arrivée dans le bois, la petite fille rencontra le loup. Ne sachant pas qu'il fallait tant se méfier de cet animal, elle s'arrêta devant lui.
Le loup, le regard pétillant, prit la parole : « Bonjour, Chaperon rouge. Comment te portes-tu ?
– Bien, répondit-elle.
– Où vas-tu de si bonne heure ?
– Chez ma grand-mère.
– Et dans ton panier, qu'as-tu ?
– Du gâteau et une bouteille de vin. Ma grand-mère est souffrante.
Maman dit que ça lui fera du bien. »

Le loup, de plus en plus attentif, lui demanda : « C'est certain. Mais où habite-t-elle, ta grand-mère ?
— Oh ! Ce n'est pas bien difficile à trouver. Si tu vois où se trouvent les trois chênes, sa maison est juste dessous. Il y a même une haie de noisetiers. »
Le loup, jubilant de la naïveté de la petite fille, se retenait de ne pas lui sauter dessus tout de suite tellement l'enfant lui semblait bonne à croquer. Il réfléchit cependant à une ruse pour pouvoir attraper à la fois le Chaperon et la grand-mère.
Suivant le petit Chaperon rouge sur le chemin, il lui suggéra de prendre son temps, de profiter de la nature. « Écoute ces oiseaux ! Regarde ce paysage, n'est-il pas beau ? »
Le soleil transperçait le feuillage des arbres. Un léger vent soufflait, apportant une agréable brise dans l'air. Le Chaperon rouge ouvrit plus grand les yeux. C'est vrai, elle n'avait pas besoin de se presser, elle était déjà bien en avance. Oubliant la présence du loup, elle quitta le chemin et s'enfonça dans le bois. « Et si je lui ramenais un joli bouquet, grand-mère serait contente. »

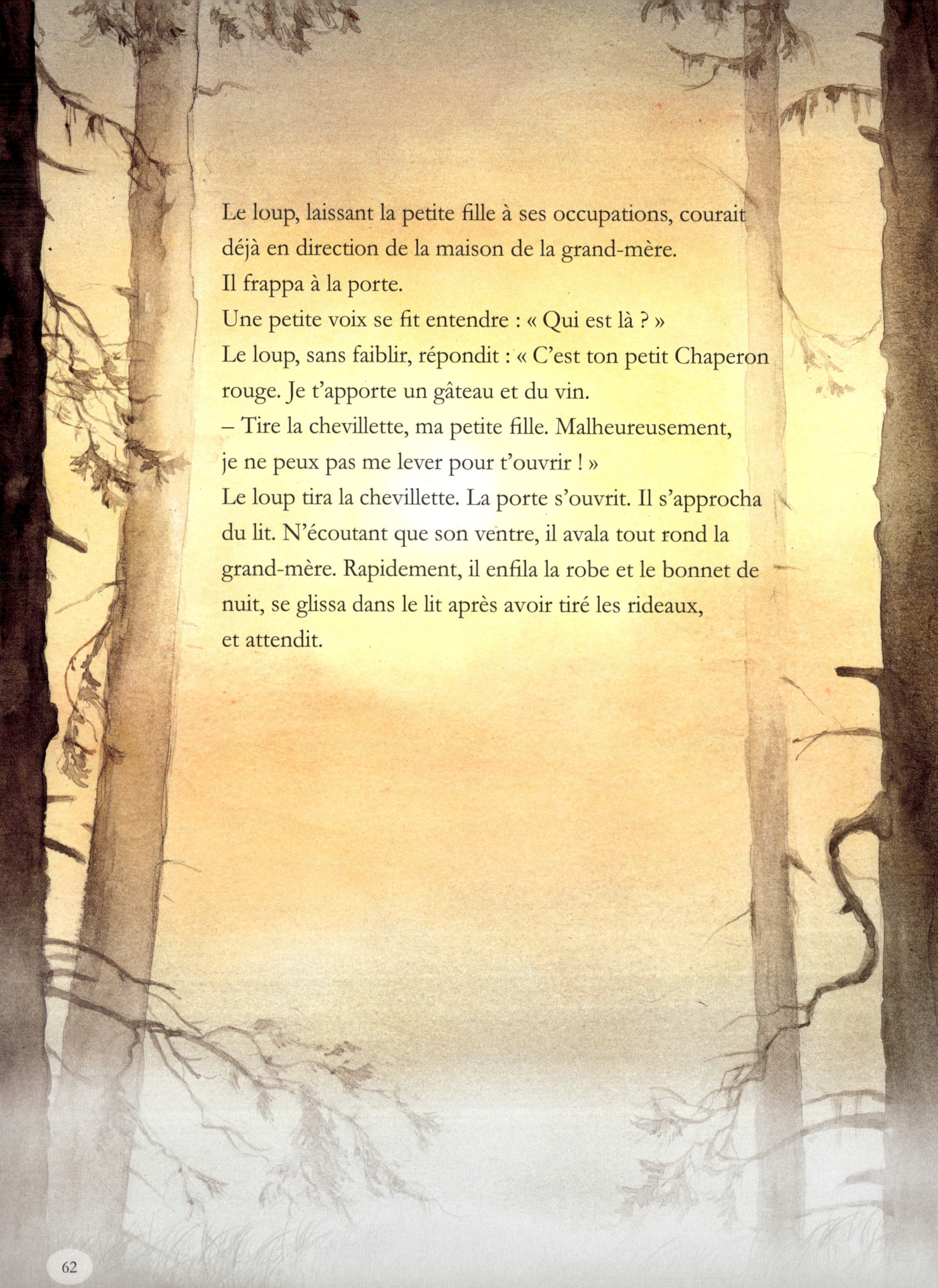

Le loup, laissant la petite fille à ses occupations, courait déjà en direction de la maison de la grand-mère.
Il frappa à la porte.
Une petite voix se fit entendre : « Qui est là ? »
Le loup, sans faiblir, répondit : « C'est ton petit Chaperon rouge. Je t'apporte un gâteau et du vin.
– Tire la chevillette, ma petite fille. Malheureusement, je ne peux pas me lever pour t'ouvrir ! »
Le loup tira la chevillette. La porte s'ouvrit. Il s'approcha du lit. N'écoutant que son ventre, il avala tout rond la grand-mère. Rapidement, il enfila la robe et le bonnet de nuit, se glissa dans le lit après avoir tiré les rideaux, et attendit.

Pendant ce temps, le Chaperon rouge terminait le bouquet. Quand enfin elle sentit que sa main ne pourrait en contenir plus, elle réalisa qu'elle avait oublié sa grand-mère. Vite, elle reprit le chemin.

Arrivée devant la porte de la maison, elle trouva la porte ouverte et en fut très surprise.

Elle la poussa doucement et entra dans la pièce. Elle ressentait quelque chose de bizarre, un sentiment de peur qu'elle n'avait jamais eu auparavant.

Elle appela : « Grand-mère ! Tu es là ? » Pas de réponse. Elle avança vers les rideaux et y trouva sa grand-mère à demi endormie, blottie sous une épaisse couverture.

S'approchant de plus près pour se faire remarquer de la vieille femme, le Chaperon rouge lui trouva un air étrange.

« Oh, grand-mère, comme tu as de grandes oreilles !
– C'est pour mieux t'entendre…
– Oh, grand-mère, comme tu as de grands yeux !
– C'est pour mieux te regarder…
– Oh, grand-mère, comme tu as de grandes mains !
– C'est pour mieux t'étreindre…
– Oh, grand-mère, comme tu as une horrible et grande bouche !
– C'est pour mieux te manger ! »

À peine la dernière phrase prononcée, le loup se jeta sur le Chaperon rouge et l'avala tout rond.

Alors, repu, il s'endormit en ronflant fortement.

Un chasseur, qui passait par là, fut étonné d'entendre la grand-mère ronfler ainsi.

Il valait mieux qu'il aille voir si elle n'avait pas besoin de quelque chose.

Il entra en poussant la porte qui était déjà entrebâillée. Quand il s'approcha du lit, il vit le loup qui y était couché. Fusil à l'épaule, il s'apprêtait à tirer quand il réalisa que le loup avait peut-être mangé la grand-mère.

Il se ravisa et préféra prendre des ciseaux.

Il commençait à ouvrir le ventre du loup quand il aperçut le Chaperon rouge. L'ouverture désormais un peu plus grande, la fillette sortit et s'écria : « Ah ! Quelle horreur ! Il faisait noir là-dedans ! » Puis ce fut le tour de la grand-mère de sortir, un peu suffoquée.

Le Chaperon rouge, aidé du chasseur et de la grand-mère, eut une idée et alla chercher des pierres pour remplir le ventre du loup. Celui-ci, en se réveillant, était tellement lourd qu'il en mourut, écrasé par terre. Tous trois étaient bien contents de la fin de cette histoire.

La grand-mère put enfin boire du vin et manger le bon gâteau de sa petite-fille. Le chasseur profita de ce que le loup était mort pour récupérer sa peau. Quant au petit Chaperon rouge, il se promit d'être plus prudent à l'avenir et de bien obéir à sa chère et tendre mère.

LE LOUP ET LES SEPT CHEVREAUX

Il était une fois une chèvre et ses sept chevreaux. Un jour, elle voulut partir en forêt afin d'aller chercher à manger pour ses petits. Elle les appela et leur dit : « Je vais aller seule en forêt. Promettez-moi de faire attention au loup. Cette fripouille est très grand joueur. Si vous le laissez entrer, il vous sautera dessus et vous mangera tous. » Les sept chevreaux rassurèrent leur mère : « Ne te fais pas de souci, nous ferons attention. » Soulagée, la chèvre partit, laissant ses chers enfants. Peu après, on frappa à la porte. Quelqu'un cria : « C'est moi, ouvrez mes enfants, je vous rapporte tout ce qu'il faut pour manger ! »

Les sept chevreaux reconnurent la grosse voix du loup : « Non, tu nous mens ! Tu n'es pas notre maman. Elle n'a pas cette voix. La sienne est douce et agréable. Tu es le loup ! »

Le loup alla chez le marchand acheter de la craie. Il en mangea et, ainsi, sa voix devint toute douce. Il se présenta de nouveau devant la maison des sept chevreaux. Il frappa à la porte et posa sa patte sur le rebord de la fenêtre. Il dit avec une petite voix : « C'est moi, ouvrez mes enfants, je vous ramène tout ce qu'il faut pour manger ! » Les chevreaux remarquèrent la patte noire par la fenêtre et lui répondirent : « Non, tu nous mens ! Tu n'es pas notre maman. Elle n'a pas de patte noire. La sienne est blanche. Tu es le loup ! » Encore une fois démasqué, le loup courut alors chez le boulanger. Prétextant s'être blessé à la patte, il demanda au boulanger de la lui enduire avec de la pâte à pain. La pâte appliquée, le loup se précipita chez le meunier. Il lui ordonna : « Mets-moi vite de la farine sur ma patte. »

Le meunier se doutait bien que le loup préparait quelque chose de pas bien net. Il refusa. Le loup, en colère et agressif, lui cria : « Si tu refuses, je te mange ! Tu m'entends ! »
Le meunier prit peur et, à contrecœur, accepta de blanchir sa patte. Il ne suffit pas de grand-chose !
Ainsi, pour la troisième fois, le loup se présenta à la porte de la maison : « C'est moi, ouvrez mes enfants, je vous rapporte tout ce qu'il faut pour manger !
– Montre ta patte avant ! Nous reconnaîtrons bien la belle patte de notre maman », s'empressèrent de crier les sept chevreaux.
Le loup, sûr de lui, tendit la patte blanche vers le rebord de la fenêtre. Les chevreaux virent la patte blanche et crurent effectivement reconnaître celle de leur maman. Ils ouvrirent la porte.

Le loup se précipita dans la pièce, cherchant partout les chevreaux à attraper. Ceux-ci, de peur, se ruèrent de tous côtés pour se cacher. Le premier alla sous la table, le deuxième dans le lit, le troisième dans le poêle éteint, le quatrième dans la cuisine, le cinquième dans l'armoire, le sixième sous le lavabo et le septième dans la pendule. Le loup, un par un, les trouva et les mangea, sauf le septième. Celui-ci, bien caché, avait échappé au loup et en tremblait encore. Le loup, gavé, s'en alla et, satisfait, se coucha dans le pré d'à côté. Il s'endormit sans aucune difficulté.

La vieille chèvre revint de la forêt, impatiente de retrouver ses chers enfants chéris. Quel triste spectacle découvrit-elle quand elle rentra dans la maison !

La porte était restée grande ouverte. La chèvre sut qu'il s'était passé quelque chose. En effet, la table et les chaises avaient été renversées. Le lavabo était cassé et le lit complètement défait. Elle appela ses enfants un par un. Elle n'eut aucune réponse, jusqu'à ce qu'elle prononce le nom du septième, qui lui répondit d'une petite voix :
« Je suis là, dans la pendule, maman. Sors-moi de là ! » La chèvre, découvrant son enfant, le serra fort. Il lui raconta toutes les ruses que le loup avait mises au point. Malheureusement, il avait réussi à manger les six premiers chevreaux. La malheureuse chèvre pleurait ses six autres petits. Impossible de la consoler ! Accablée, elle sortit suivie de l'unique chevreau qui lui restait. Soudain, elle aperçut le loup en train de dormir dans le pré.

En essayant de ne pas se faire remarquer, la chèvre s'approcha du loup qui ronflait bruyamment. Elle regarda le gros ventre et s'aperçut qu'il bougeait étrangement. « Mon Dieu, se dit-elle, serait-ce possible qu'ils puissent être encore vivants ? » Elle demanda au chevreau de retourner à la maison et d'aller y chercher une paire de ciseaux, une aiguille et du fil. La chèvre commença à ouvrir le ventre et un premier chevreau sortit sa tête.
En continuant de tailler ainsi, elle eut l'heureuse surprise de découvrir les six chevreaux sains et saufs. En réalité, le loup, pressé de manger, les avait avalés tout rond. Quelle joie ! Tous les sept s'enfouirent dans les bras de leur maman et coururent dans tous les sens, heureux, conscients de leur liberté retrouvée.
La chèvre demanda à ses enfants d'aller chercher de grosses pierres.

« Nous allons emplir le ventre du loup et il sera bien eu ! » Les sept chevreaux poussèrent avec le plus de force possible une pierre chacun. Ils emplirent le ventre du loup, qui dormait encore profondément. La chèvre recousut le ventre aussi vite qu'elle put, de peur que celui-ci ne se réveille. Pourtant, il ne s'aperçut de rien.

Quand, enfin réveillé, il se leva péniblement, il eut cette pensée :
« Quelle digestion difficile que ces six chevreaux dans l'estomac ! »
Il sentait la soif venir et voulut aller boire. Pendant qu'il marchait, les pierres se frottaient. Il se dit : « Que mon ventre me fait mal. Je me sens devenir pâle ! J'avais cru avaler sept chevreaux et je crois flairer qu'ils se sont échappés et que de grosses pierres les ont remplacés. »
Le loup se déplaça non sans mal jusqu'au puits, se pencha et but. Seulement, le poids des pierres le fit tomber dans l'eau. Il se noya. Les sept chevreaux, qui l'observaient de loin, accoururent et crièrent tant que le loup pouvait encore entendre :
« Tombé, le loup est noyé ! Mort, le loup y est ! »
La chèvre appela ses sept chevreaux afin de fêter la mort du loup.
Il l'avait bien mérité ! Elle leur servit un bon repas. Ensuite, ils se mirent tous à danser de joie, et la vieille chèvre avec eux.

HANSEL ET GRETEL

Près d'une grande forêt habitaient un bûcheron, sa femme et leurs deux enfants, Hansel et Gretel. Comme ils étaient très pauvres, il n'était pas facile de manger tous les jours. Cela faisait un an que la famine accablait le pays.
Le bûcheron avait bien du mal à dormir et se faisait beaucoup de souci. Une nuit qu'il n'arrivait pas à trouver le sommeil, il dit à sa femme : « Que faire ? Comment allons-nous nourrir nos malheureux enfants ? Je suis désespéré…
– Il n'y a qu'une solution, dit la femme. Demain, nous les emmenons dans la forêt, leur proposons de faire un bon feu autour duquel ils pourront manger un petit bout de pain. Nous, nous partons à notre labeur et les laissons seuls. Jamais ils ne retrouveront leur chemin. Ainsi, nous serons débarrassés ! »
Le bûcheron ne pouvait se résoudre à laisser ses enfants et prendre le risque qu'ils se fassent dévorer par des bêtes sauvages. Mais, à contrecœur, il accepta.

Les deux enfants, qui n'arrivaient pas à s'endormir, avaient tout entendu. Gretel se mit à pleurer. « Tu as entendu ! Ils veulent se débarrasser de nous ! J'ai peur… » Hansel se rapprocha de sa sœur et la rassura : « Arrête de pleurer, je trouverai une solution pour nous sortir de là. » Profitant que ses parents s'étaient enfin endormis, Hansel se leva, prit ses habits et alla dehors. Devant la maison, des petits cailloux blancs brillaient. Hansel se pencha pour en ramasser. Les poches pleines, il rentra dans la maison et rassura sa sœur : « Endors-toi tranquillement, nous ne nous laisserons pas faire. » Sur ces mots, il se coucha et s'endormit.

La femme du bûcheron se leva très tôt et alla réveiller les enfants. « Allez, fainéants ! Debout ! Venez-nous aider à ramasser le bois. » Les enfants se levèrent et prirent le morceau de pain que leur mère leur tendait. « Et surtout, ne mangez pas tout d'un coup, il n'y a que ça ! » Ils se mirent tous en marche. Hansel, laissant filer ses parents et sa sœur, lâchait les cailloux ramassés la veille un à un. Quand ils furent arrivés dans la forêt, le père demanda à ses enfants de ramasser du bois pour pouvoir allumer un feu. Hansel et Gretel se mirent à la tâche. Le feu allumé, la mère leur dit : « Maintenant que le feu est lancé, posez-vous à côté et reposez-vous. Nous allons couper du gros bois et viendrons vous chercher après. »

Hansel et Gretel s'installèrent auprès du feu et mangèrent leur morceau de pain. Ils entendaient un bruit de hache, et étaient rassurés de savoir leur père tout près. En fait, c'était une branche qu'il avait attachée et que le vent poussait régulièrement. Trop fatigués d'attendre, ils s'endormirent. À leur réveil, la nuit était tombée. Gretel, paniquée, se mit à pleurer. « Comment allons-nous faire pour sortir de là ? » Hansel posa sa main sur celle de sa sœur : « Attends, la lune va nous aider ! » Effectivement, grâce à la lune, on voyait briller les cailloux que le jeune garçon avait éparpillés sur le chemin. C'est ainsi qu'Hansel et Gretel retrouvèrent la route de leur maison. La mère, les voyant, leur dit sévèrement : « Mais alors, que faisiez-vous à dormir si longtemps dans la forêt ? Nous vous croyions perdus ! » Le père, lui, était heureux de revoir ses enfants.

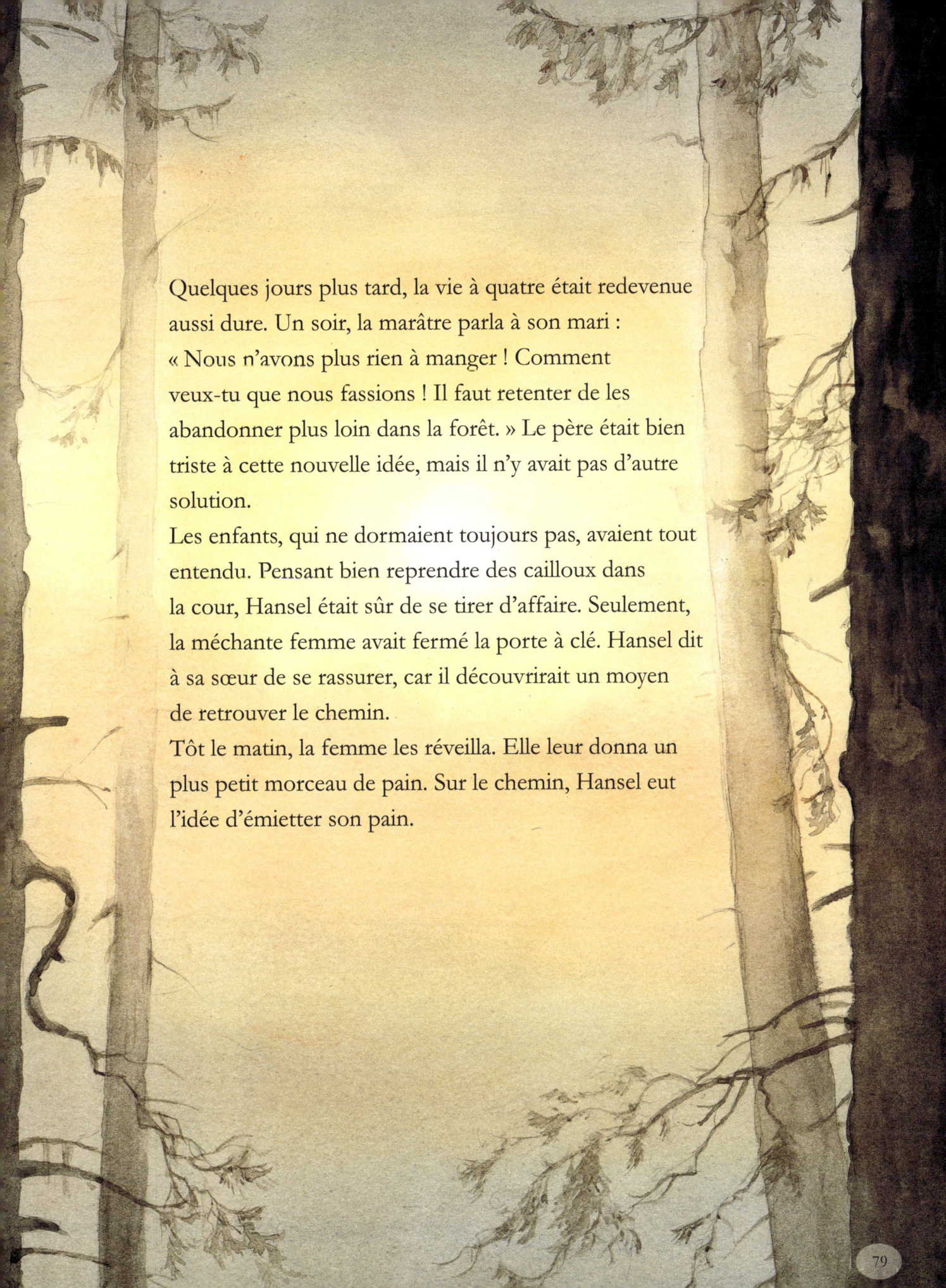

Quelques jours plus tard, la vie à quatre était redevenue aussi dure. Un soir, la marâtre parla à son mari :
« Nous n'avons plus rien à manger ! Comment veux-tu que nous fassions ! Il faut retenter de les abandonner plus loin dans la forêt. » Le père était bien triste à cette nouvelle idée, mais il n'y avait pas d'autre solution.

Les enfants, qui ne dormaient toujours pas, avaient tout entendu. Pensant bien reprendre des cailloux dans la cour, Hansel était sûr de se tirer d'affaire. Seulement, la méchante femme avait fermé la porte à clé. Hansel dit à sa sœur de se rassurer, car il découvrirait un moyen de retrouver le chemin.

Tôt le matin, la femme les réveilla. Elle leur donna un plus petit morceau de pain. Sur le chemin, Hansel eut l'idée d'émietter son pain.

La marâtre conduisit les enfants dans la forêt, plus loin encore. Ils firent un feu. « Ne bougez pas. Nous allons couper le bois et quand nous aurons fini, nous viendrons vous chercher », leur ordonna-t-elle. À l'heure de manger, ils partagèrent le seul morceau de pain qu'il restait à Gretel et s'endormirent. Au milieu de la nuit, ils s'éveillèrent encore seuls dans la forêt. Hansel rassura sa sœur et lui dit : « La lune va se lever et nous verrons bien les miettes de pain que j'ai jetées. » Hansel et Gretel marchèrent un jour et une nuit sans pouvoir sortir de la forêt. Ils avaient très faim et mangeaient quelques baies sauvages. Épuisés, ils s'endormirent au pied d'un arbre.

Cela faisait trois jours qu'ils étaient seuls. Alors qu'ils désespéraient de trouver de l'aide, ils virent un joli oiseau blanc qui chantait. Attirés, ils le suivirent et se retrouvèrent devant une maison faite de pain et de gâteaux. Les deux enfants se mirent à croquer des morceaux du toit ou de carreaux de fenêtres. Ils se laissèrent aller en mangeant tout ce qu'ils pouvaient.

Tout d'un coup, une porte s'ouvrit et une vieille femme sortit. D'un air accueillant, la vieille femme leur dit : « Entrez, mes chers enfants, je ne vais vous faire aucun mal. » Agréablement surpris, ils rentrèrent dans la maison sans se méfier. En réalité, cette femme était une méchante sorcière. Elle avait eu l'idée de construire cette maison pour attirer les enfants, les tuer et les manger. C'est ainsi qu'au petit matin, après une belle nuit de sommeil, la sorcière prit Hansel et l'enferma dans l'étable. Elle alla ensuite réveiller Gretel afin qu'elle prépare un bon repas pour engraisser son frère. Gretel pleurait, mais était bien obligée d'obéir. Tous les matins, la sorcière à la vue médiocre allait voir si le jeune garçon grossissait. Malin, Hansel tendait un petit os, et ça n'était jamais bon.

Au bout de quatre semaines, la sorcière en eut assez d'attendre et décida que le jour était arrivé. Elle appela Gretel pour qu'elle aille chercher de l'eau. Le lendemain, pour sûr, la sorcière mangerait le jeune garçon. La jeune sœur, effondrée, pleurait à chaudes larmes.

Le lendemain, la sorcière, qui avait déjà mis en route le four, ordonna à Gretel d'entrer dedans pour voir s'il était assez chaud. Elle voulait fermer la porte pour que la petite rôtisse, et ainsi la manger. Grethel, prétextant ne pas savoir comment y entrer, demanda à la sorcière de lui montrer. La sorcière entra sa tête. La petite en profita pour la pousser dedans et referma la porte. On entendit d'horribles cris. Gretel courut pour ouvrir à son frère : tous deux furent heureux de se retrouver. Ils trouvèrent des perles et des diamants dans la maison et les emportèrent. Arrivés au bord d'une rivière, ils n'avaient aucun moyen pour traverser. Comme un canard blanc était là, ils s'adressèrent à lui : « Aide-nous à traverser, petit canard. Sans barque, sans gué, sans pont, nous ne pouvons. » Ils traversèrent l'un après l'autre sur le dos de l'animal. Après un long moment de marche, ils retrouvèrent la maison. Ils coururent vers leur père, seul et accablé depuis leur départ. Sa femme était morte. Les enfants montrèrent leurs merveilleuses trouvailles. Fini les soucis ! Grâce au trésor de la sorcière, ils purent manger à leur faim et vivre heureux.

FRÉROT ET SŒURETTE

Frérot s'approcha de sa sœur et lui dit :
« Nous ne pouvons rester ici plus longtemps. Depuis que notre mère est morte, nous vivons un vrai malheur avec cette belle-mère qui ne pense qu'à nous battre. Aucun réconfort n'est possible auprès de cette méchante femme, car elle nous chasse à chaque fois que nous nous approchons d'elle. Vois comme nous sommes mal nourris, même le chien est plus gâté que nous.
Si maman savait cela ! Viens, partons ! »
Ils marchèrent longtemps, longtemps avant d'arriver dans une grande forêt. Très fatigués et mourant presque de faim, ils se serrèrent tous les deux dans le creux d'un arbre et s'endormirent.

Le lendemain, ils se réveillèrent. Le soleil tapait déjà très fort malgré l'épaisseur de la forêt. Frérot dit à sa sœur : « Si seulement nous pouvions trouver un peu d'eau. J'ai si soif. Il me semble entendre quelque chose ruisseler. » Ils partirent à la recherche du point d'eau. Leur belle-mère était en fait une sorcière, et elle avait bien entendu les enfants partir. Ainsi, elle les avait suivis et avait jeté un sort sur toutes les sources de la forêt. Frérot et Sœurette en trouvèrent enfin une. Frérot s'apprêtait à boire quand Sœurette entendit une petite voix : « Celui qui me boit se transforme en tigre. » Soudainement, elle s'écria : « Non, Frérot. Ne bois pas ! Tu vas te changer en tigre et tu voudras me dévorer dès que tu me verras ! » Malgré sa soif, Frérot se retint et ne but pas.

Ils arrivèrent ensuite à la deuxième source et encore une fois, Sœurette entendit l'eau : « Celui qui me boit se transforme en loup. » Pour la deuxième fois, elle s'écria : « Non, Frérot. Ne bois pas ! Tu vas te changer en loup et tu voudras me dévorer dès que tu me verras ! » Frérot lui répondit : « Je veux bien attendre encore, mais à la prochaine source, je bois ! Ma soif est trop importante et nous verrons bien ce qui arrivera ! »
À la troisième source, Sœurette entendit : « Celui qui me boit se transforme en chevreuil. »
Elle dit à son frère, qui était déjà penché à boire l'eau : « Non, Frérot. Ne bois pas ! Tu vas te changer en chevreuil, tu t'échapperas et partiras loin de moi ! »

En effet, dès que l'eau effleura les lèvres du garçon, il se transforma en chevreuil. Sœurette se mit à pleurer en voyant son frère ainsi transformé. Lui aussi pleurait. Elle s'approcha de lui et, le caressant, le consola :
« Non, ne pleure pas ! Je suis là et nous resterons ensemble. » Elle enleva sa jarretière d'or, la mit autour du cou du chevreuil. Avec des joncs, elle tressa une corde souple. Elle l'attacha au jeune animal. Ils partirent tous les deux dans la vaste forêt. Après une longue marche, ils arrivèrent devant une petite maison. En la voyant inhabitée, la jeune fille se dit qu'ils pourraient s'y installer. Une fois le lit fait avec de la mousse et des feuilles pour le chevreuil, elle allait chercher des racines, des baies sauvages et des noisettes pour elle, et de l'herbe pour son Frérot. Le soir, satisfaits, ils s'endormaient tous les deux, Sœurette la tête posée sur le dos du chevreuil. Ce fut comme cela tous les jours suivants.

Un jour, le roi donna une grande chasse.
Chiens, trompettes et voix des chasseurs éveillèrent la curiosité du jeune chevreuil. Il insista auprès de sa sœur pour s'y joindre. Elle finit par accepter, mais le pria de bien faire attention. Elle lui dit aussi qu'elle fermerait la porte à clé, ayant peur des chasseurs. Pour qu'elle le reconnaisse, il devrait lui dire : « Sœurette, c'est moi. Ouvre-moi. » Tout heureux, le jeune chevreuil courut vite. Le roi et ses chasseurs le prirent en chasse dès qu'ils virent le bel animal. Heureusement, ils n'arrivèrent pas à le rattraper. Le soir venu, il rentra à la maison et frappa en disant : « Sœurette, c'est moi. Ouvre-moi. »
Il put rentrer et se reposa jusqu'au lendemain.

Le matin suivant, il ne put résister au son des cors et voulut retourner à la chasse. Sa sœur accepta, mais lui recommanda de faire attention et de répéter les mêmes mots que la veille s'il souhaitait pouvoir rentrer.
Le roi et les chasseurs reconnurent le chevreuil au collier d'or. Ils le poursuivirent toute la journée sans pouvoir l'attraper. Il était décidément très vif et rapide. Ils arrivèrent tout de même à le cerner et l'un d'eux à le blesser. Fort heureusement, la blessure était légère.
Un chasseur le suivit jusqu'à la maison et l'entendit parler :
« Sœurette, c'est moi. Ouvre-moi. » Ainsi, la porte s'ouvrit et le chevreuil entra. Le chasseur raconta au roi ce qu'il avait vu et entendu. Le roi décida qu'ils retourneraient tous chasser le lendemain.

Le matin suivant, Frérot, dont la blessure avait été soignée par Sœurette, souhaita ardemment retourner à la chasse. Sa sœur le mit en garde :
« Mais, tu vas te faire tuer et je serai seule.
– Je n'y tiens plus. Laisse-moi sortir ! » pria son frère. Elle se résigna et le laissa partir. Quand le roi le vit, il demanda à ses chasseurs de le prendre en chasse et de ne pas lui faire de mal. Pendant la chasse, le roi se rendit devant la maison et trouva la porte ouverte après avoir prononcé la phrase rituelle. Il découvrit la belle jeune fille apeurée. Il lui proposa de le suivre jusqu'à son château et de l'épouser. Sœurette accepta à condition de pouvoir emmener son chevreuil avec elle. Une belle cérémonie fut célébrée, et on s'occupait très bien du chevreuil, qui avait tout loisir de gambader dans l'immense parc. Cependant, quand la belle-mère apprit qu'ils étaient encore en vie, et heureux de surcroît, elle décida de se venger des enfants. En plus, sa véritable mais laide fille à un œil, lui faisait des reproches : c'était elle qui aurait dû être reine !

Un certain temps passa, et la jeune reine mit au monde un garçon. Se faisant passer pour des domestiques, la méchante femme et sa fille proposèrent à la reine de lui préparer un bon bain chaud. Elles l'enfermèrent et, ayant mis le feu au plus fort, furent persuadées que la reine étoufferait. La fille de la marâtre prit place dans le lit, déguisée en reine, en se couchant sur le côté afin que le roi ne voie pas l'œil manquant. C'est ainsi que ce dernier alla voir sa femme et son enfant. Il ne découvrit pas la supercherie. À minuit pourtant, la nourrice vit entrer la vraie reine, qui s'enquit de son enfant et de son chevreuil. Elle revint ainsi une deuxième fois. La nourrice alla prévenir le roi. Celui-ci décida d'attendre lui-même la troisième visite de sa femme. Ils se retrouvèrent. La reine raconta alors au roi le crime de la méchante sorcière et de sa fille. Elles furent toutes deux jugées, la fille fut dévorée par les bêtes sauvages et la sorcière, jetée au feu, mourut dans d'atroces douleurs. Quand il ne resta plus que des cendres, le petit chevreuil retrouva sa forme humaine.

Sœurette et Frérot vécurent heureux jusqu'à leur mort.

RAIPONCE

Depuis très longtemps, un mari et sa femme désiraient un enfant. Un jour, la femme sentit bien que son vœu le plus cher allait se réaliser. Ils habitaient une maison qui donnait sur un magnifique jardin, qui appartenait à une sorcière. Dans ce jardin entouré de hauts murs poussaient de belles raiponces et de jolies plantes. Seulement, personne n'osait y entrer, car chacun avait peur de cette sorcière. La femme, à sa fenêtre, admirait les belles raiponces. Elles étaient si splendides et si appétissantes qu'elle aurait voulu en manger. Mourant d'ennui, elle se rendait tous les jours à la fenêtre et enviait ces appétissantes plantes. Elle en oubliait de manger et se mit à dépérir petit à petit.
Son mari, la voyant ainsi, s'inquiéta :
« Qu'as-tu donc ? Je ne te reconnais plus !
– Je crois que je vais me laisser mourir si je ne peux pas manger les raiponces du jardin ! »

Le mari adorait sa femme et aurait tout fait pour la satisfaire quoi qu'il arrive. Il décida le soir même d'escalader le jardin de la sorcière. Il prit une bonne poignée de raiponces qu'il rapporta à sa femme. Immédiatement, elle se prépara une salade et la mangea avec grand appétit. Seulement, cela ne lui suffisait pas ; elle en voulait encore. Il fallut alors, pour le mari, retourner dans le jardin. Le soir venu, donc, il sauta comme la veille. Arrivé au sol, il se figea, surpris par la présence de la sorcière :

« Tu n'as pas peur de t'introduire ainsi dans mon jardin et de venir cueillir mes raiponces ! lui dit-elle.

– Je demande votre clémence. Si je suis venu, c'est parce que ma femme se mourait à la vue de vos belles raiponces qu'elle ne pouvait toucher. »

La sorcière le coupa : « Bien, bien, j'en ai assez entendu ! Tu peux prendre toutes les raiponces que tu veux, à condition que tu me donnes l'enfant que ta femme mettra au monde. Je saurai m'en occuper comme une vraie mère. »

L'homme accepta tout sans discuter, ayant trop peur de cette vilaine femme.

Quelques semaines plus tard, la femme eut son enfant. La sorcière aussitôt arriva, lui donna comme nom Raiponce et l'emporta. Raiponce était une bien jolie petite fille. Le jour de ses douze ans, la sorcière prit la jeune enfant et l'enferma dans une tour sans escalier ni porte, en plein milieu d'une forêt. Il n'y avait qu'une fenêtre en haut.

Ainsi, quand la sorcière souhaitait monter
dans la tour, elle se plaçait sous la fenêtre
et appelait en criant :
« Raiponce, Raiponce,
fais tomber tes cheveux. »
Raiponce avait une belle et merveilleuse
chevelure. Elle attachait ses nattes et
les déroulait afin que la sorcière
se hisse et entre.
Des années plus tard, le fils d'un roi, qui
galopait à une allure soutenue, passa près
de la tour et entendit un joli chant. Il aurait
aimé entrer dans cette gigantesque tour.
Il fit le tour, mais en vain. Il repartit, mais
fut tellement bouleversé par ce chant qu'il
revint chaque jour. Alors qu'il était là
à écouter le chant, caché derrière un arbre,
il entendit la sorcière qui criait :
« Raiponce, Raiponce,
fais tomber tes cheveux. »

Raiponce fit comme à chaque fois et la sorcière grimpa jusqu'en haut. Le prince se dit alors : « Si c'est de cette façon que l'on monte dans cette tour, je veux bien tenter ma chance moi aussi. » Le lendemain, à la nuit tombée, il se présenta sous la tour et appela :
« Raiponce, Raiponce,
fais tomber tes cheveux. »
Une fois les nattes déroulées, le fils du roi put monter. Raiponce eut sur le coup peur de cet homme. Mais très vite, il la rassura en lui parlant doucement et en lui racontant combien il avait été touché de l'entendre chanter.

Raiponce était profondément touchée par le prince. Celui-ci lui demanda si elle accepterait de devenir sa femme. Raiponce, le voyant si beau et certainement plus aimant que Taufpatin, sa vieille protectrice, lui dit : « Il est sûr que je veux bien partir avec toi, mais je ne peux pas descendre. Alors apporte-moi un cordon de soie pour que j'en fasse une échelle, et tu pourras m'emmener sur ton cheval. » Ainsi, le prince et Raiponce décidèrent de se voir tous les soirs. La sorcière n'aurait rien deviné si un jour Raiponce ne lui avait pas dit qu'elle la trouvait bien plus lourde que le fils du roi. En colère, elle attrapa les nattes de Raiponce, les coupa et les laissa à terre. Elle s'en alla, abandonnant la jeune fille à sa tristesse.

Le soir même, la sorcière attacha les nattes et, quand le fils du roi appela :
« Raiponce, Raiponce,
fais tomber tes cheveux »,
la sorcière déroula les nattes.
Le jeune prince monta, et quelle ne fut pas sa surprise en voyant la sorcière.
« Ha, ha ! dit-elle en ricanant.
Tu ne pensais pas me trouver là !
Ta belle n'est pas là. Elle ne chante plus. Je l'ai emportée et je vais te crever les yeux. Pour toi, Raiponce n'est plus, tu ne la verras plus. »
Le fils du roi, désespéré, se jeta du haut de la tour, mais ne se tua pas.
En tombant au milieu des épines, il perdit la vue.
Sa vie devint bien triste, il rôdait dans la forêt en se nourrissant de fruits sauvages et de racines, pleurant toujours sa belle-aimée perdue.

Quelques années passèrent.
Le misérable aveugle se trouvait dans le même lieu de solitude où résidait Raiponce.
Elle avait mis au monde des jumeaux, une fille et un garçon.
La méchante sorcière étant morte, elle vivait seule avec ses enfants.
Le prince entendit un jour une voix qu'il crut reconnaître et, tout en continuant d'avancer, il s'approcha de Raiponce. Elle le reconnut tout de suite et lui sauta au cou en pleurant.
Les larmes coulèrent sur ses joues et touchèrent les yeux du jeune homme.
Aussitôt, le fils du roi retrouva la vue.
Ils retournèrent dans le royaume, où ils furent accueillis avec joie.
Enfin ensemble, ils vécurent de longues années dans le bonheur.

LES DOUZE FRÈRES

Il était une fois un roi et une reine qui vivaient ensemble en bonne entente. Ils avaient douze garçons. Le roi dit un jour à sa femme : « Si le treizième enfant que tu portes est une fille, nos douze garçons devront mourir. Ainsi, son héritage sera plus important, et le royaume lui appartiendra entièrement. » En prévision, il fit donc construire douze cercueils dans lesquels on mit des copeaux. Ils furent enfermés dans une pièce bien fermée et la clé fut remise à la reine. Le roi lui rappela de ne rien dire à personne. La reine était très triste. Le plus jeune de ses garçons, qui s'appelait Benjamin, s'aperçut de sa peine et tenta de comprendre l'origine de son chagrin.

« Mère, pourquoi es-tu si malheureuse ? »
lui demanda-t-il. « Mon cher enfant, je ne peux pas te le dire. »
Le jeune garçon insista tant que sa mère l'emmena voir les douze cercueils et lui expliqua que si elle donnait naissance à une fille, ils mourraient tous les douze. Benjamin essaya de la consoler :
« Ne pleure pas, nous nous en sortirons. »
La reine eut une idée : ses douze garçons devaient se rendre dans la forêt.
« Que l'un de vous monte au plus haut d'un arbre afin de voir la tour du château. Si je mets au monde un garçon, j'y mettrai un drapeau blanc, et si c'est une fille, ce sera un drapeau rouge comme du sang. »
Après avoir reçu la bénédiction de leur mère, les fils allèrent dans la forêt. Ils se relayèrent en haut de l'arbre, les yeux toujours fixés sur la tour. Au bout de onze jours, Benjamin prit le relais au poste de sentinelle. Il vit qu'un drapeau avait été accroché et qu'il était rouge comme sang. Ainsi, ils devaient tous s'enfuir s'ils ne voulaient pas mourir.

Benjamin annonça la nouvelle à ses onze frères. Ils firent le serment de se venger : s'ils rencontraient une jeune fille, ils feraient couler son sang. Ils s'enfoncèrent plus loin dans la forêt et y trouvèrent une pauvre cabane. Ils décidèrent de s'y installer. Les onze aînés prirent la parole : « Toi, Benjamin, tu es le plus jeune, alors, tu t'occuperas du ménage. Nous, nous irons à la chasse. »
Ils tuèrent des chevreuils, des lièvres et des oiseaux qu'ils rapportaient à Benjamin, qui les cuisinait.

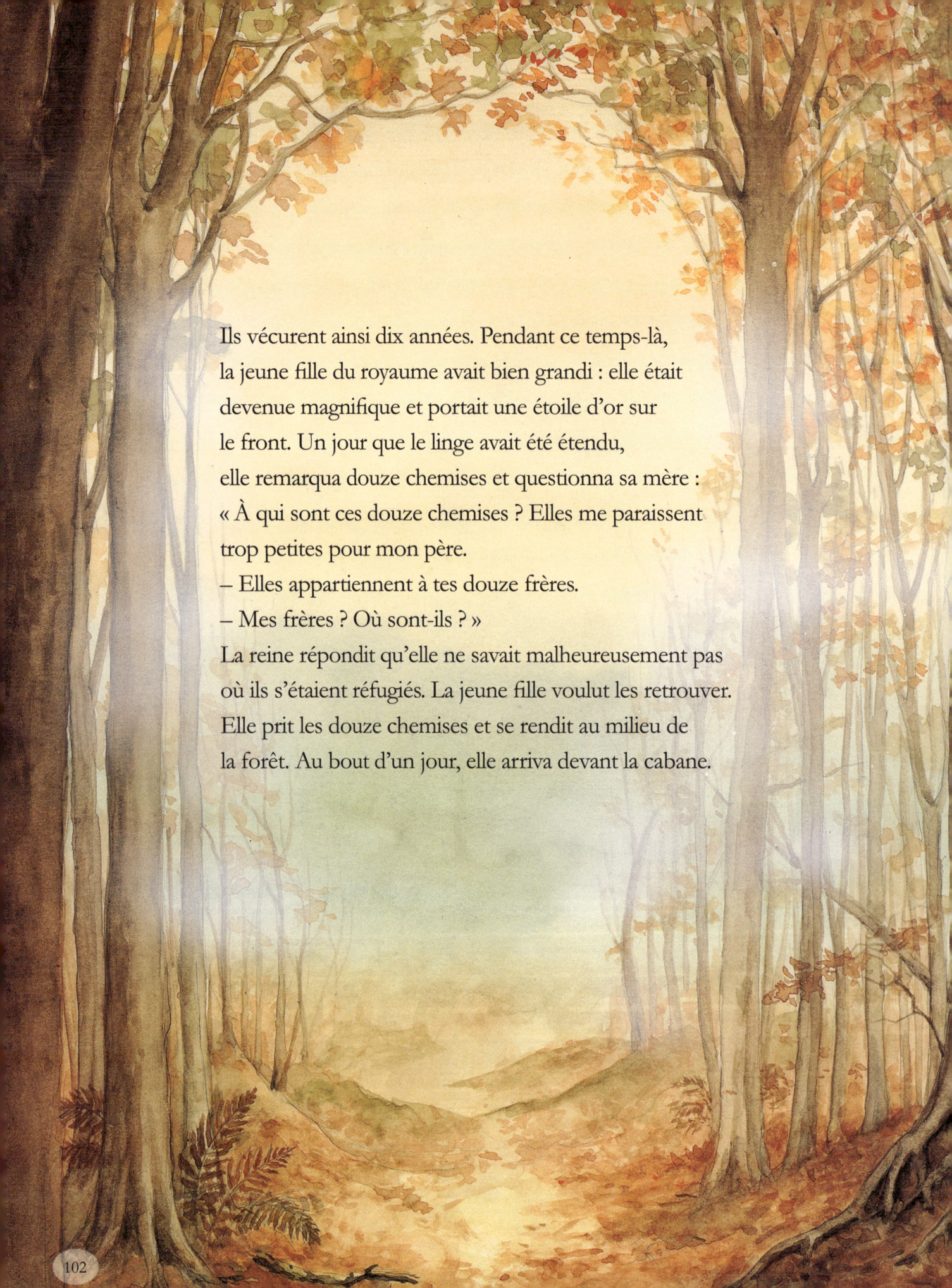

Ils vécurent ainsi dix années. Pendant ce temps-là, la jeune fille du royaume avait bien grandi : elle était devenue magnifique et portait une étoile d'or sur le front. Un jour que le linge avait été étendu, elle remarqua douze chemises et questionna sa mère :
« À qui sont ces douze chemises ? Elles me paraissent trop petites pour mon père.
– Elles appartiennent à tes douze frères.
– Mes frères ? Où sont-ils ? »
La reine répondit qu'elle ne savait malheureusement pas où ils s'étaient réfugiés. La jeune fille voulut les retrouver. Elle prit les douze chemises et se rendit au milieu de la forêt. Au bout d'un jour, elle arriva devant la cabane.

En entrant, elle trouva un jeune garçon qui l'interrogea : « Qui êtes-vous et que voulez-vous ? » La jeune fille, lui montrant les douze chemises, répondit : « Je suis la fille du roi et je cherche mes frères. » Benjamin la crut et se présenta comme son plus jeune frère. Heureux de s'être retrouvés, ils s'embrassèrent. Il lui expliqua le serment prêté par les douze frères. La princesse était disposée à sacrifier sa vie pour que ses frères puissent récupérer ce qu'ils avaient perdu. Benjamin n'était pas d'accord et lui demanda de se cacher derrière une cuve en attendant l'arrivée de ses frères.

Les onze jeunes hommes revinrent de la chasse et, au moment du repas, Benjamin leur annonça la nouvelle :
« Ne savez-vous rien ?
– Non, que se passe-t-il ?
– Faites-moi la promesse de ne pas vouloir la mort de la première jeune fille qui sera devant vous.
– Nous te le promettons !
– Notre sœur est là. » Il poussa la cuve et tous purent admirer leur chère sœur. Heureux, ils la serrèrent dans leur bras. La jeune fille resta dans la cabane à aider Benjamin et à préparer le repas pour tous. Un jour, désirant faire une surprise à ses douze frères, elle cueillit douze lis. À peine avait-elle fait cela que les douze frères se transformèrent en corbeaux volant au-dessus de la forêt.

Seule et effrayée, elle finit par rencontrer une vieille femme qui la réprimanda : « Qu'as-tu fait ? Ces douze lis étaient tes douze frères ! » La jeune fille pleura et se demanda s'il n'y avait pas un moyen de les délivrer. La vieille femme lui apprit que le sort ne pouvait être rompu que si, pendant sept années, elle ne prononçait aucun mot. Elle se mit alors sur un rocher et fila sans prononcer une seule parole.
Un jour qu'un roi passait par là, il vit la jeune princesse et fut ébloui par sa beauté. Il lui demanda si elle voulait bien le suivre et l'épouser. La princesse fit oui de la tête. Ils se rendirent au palais où, quelque temps après, furent célébrées de belles noces, même si la princesse resta aussi muette. Ils étaient heureux, mais la méchante belle-mère de la jeune fille ne l'aimait guère et faisait tout pour lui nuire.

Cette méchante femme inventa les pires mensonges sur la reine, si bien que le roi finit par croire sa mère et fit condamner sa femme à la peine de mort. Un bûcher fut allumé ; la jeune femme fut attachée à un pilier. Le roi, les larmes aux yeux, était à sa fenêtre. Alors que les flammes commençaient à lécher les vêtements de la jeune reine, les sept années du mauvais sort venaient justement de s'écouler.
On entendit un battement d'ailes de corbeaux. À peine eurent-ils atteint le bûcher qu'ils se transformèrent en ses douze frères. Rapidement, ils éteignirent les flammes, dénouèrent les liens de leur sœur et l'embrassèrent. Désormais, elle pouvait parler et ne craignait plus rien. Elle raconta au roi la raison de son silence.
Le roi fut ravi de retrouver sa belle, et ils vécurent tous ensemble bien heureux jusqu'à la fin de leur vie.

LA FILLE DU ROI ET LA GRENOUILLE

Il y a très longtemps vivait un roi dont toutes les filles étaient belles. La plus jeune était la plus jolie ; à chaque fois que le soleil brillait, il illuminait son doux visage. Près du royaume, un vieux tilleul était planté dans une sombre forêt.
Sous ce vieil arbre, il y avait une fontaine. Un jour de forte chaleur, la jeune enfant partit dans le bois avec sa balle en or. Elle s'installa au pied de la fontaine et joua à son jeu favori, qui était de la lancer en l'air. Mais la balle d'or, au lieu de retomber dans sa main, chuta à terre et roula dans l'eau. La jeune fille ne la vit plus tellement la fontaine était profonde. Elle se mit à pleurer si fort que quelqu'un lui demanda : « Pourquoi pleures-tu ? » Elle regarda autour d'elle et aperçut une grenouille.

« Ah ! Bonjour grenouille. J'ai perdu ma balle d'or qui est tombée dans la fontaine. » La grenouille lui proposa de lui venir en aide, mais lui dit : « Et que me donneras-tu en échange ? »
La jeune fille promit de lui donner des perles, des diamants et la couronne qu'elle portait. La grenouille ne l'entendait pas ainsi et demanda à la princesse de l'aimer, d'être toujours à ses côtés et de devenir sa compagne. La princesse accepta, mais avait du mal à croire qu'elle pourrait devenir la compagne d'une grenouille.

Pourtant, la grenouille mit la tête sous l'eau et réapparut avec la balle d'or. Elle la jeta au sol.
La jeune princesse, heureuse, reprit son bien et se mit à courir. La grenouille l'arrêta dans son élan :
« Mais, attends, je ne cours pas si vite que toi ! Emmène-moi ! »
Seulement, la jeune fille ne l'écoutait pas et oublia complètement la grenouille.
Cette dernière, déçue, retourna dans la fontaine.
Le lendemain, alors que le roi, la princesse et toute la Cour prenaient leur repas, on entendit des plouf ! plouf ! plouf ! monter dans l'escalier. On frappa à la porte et on entendit :
« La plus jeune des filles du roi, ouvre-moi ! »
Celle-ci se leva et alla voir qui était là. C'était la grenouille.
Elle referma la porte et alla vite se rasseoir.

Le roi questionna sa fille : « Qu'y a-t-il, ma fille, qui te mette dans cet état ? Tu as vu un géant ?
– Oh, non, père, mais plutôt une vilaine grenouille.
– Que veut cette grenouille ? »
Alors la princesse expliqua que, la veille, ayant perdu sa balle d'or dans la fontaine, la grenouille l'avait aidée à la récupérer, en échange de quoi elle deviendrait sa compagne. « Je ne pensais pas qu'elle serait venue me chercher. » On frappa une deuxième fois à la porte et on entendit :

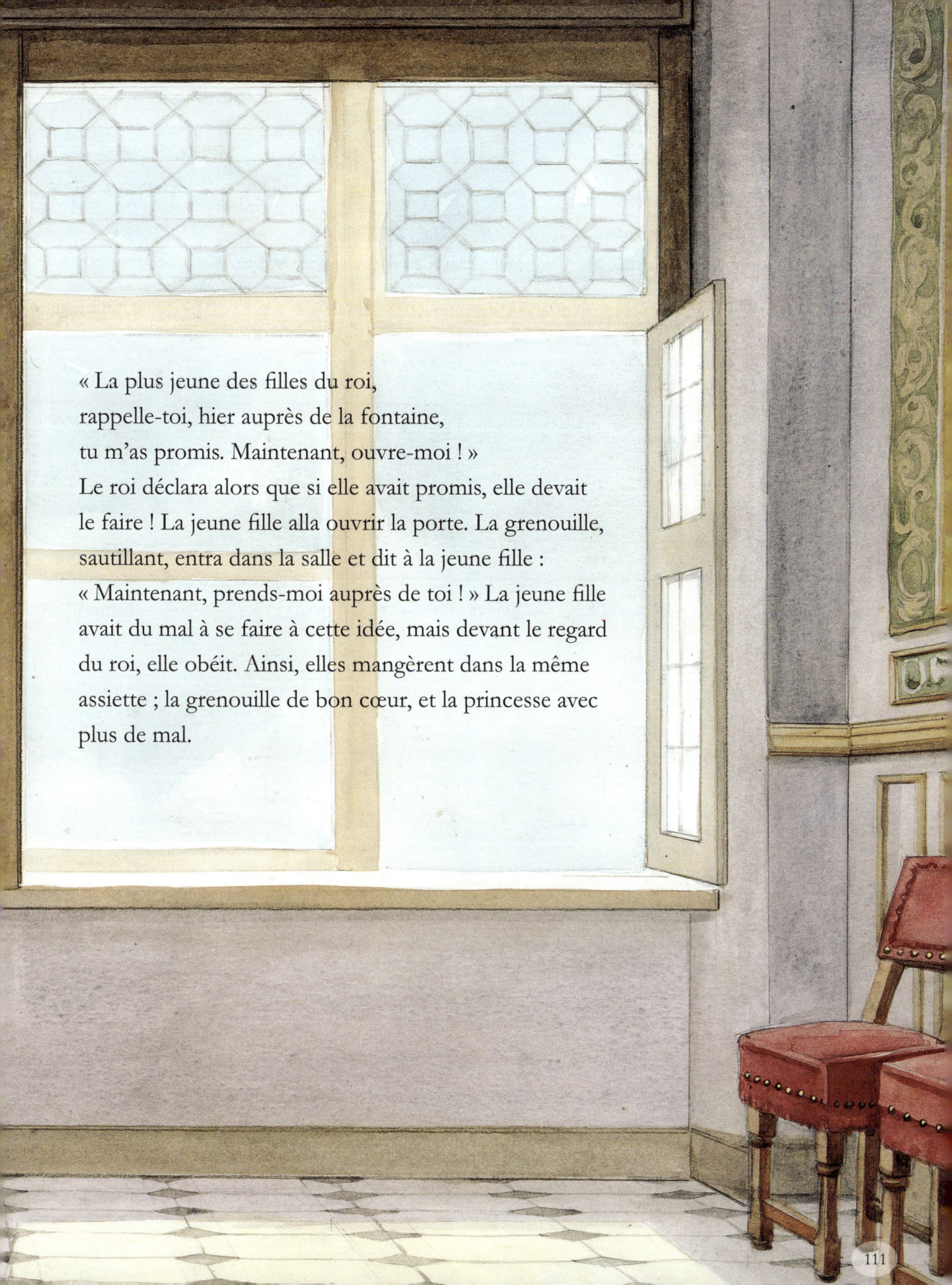

« La plus jeune des filles du roi,
rappelle-toi, hier auprès de la fontaine,
tu m'as promis. Maintenant, ouvre-moi ! »
Le roi déclara alors que si elle avait promis, elle devait le faire ! La jeune fille alla ouvrir la porte. La grenouille, sautillant, entra dans la salle et dit à la jeune fille :
« Maintenant, prends-moi auprès de toi ! » La jeune fille avait du mal à se faire à cette idée, mais devant le regard du roi, elle obéit. Ainsi, elles mangèrent dans la même assiette ; la grenouille de bon cœur, et la princesse avec plus de mal.

Après un si bon repas, la grenouille voulut aller se reposer et dormir auprès de la belle enfant.
La fille du roi se mit à pleurer. Le roi, hors de lui, s'emporta contre sa fille : « Tu n'as pas le droit de te comporter ainsi alors que cette grenouille t'a aidée. »
Alors, la princesse saisit la grenouille et monta avec elle dans sa chambre. Elle la mit dans un coin, seulement la grenouille ne l'entendait pas ainsi : « Maintenant, prends-moi dans tes bras ou je le dis à ton père ! » La princesse, en colère, saisit l'animal et le projeta contre le mur.
« Dors bien, sale grenouille ! »

Quand la grenouille retomba, elle se transforma en joli prince aux beaux yeux. Il devint donc le compagnon de la jeune princesse, selon la volonté du roi. Le prince raconta alors qu'une méchante sorcière lui avait jeté un sort et que seule la princesse pouvait le libérer. Dès le lendemain, ils iraient tous les deux dans le royaume du jeune prince.

Au lever du soleil, une voiture attelée de huit chevaux avec des houppes blanches sur la tête et aux harnais d'or se posta devant le palais. Henri, le fidèle valet du jeune roi, était là. Il avait eu tant de chagrin en voyant son jeune roi transformé en grenouille qu'il s'était bandé la poitrine de trois cercles de fer pour que son cœur n'éclate pas.

Le valet invita le jeune couple à monter en voiture et s'installa de nouveau à l'arrière, heureux de retrouver son maître sain et sauf. Ils roulèrent pendant quelque temps quand le prince entendit des craquements venant de derrière lui.
« Henri, que se passe-t-il ? L'attelage tient-il bon ? »
Le valet rassura son maître en lui expliquant :
« Non, Seigneur ! Ce n'est pas la voiture, l'une de mes ceintures se desserre, mon cœur étant maintenant libéré de ne plus vous voir transformé en vilaine grenouille ! »
Et ce fut ainsi tout le long du voyage, le fidèle Henri étant définitivement libéré et ravi d'être avec son seigneur désormais marié.

L'ESPRIT DANS LA BOUTEILLE

Il était une fois un pauvre bûcheron qui travaillait du matin au soir. Il avait réussi à mettre un peu d'argent de côté. Un jour, il dit à son fils : « Tu es mon seul enfant. Je souhaite que tu apprennes un métier honnête, comme cela tu pourras m'aider quand je ne pourrai plus travailler moi-même. » Ainsi, l'enfant alla dans une école importante. Ses maîtres étaient très satisfaits de lui, et il y resta un certain temps. Il lui fallut pourtant rentrer chez lui, car tout l'argent que son père avait économisé avait disparu. Le père était désolé que son fils ne puisse pas aller plus loin dans ses études. Cependant, le fils le rassura et, grâce à Dieu, il savait qu'il s'en sortirait. Alors que le père devait se rendre dans la forêt pour aller couper du bois, son fils voulut l'accompagner.
« Comment veux-tu m'aider, tu n'es point habitué à ce travail et, d'ailleurs, je n'ai qu'une hache ! » s'exclama le père.

Le fils lui répondit qu'il pouvait emprunter une hache au voisin jusqu'à ce qu'il ait gagné assez d'argent pour en acheter une neuve.

Le fils et le père se mirent alors au travail. Quand le soleil fut au plus fort, ils s'arrêtèrent pour déjeuner. Le fils prit son pain et dit :

« Reposez-vous, père. Moi, je ne suis pas fatigué ; je vais aller dans la forêt pour y chercher des nids.

– Petit arrogant ! rétorqua son père. Tu vas te fatiguer et, après, tu ne pourras plus m'aider. Reste ici et assieds-toi près de moi. »

Le fils, cependant, partit dans la forêt, mangea son pain et, tout joyeux, chercha à travers les branches s'il ne trouverait pas un nid.

Il arriva jusqu'à un grand chêne, vieux de plusieurs centaines d'années. Il s'arrêta, regarda l'arbre et songea :

« Je suis sûr qu'il y a pas mal de nids dans cet arbre. » Quand, tout d'un coup, il entendit une voix.

« Sors-moi de là ! Sors-moi de là ! »

Le jeune homme regarda autour de lui, mais rien. Il dit alors :

« Où es-tu ? » La voix répondit :

« Là, au pied de l'arbre ! »

Après avoir dégagé le pied de l'arbre, le jeune homme trouva une bouteille de verre avec une grenouille à l'intérieur.

Le garçon, ne pensant pas mal faire, retira le bouchon. En un instant, un esprit en sortit. Celui-ci grandit tellement qu'il prit la taille de la moitié de l'arbre. Il était vraiment horrible ! L'esprit, avec sa grosse voix, l'interrogea : « Sais-tu ce que tu mérites pour m'avoir fait sortir ?
– Non, répliqua le garçon.
– Je vais te tuer ! lui cria l'esprit.
– Il fallait me le dire et je t'aurais laissé à l'intérieur ! Seulement, tu ne me toucheras pas. Tu n'es pas le seul à avoir de la puissance.
– Pas le seul ? Tu ne sais pas à qui tu as affaire ! Je suis Mercure. Je dois rompre le cou à celui qui m'ouvre. »

Le jeune homme ne se démonta pas et continua
la conversation : « Qu'est-ce qui me dit que tu étais dans la
bouteille ? Tu dois me le prouver. Si tu parviens à rentrer
de nouveau dedans, je te croirai. » L'esprit se fit le plus petit
possible et passa par le goulot. Aussi vite qu'il le put, le
jeune garçon referma la bouteille. L'esprit avait été eu. Alors
que le garçon allait faire demi-tour pour retrouver son père,
il entendit l'esprit lui crier : « Sors-moi de là !
Sors-moi de là ! » Le jeune garçon lui répondit :
« Non, tu m'as menacé !
– Mais laisse-moi sortir et je te donnerai tout ce que tu
veux ! supplia l'esprit.
– Non, c'est encore un piège !
– Mais, voyons, saute sur cette occasion. Je ne te ferai aucun
mal et tu deviendras fortuné. »
Le jeune écolier pensa : « Peut-être tiendra-t-il parole ? »

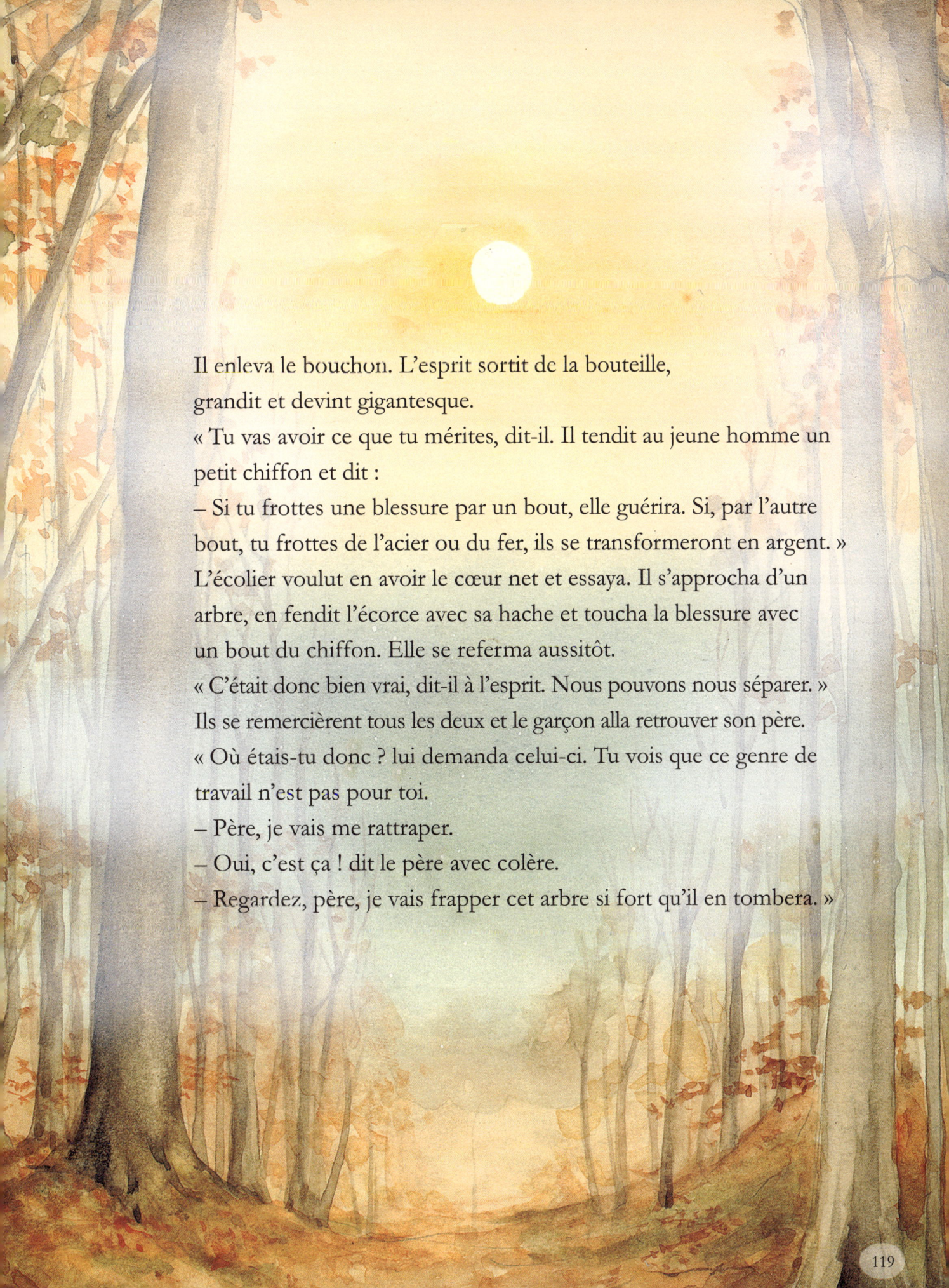

Il enleva le bouchon. L'esprit sortit de la bouteille, grandit et devint gigantesque.

« Tu vas avoir ce que tu mérites, dit-il. Il tendit au jeune homme un petit chiffon et dit :

– Si tu frottes une blessure par un bout, elle guérira. Si, par l'autre bout, tu frottes de l'acier ou du fer, ils se transformeront en argent. »

L'écolier voulut en avoir le cœur net et essaya. Il s'approcha d'un arbre, en fendit l'écorce avec sa hache et toucha la blessure avec un bout du chiffon. Elle se referma aussitôt.

« C'était donc bien vrai, dit-il à l'esprit. Nous pouvons nous séparer. »

Ils se remercièrent tous les deux et le garçon alla retrouver son père.

« Où étais-tu donc ? lui demanda celui-ci. Tu vois que ce genre de travail n'est pas pour toi.

– Père, je vais me rattraper.

– Oui, c'est ça ! dit le père avec colère.

– Regardez, père, je vais frapper cet arbre si fort qu'il en tombera. »

Il prit son chiffon, en frotta sa hache et donna un grand coup. Mais, comme le fer était devenu de l'argent, la hache s'abîma. « Regardez la mauvaise hache que vous m'avez donnée ! La voilà tordue. »
Le père en fut bouleversé et dit : « Qu'as-tu fait ! Il va me falloir payer cette hache. Et avec quoi ?
– Enfin, père, faites-moi confiance. Je la paierai.
– Idiot, et comment ? »
Un moment après, le fils dit à son père d'arrêter de travailler. Le père n'en revenait pas. Comment allait-il faire pour rembourser la hache ? Le fils le pria de le suivre, car c'était la première fois qu'il était venu ici et il n'était pas certain de retrouver le chemin du retour. Le père, s'étant un peu calmé, suivit son fils.

Ce dernier se rendit avec la hache abîmée chez un bijoutier qui lui dit qu'elle valait quatre cents deniers. Le bijoutier ne pouvait pas lui en donner autant d'un seul coup, mais lui remit trois cents deniers ; il lui en devrait encore cent autres une prochaine fois.

Le jeune homme rentra chez lui. Il vint retrouver son père et lui demanda combien voulait le voisin pour sa hache.
Le père, désespéré, lui dit :
« Que crois-tu, il en veut un denier et six sols.
– Eh bien, donnez-lui deux deniers et deux sols. Ça sera bien assez ! Tendez votre main et prenez cet argent ! » Il donna cent deniers à son père et lui dit qu'il en aurait maintenant autant qu'il voudrait. « Profitez de la vie ! » lui conseilla-t-il.

Le jeune garçon raconta à son père sa rencontre avec l'esprit de la bouteille, et comment il avait fait fortune en comptant sur sa chance. Avec l'argent qu'il avait obtenu, il retourna terminer ses études dans les grandes écoles.
Gardant constamment son chiffon avec lui, il devint le médecin le plus glorieux du monde, pouvant guérir toutes les blessures.

JORINDE ET JORINGEL

Au sein d'un vieux château entouré d'une grande forêt vivait une vieille magicienne. Le jour, elle se transformait en chatte ou en chouette, et reprenait forme humaine le soir. Cette vieille femme avait de grands pouvoirs et attirait tout le gibier qu'elle voulait afin de le manger. Personne ne pouvait approcher le château à plus de cent pas sous peine de ne plus pouvoir bouger. On ne pouvait être délivré que grâce à une formule magique dite par la vieille femme. Quand une jeune fille approchait, la magicienne la transformait en oiseau qu'elle enfermait dans une corbeille. Elle avait ainsi au moins sept mille corbeilles enfermées dans une salle du château.

Un jour, un jeune couple alla justement se promener dans la forêt afin de se parler en toute tranquillité. Jorinde était une jeune fille plus belle que les autres. Elle était la promise de Joringel, jeune homme tout aussi beau. Tous deux allaient fêter leurs fiançailles. Tout en se baladant, Joringel dit à sa bien-aimée :
« Surtout, ma Jorinde chérie, ne t'approche pas de ce château. »
Le soleil brillait encore malgré la soirée qui s'avançait. Une tourterelle, perchée sur un viel hêtre, chantait en geignant. Le jeune couple semblait s'être perdu et ne savait plus où aller.

La nuit était maintenant presque tombée. Joringel écarta les taillis et vit les murs du château tout près d'eux. Il eut très peur et fut pris d'une grande angoisse. Jorinde se mit à chanter :
« Mon petit oiseau bagué du rouge anneau,
Chante douleur, douleur : te voilà chantant sa mort au tourtereau,
Chante douleur, doul... tsitt, tsitt, tsitt. »

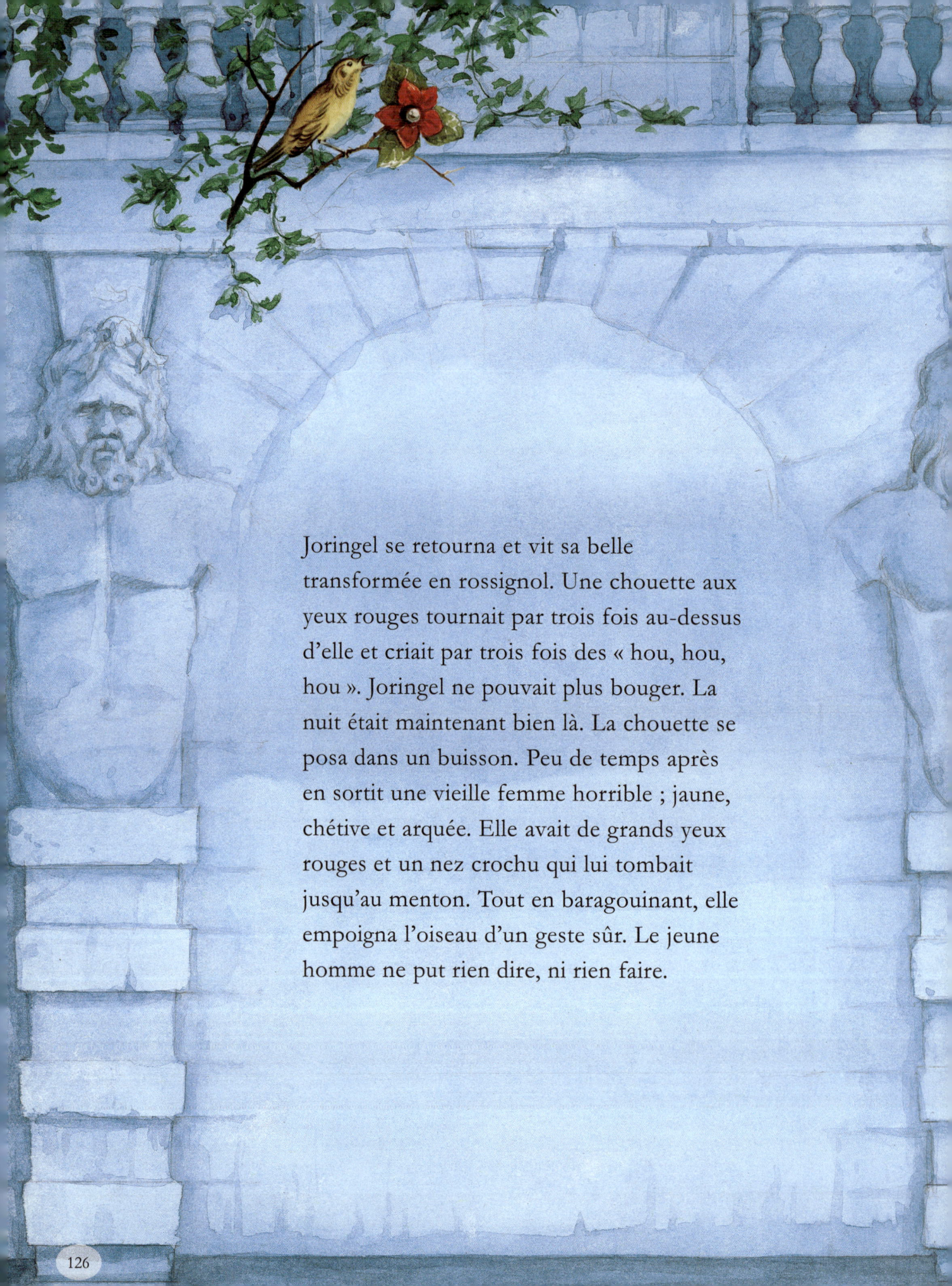

Joringel se retourna et vit sa belle transformée en rossignol. Une chouette aux yeux rouges tournait par trois fois au-dessus d'elle et criait par trois fois des « hou, hou, hou ». Joringel ne pouvait plus bouger. La nuit était maintenant bien là. La chouette se posa dans un buisson. Peu de temps après en sortit une vieille femme horrible ; jaune, chétive et arquée. Elle avait de grands yeux rouges et un nez crochu qui lui tombait jusqu'au menton. Tout en baragouinant, elle empoigna l'oiseau d'un geste sûr. Le jeune homme ne put rien dire, ni rien faire.

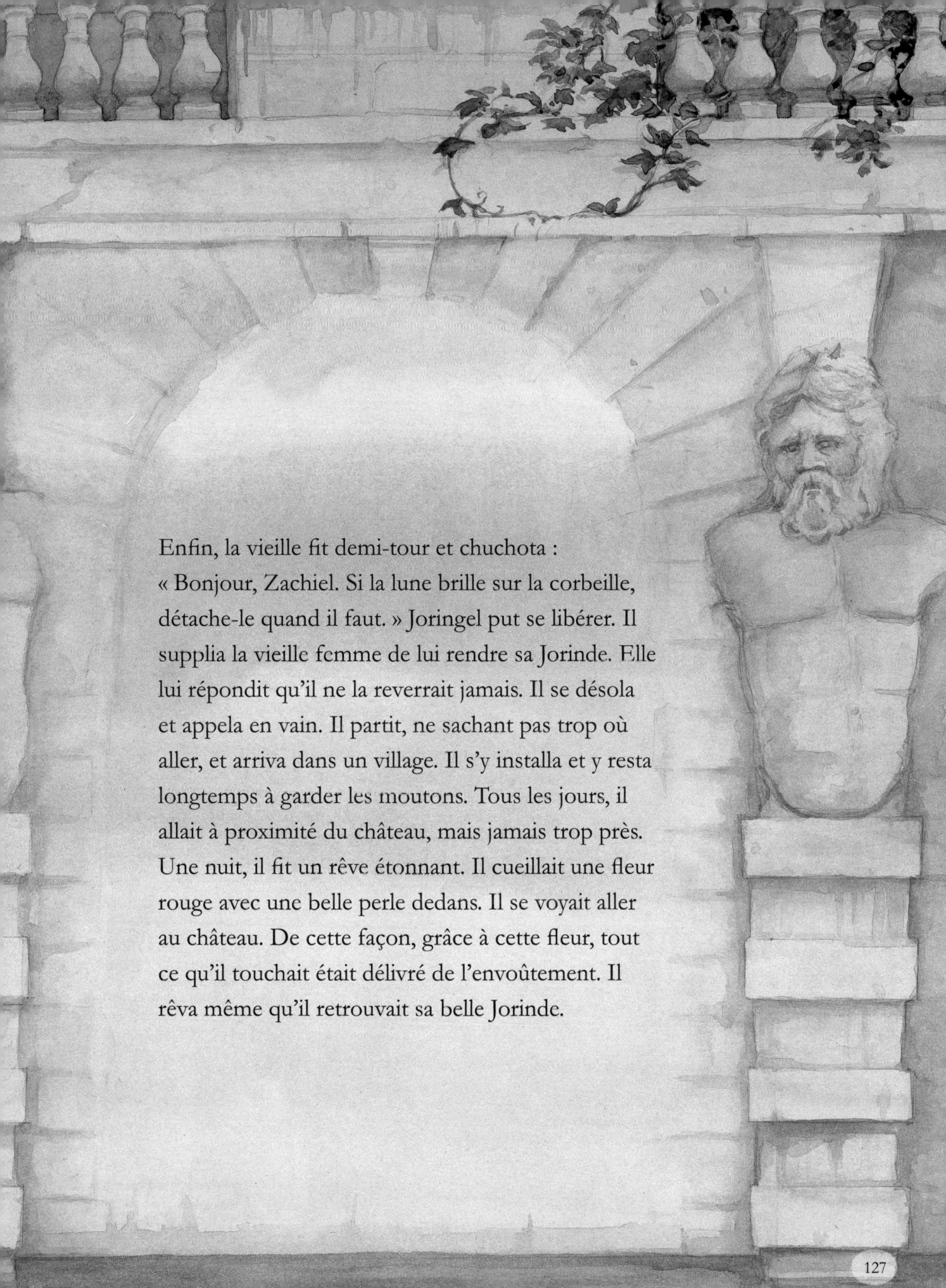

Enfin, la vieille fit demi-tour et chuchota :
« Bonjour, Zachiel. Si la lune brille sur la corbeille, détache-le quand il faut. » Joringel put se libérer. Il supplia la vieille femme de lui rendre sa Jorinde. Elle lui répondit qu'il ne la reverrait jamais. Il se désola et appela en vain. Il partit, ne sachant pas trop où aller, et arriva dans un village. Il s'y installa et y resta longtemps à garder les moutons. Tous les jours, il allait à proximité du château, mais jamais trop près. Une nuit, il fit un rêve étonnant. Il cueillait une fleur rouge avec une belle perle dedans. Il se voyait aller au château. De cette façon, grâce à cette fleur, tout ce qu'il touchait était délivré de l'envoûtement. Il rêva même qu'il retrouvait sa belle Jorinde.

Aussi, dès son réveil, il se mit à chercher une fleur identique à celle dont il avait rêvé.
Au bout de neuf jours, il trouva enfin une fleur rouge, avec en son cœur une grosse goutte de rosée semblable à une perle. Jour et nuit, il avait la fleur avec lui. Il arriva au château et enfin, à cent pas de lui, Joringel fut bien heureux de ne pas être cloué sur place. Il toucha la porte avec la fleur et elle s'ouvrit. Tendant l'oreille afin d'entendre d'éventuels chants d'oiseaux, il entra et finalement les entendit.
Il trouva la salle dans laquelle la vieille magicienne se trouvait parmi les sept mille corbeilles. Elle était en train de leur donner à manger. Elle se retourna.
Furieuse de voir Joringel, elle l'insulta et prononça des mots d'une grande méchanceté. Elle ne pouvait cependant pas l'approcher.
Ne s'occupant pas de la vieille chipie, Joringel s'approcha des cages pleines d'oiseaux.
Il y en avait des centaines. Comment retrouver Jorinde parmi tous ces rossignols ?

Alors qu'il observait avec le plus d'attention possible tous ces volatiles, il remarqua le petit manège de la vieille femme. En effet, elle s'emparait le plus discrètement possible d'une petite cage renfermant un oiseau et se dirigeait vers la porte. Aussi vite qu'il put, Joringel sauta sur elle.

Avec sa fleur, il toucha la corbeille, et la magicienne aussi. Ainsi, elle ne pourrait plus ensorceler quiconque. À la place de l'oiseau se tenait Jorinde, aussi belle qu'au moment de sa disparition. Joringel libéra toutes les jeunes filles du mauvais sort en les touchant aussi avec la fleur. Le jeune couple rentra dans son domaine. Ils vécurent ainsi heureux pendant de très longues années.

JEAN LE FIDÈLE

Il était une fois un roi qui se mourait. Il fit appeler son fidèle serviteur : « Fidèle Jean, je vais quitter cette terre, mais je suis inquiet de laisser mon fils seul. Si tu me promets de lui enseigner tout ce qu'il faut et de bien le guider, alors, je pourrai mourir en paix. » Le fidèle Jean était déjà vieux, mais promit de ne jamais quitter le jeune homme et de le servir jusqu'au bout de ses forces. Le roi, avant de quitter son fidèle compagnon, lui demanda de faire visiter à son fils le château depuis le sommet des tours jusqu'aux oubliettes les plus profondes, mais de ne surtout pas le laisser pénétrer dans la dernière chambre de la tour nord. Dans cette chambre, il y avait le portrait de la princesse du Castel d'Or. S'il venait à le voir, de grands malheurs pourraient arriver. Aussi valait-il mieux oublier cette jeune femme. Le fidèle Jean s'engagea à respecter les dernières volontés du roi.

Le deuil passé, il fut temps pour le jeune homme de visiter le château. Ainsi, emmené par Jean le fidèle, il découvrit les différentes salles, les galeries et autres merveilles. Il vit les belles tapisseries et les meubles précieux ; put ouvrir les multiples coffres emplis d'or et d'argent. Cependant, alors qu'il étaient arrivés devant la porte, le fidèle Jean omit de l'ouvrir et le jeune roi le lui fit remarquer. Le fidèle Jean lui répondit qu'il aurait peur dès qu'il verrait ce qu'il y avait dedans. Le jeune homme insista, mais le serviteur avait promis au défunt roi de ne pas le laisser entrer. Aussi il ajouta : « Si vous jetiez ne serait-ce qu'un coup d'œil, de grands malheurs vous tomberaient dessus !
– Mon malheur, dit le prince, serait plutôt que je ne puisse y entrer. Je ne bougerai pas d'ici. »
Le fidèle Jean comprit que le jeune roi ne changerait pas d'avis ; alors il prit son trousseau de clefs et ouvrit la porte. Il entra le premier, pensant pouvoir cacher le tableau, mais c'était trop tard. Le jeune roi le vit et tomba sur le plancher, évanoui. Le malheur était arrivé ! Pourtant, le jeune roi ouvrit les yeux. Il demanda tout de suite qui était cette belle princesse.

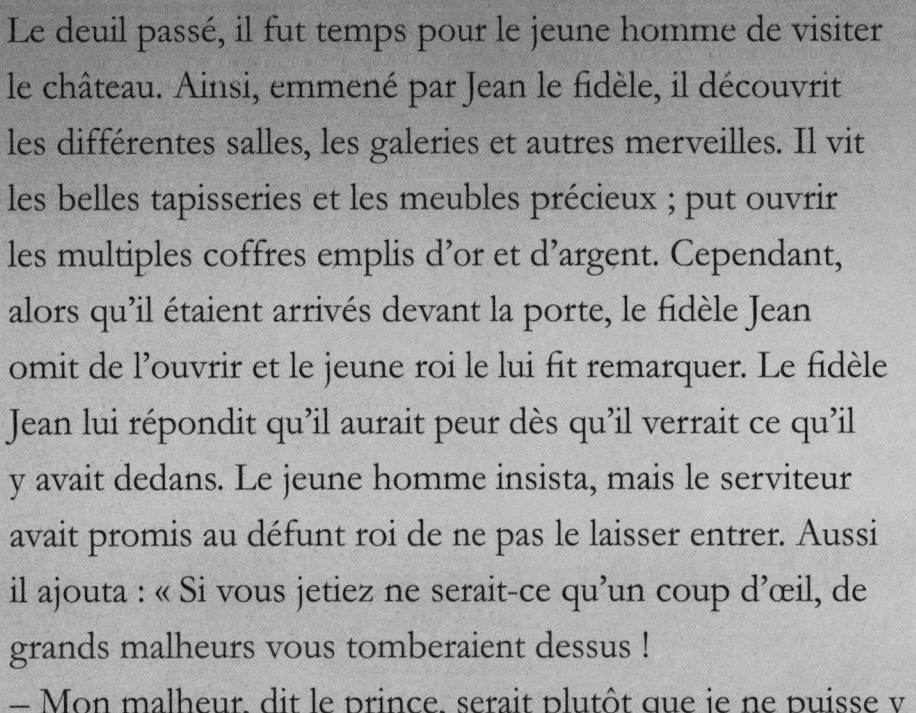

À peine Jean le fidèle lui avait-il répondu que le roi voulut aller à sa recherche : « Si les feuilles des arbres étaient des langues parlant nuit et jour, elles diraient à quel point je l'aime. Ma vie dépend d'elle. Toi, qui es mon fidèle Jean, tu m'accompagneras. » Le serviteur essaya de raisonner son jeune roi, mais en vain. Alors, il voulut bien aider son maître et réfléchit par quel moyen il pourrait retrouver l'insaisissable princesse. « Tout ce qui entoure le roi et sa fille est en or, dit-il enfin à son maître, et elle n'aime que ce qui est en or. Dans votre trésor, il y a cinq tonnes de ce métal précieux, faites-les transformer en objets de toutes sortes, oiseaux et bêtes sauvages. Cela devrait lui plaire. »

Dès que tout fut prêt, ils embarquèrent pour tenter leur chance, revêtus d'habits de marchands pour ne pas être reconnus. Le départ pour le large fut donné en direction du Castel d'Or. Enfin, ils arrivèrent près de l'île, et Jean le fidèle conseilla au roi de rester à bord pour le moment. Il descendit et se présenta comme marchand. Une servante qui était là, en voyant toutes ces joailleries, le fit entrer dans le château fortement gardé. Quand la princesse vit les coupes en or, elle voulut tout de suite les acheter. Jean répondit : « Je ne suis que le fidèle serviteur d'un riche marchand. Ce que j'ai là n'est rien à côté de ce que renferme son navire.
– Eh bien, qu'il fasse venir tout ce qu'il a !
– Oui, mais cela demanderait des jours et des jours. D'ailleurs, je ne suis pas sûr que votre palais soit assez grand pour renfermer tant de merveilles. » Excitée par l'envie de voir tous ces objets, la princesse demanda à être conduite au navire.

Le roi, quand il vit paraître la princesse, tomba sous le charme de sa beauté bien plus éclatante encore que sur le tableau. Il la fit descendre dans les cales de son navire où, sur des brocarts tissés d'or, il avait disposé des coffres débordant de bijoux, de plats, de statuettes et de candélabres. Tout était de l'or le plus pur.

Pendant ce temps, le fidèle Jean était resté sur le pont. Sur ses ordres, l'ancre fut levée sans bruit, les voiles hissées en silence. Le mouvement léger de la houle faisait bouger le navire qui prit le large. La princesse ne se rendit compte de rien. Plusieurs heures s'étaient écoulées avant qu'elle ait fini de tout regarder. Quand elle remonta, elle vit les actifs matelots, les voiles gonflées par le vent et la terre bien loin maintenant. Elle comprit qu'elle avait été trahie. Le roi voulut la rassurer et lui prit la main. Il avait rusé, mais n'était pas un infâme marchand. Il était en fait roi et souhaitait plus que tout au monde l'avoir comme épouse.

« Je ne saurais plus vivre sans vous ! » La princesse regarda tendrement le roi et accepta de se marier.

Le voyage continua dans le bonheur. Pourtant, un jour, alors que le fidèle Jean jouait de la flûte sur le pont, il vit trois corbeaux. Comme il comprenait leur langage, il écouta ce qu'ils disaient, chacun à leur tour. Ainsi, il apprit qu'au retour dans son royaume, un cheval couleur de feu bondirait sur le prince et que si celui-ci l'enfourchait, il disparaîtrait. La personne sachant comment l'en sortir se transformerait en pierre des pieds aux genoux. Ce n'était pas tout. Quand la reine rentrerait dans le palais, elle verrait une robe de mariée qu'elle voudrait essayer. La robe étant piégée de poix et de soufre, elle allait en mourir. La personne sachant comment l'en sortir se transformerait en pierre des genoux au cœur. Enfin, même si tous les deux venaient à s'en sortir, après le mariage serait donné un bal. La jeune reine s'évanouirait. La personne sachant comment l'en sortir se transformerait en pierre entièrement. Jean avait eu le temps à chaque fois d'entendre comment il faudrait s'y prendre pour sauver le jeune couple.

Alors, pour les protéger, Jean le fidèle savait qu'il devrait perdre la vie. Comme les corbeaux l'avaient dit, un cheval à la robe de feu apparut et le roi voulut l'enfourcher. Le fidèle Jean eut le temps de saisir un pistolet et de tuer l'animal. Tout le monde autour ne comprenait pas son geste, mais le roi était sûr de son fidèle serviteur.

Le jeune couple fut accueilli comme il se devait. En entrant dans le château, ils virent une robe de mariée étalée sur le lit, et le roi voulut l'offrir à sa bien-aimée. Mais Jean, grâce à ses gants, prit la robe et la jeta au feu. De hautes flammes en jaillirent. Encore une fois, tout le monde médisait de lui. Le roi, quoique surpris, était sûr de son fidèle serviteur. Quelques jours plus tard, le mariage royal fut célébré.

Après la cérémonie, un fastueux bal fut donné et la mariée fut la première à danser. Le fidèle Jean ne la quittait pas des yeux. Soudain, il la vit s'évanouir. Le fidèle Jean se précipita sur elle et l'emporta sur un lit. Puis, saisissant son poignard, il fit jaillir trois gouttes de sang du poignet droit de la reine et les jeta au loin. Le roi ordonna qu'on le jette en prison. Il fut jugé et condamné à être pendu.

Il demanda à prendre la parole et expliqua son comportement par fidélité envers son jeune maître. Le roi, se ravisant, demanda qu'on lui rende la liberté. Malheureusement, le fidèle Jean ne put prononcer aucun mot, car son corps se transformait petit à petit en pierre. Le roi en fut saisi de chagrin.

Le corps du fidèle Jean, devenu statue de pierre, fut placé dans la plus belle salle du palais. La statue resta là dix ans. Pendant ce temps, le roi et la reine eurent trois enfants. Or, un soir, le roi, assis à sa fenêtre, vit voler trois corbeaux et, à sa grande surprise, entendit leur langage.

Ainsi, Jean le fidèle pourrait retrouver la parole, son cœur, son corps tout entier si le roi et la reine acceptaient de sacrifier toutes leurs richesses et de faire un don aux pauvres, de perdre leur couronne et d'abandonner leur royaume. Le roi, pour délivrer son fidèle serviteur, accepta toutes les conditions.

Pourtant, alors qu'il voulut laisser le royaume, le fidèle Jean se jeta à ses pieds pour l'empêcher de partir. Le roi remonta sur son trône. La demeure était vide et Jean conserva ses jambes de pierre, mais à travers le temps et à travers l'espace, jamais ne régna un monarque plus heureux que celui-là, qui avait appris qu'un serviteur fidèle vaut tous les trésors du monde.

LES TROIS FILEUSES

Il était une fois une jeune fille qui ne voulait jamais filer, étant trop paresseuse. Sa mère se mettait souvent en colère, mais rien n'y faisait. Un jour, elle en eut tellement assez qu'elle lui donna des coups. La fille se réfugia à l'étage.

La reine était justement en train de passer par là. Elle entendit les pleurs et demanda que l'on arrête la voiture. En entrant dans la maison, elle demanda pourquoi la femme tapait sa fille ainsi, de sorte qu'on l'entendait jusque dans la rue. La mère avait un peu honte de dire qu'elle avait une fille paresseuse et dit :
« Elle ne veut pas laisser son fuseau et aime constamment filer. Devant ma pauvreté, je ne peux lui fournir plus de lin.
– Laissez-moi votre fille ; j'ai beaucoup de lin, elle pourra filer tant qu'elle veut. J'aime tant la quenouille et le bruit du rouet », lui suggéra alors la reine.

La mère consentit et la reine emmena la jeune fille. Quand elles furent arrivées au palais, la reine montra à la jeune fille trois chambres, remplies du bas jusqu'en haut du plus beau lin. La reine dit : « File tout le lin et ainsi tu pourras épouser mon fils aîné. Même si tu es pauvre, ton travail sera ta dot. »

La jeune fille n'osait rien dire. Elle ne savait vraiment pas comment elle allait faire pour filer tout ce lin. Il lui aurait fallu au moins trois cents ans et travailler nuit et jour pour en arriver à bout. Une fois seule, elle se mit à pleurer et resta trois jours sans rien faire.

Le troisième jour, la reine vint la voir. Elle fut étonnée de voir que rien n'avait été fait. Mais la jeune fille expliqua qu'elle avait du chagrin d'avoir quitté sa mère.

La reine accepta ses excuses, mais dit en partant : « Bien, mais il va falloir songer à s'y mettre dès demain. »

La jeune fille ne savait vraiment pas quoi faire. Troublée, elle alla devant la fenêtre et vit venir trois femmes. Elles avaient toutes les trois des particularités ; la première avait un grand pied plat ; la seconde, une lèvre inférieure énormément grande, si bien qu'elle dépassait de son menton, et la troisième, un pouce large et aplati.

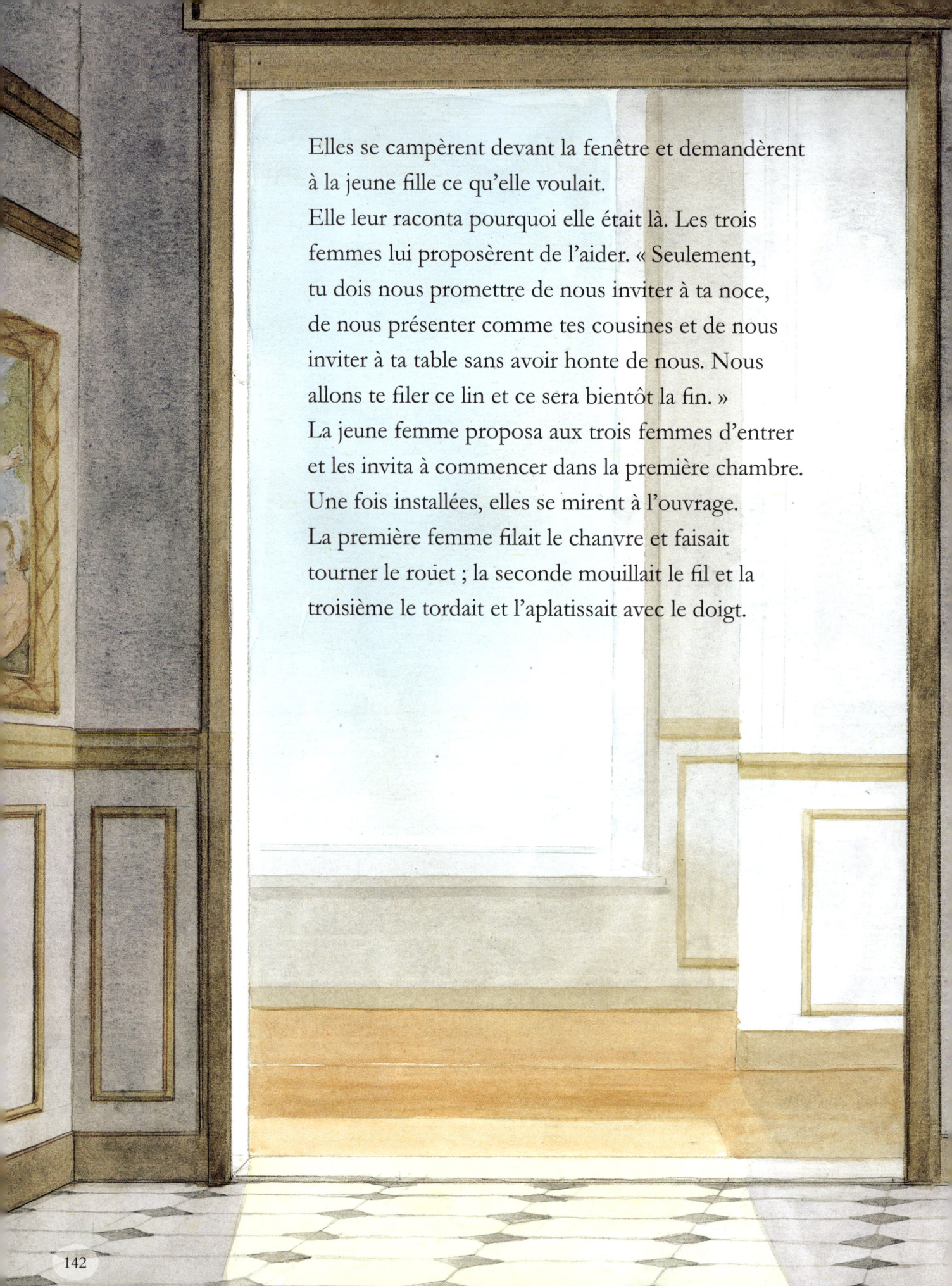

Elles se campèrent devant la fenêtre et demandèrent à la jeune fille ce qu'elle voulait.

Elle leur raconta pourquoi elle était là. Les trois femmes lui proposèrent de l'aider. « Seulement, tu dois nous promettre de nous inviter à ta noce, de nous présenter comme tes cousines et de nous inviter à ta table sans avoir honte de nous. Nous allons te filer ce lin et ce sera bientôt la fin. »

La jeune femme proposa aux trois femmes d'entrer et les invita à commencer dans la première chambre. Une fois installées, elles se mirent à l'ouvrage. La première femme filait le chanvre et faisait tourner le rouet ; la seconde mouillait le fil et la troisième le tordait et l'aplatissait avec le doigt.

À chaque coup de pouce qu'elle donnait, il se formait à terre un dédale de fil le plus fin possible. À chaque fois que la reine venait la voir, la jeune fille prenait soin de cacher ses trois bienfaitrices. Ainsi, la reine voyait tout le travail qu'accomplissait sa fileuse. Quand la première chambre fut vidée, la jeune fille emmena les trois femmes dans la deuxième chambre. Elles y entrèrent en lui rappelant ce qu'elle avait promis « N'oublie pas ta promesse et nous continuerons… »

Enfin, les trois chambres étaient maintenant vides, et tout le lin filé. La reine fut très satisfaite de ce travail et, comme promis, on fixa une date pour la cérémonie. Quant au prince, il était très heureux d'avoir une femme si habile et travailleuse. Il en était même follement amoureux.

La future épouse souhaitait inviter ses protectrices : « Ce sont mes cousines. Elles ont fait beaucoup de bien et j'aimerais qu'elles soient présentes à notre table. »

Le jour de la fête, les trois femmes arrivèrent avec une belle voiture et la mariée s'avança vers elles et leur dit :
« Mes chères cousines, vous êtes les bienvenues, et merci d'être de la fête ! » Le prince, en voyant ces trois femmes drôlement faites, s'adressa à sa belle et lui dit :
« Entre nous, qu'elles sont laides tes cousines ! »
Puis il s'adressa à la première qui avait les pieds plats et lui dit : « D'où vient ce large pied ?
— C'est en tournant le rouet, c'est en tournant le rouet. »

À la seconde, il demanda :
« D'où vient cette lèvre pendante ?
– D'avoir mouillé le fil, d'avoir mouillé le fil. »
Enfin, à la troisième :
« D'où vient ce large pouce ?
– D'avoir tordu le fil, d'avoir tordu le fil. »
Le prince, imaginant sa femme se transformant
en ses trois femmes, eut très peur.
Ainsi, il déclara que sa belle épouse ne devrait plus
toucher à un rouet.
La jeune femme, soulagée, fut enfin délivrée
de cette terrible occupation.

LE DIABLE ET SA GRAND-MÈRE

C'était au moment d'une grande guerre, un roi avait beaucoup de soldats, mais les récompensait bien mal. Trois d'entre eux décidèrent de s'enfuir. Le premier dit : « Oui, mais si on nous rattrape, on sera pendus. Comment allons-nous faire ?
– Regardez ce grand champ de blé. En nous y cachant, personne ne nous retrouvera. L'armée n'a pas le droit d'y pénétrer, et elle s'en va dès demain. »
L'armée ne partit pourtant pas et resta sur ses positions. Les trois hommes restèrent ainsi deux jours et deux nuits cachés dans le blé. Ils mouraient de faim d'attendre ainsi. « À quoi cela nous sert de déserter si c'est pour mourir dans ce champ ? »

Tout d'un coup, un dragon passa dans le ciel. Quand il vit les trois hommes, il alla les voir et leur demanda ce qu'ils faisaient là. Ils répondirent : « Nous sommes ici cachés, car nous ne sommes pas bien payés malgré notre dévouement lors des combats. Seulement, nous risquons de mourir de faim si nous restons plus longtemps ! » Le dragon proposa aux trois hommes de les sortir de là s'ils étaient prêts à le servir pendant sept ans. Les trois hommes, n'ayant pas trop le choix, acceptèrent. Le dragon les saisit dans ses griffes.

Ils survolèrent l'armée et allèrent bien plus loin. Le dragon, qui n'était autre que le Diable, reposa les trois hommes au sol. Il leur donna une petite cravache et leur dit : « Frappez-vous avec elle et elle vous apportera autant d'argent que vous voudrez. Ainsi, vous pourrez vous vanter d'être de grands seigneurs et de monter de beaux chevaux. Seulement, au bout des sept années, vous serez à moi ! »
Sur ces mots, il leur présenta un livre dans lequel ils devaient écrire leurs noms.
Cependant, le Diable les avertit qu'avant de les emmener, il leur proposerait une énigme afin qu'ils puissent récupérer leur liberté totale. Le dragon partit. Les trois hommes jouèrent de leur cravache et eurent beaucoup d'argent. Beaux comme des seigneurs, ils voyagèrent à travers le monde, mangèrent, burent sans faire d'erreurs.

Les sept années passèrent ainsi très vite. Sentant leur fin venir, deux des trois hommes prirent peur. Le cœur serré, ils écoutaient le troisième, plus confiant, leur dire : « Ne vous inquiétez pas, je résoudrai l'énigme ! » Installés dans les champs, ils attendirent, les deux premiers faisant triste mine.

Une vieille femme passa et les vit. Arrivée plus près d'eux, elle leur demanda pourquoi ils étaient si tristes.

« Qu'est-ce que cela peut vous faire. Continuez votre chemin !
– Dites-moi et peut-être pourrai-je vous apporter quelque chose. »

Ils racontèrent alors qu'ils avaient été les serviteurs du Diable pendant sept ans. Qu'ils en avaient bien profité, comblés par la richesse en échange de leurs signatures. Ainsi, ils lui appartiendraient complètement s'ils ne résolvaient pas une énigme.

La vieille leur dit alors que l'un d'eux devait se rendre dans la forêt. Lorsqu'il serait rendu à une falaise écroulée ressemblant à une maison, il lui faudrait entrer et il trouverait la solution.

Les deux soldats tristes n'y croyaient pas du tout.

Le troisième, pourtant, se dit qu'il n'avait rien à perdre et, tout joyeux, se rendit à la falaise. Dans la maison se tenait une vieille femme, droite et rigide, comme la pierre. C'était la grand-mère du Diable. Elle lui demanda pourquoi il était là et ce qu'il voulait. Il lui raconta tout et la vieille trouva ce garçon bien sympathique. Elle promit de l'aider. Elle lui dit alors de se cacher dans une cave dont elle avait ouvert l'entrée en soulevant une pierre. « Surtout, reste calme. Tu pourras tout entendre et quand le dragon viendra, je lui demanderai quelle est l'énigme. Il me dit tout. »

Minuit tout juste passé, le dragon vint et réclama son repas. La grand-mère, pour le contenter, lui apporta les meilleurs mets et autant à boire.

Voyant le dragon bien satisfait, la vieille lui demanda comment s'était passée sa journée et s'il avait réussi à prendre des âmes.

Le dragon répondit :
« Journée difficile aujourd'hui, mais j'ai trouvé trois soldats que j'aurai sûrement !

– Trois soldats ! Mais ils peuvent encore t'échapper !
– Non, j'en suis sûr ! Jamais ils ne résoudront l'énigme que je vais leur soumettre !
– Ah oui ! Et quelle est-elle, cette énigme ?
– Eh bien, dans la grande mer du Nord, il y a un chat marin, mort ; ce sera le rôti que je leur offrirai. Une côte de baleine leur servira de cuillère et un vieux sabot de cheval creusé leur tiendra lieu de verre à vin. » Le dragon partit. La vieille femme souleva la pierre, libérant le jeune soldat. Elle s'assura qu'il avait tout entendu. Il lui répondit : « Oui. Je m'en sortirai ! »

Il rejoignit ses deux compagnons et leur raconta comment la vieille
avait piégé le Diable et comment il avait la solution à l'énigme.
Heureux d'apprendre cette nouvelle, les trois hommes jouèrent
de leur cravache et firent autant d'argent qu'ils pouvaient.
Les sept années étaient maintenant bien écoulées. Le Diable,
le livre sous le bras, se présenta aux trois hommes et leur dit :
« Je vais vous emmener en enfer ! Un repas vous sera servi.
Si vous devinez la nature du rôti, vous serez libres. »
Le premier soldat répondit :
« Dans la grande mer du Nord, il y a un chat marin, mort ;
ce sera notre rôti. » Le Diable demanda ce qui leur servirait de
cuillère. Le second soldat dit : « Une côte de baleine ! »
Le Diable, croyant les piéger : « Et votre verre de vin, quel sera-t-il ? »
Le troisième répondit : « Un vieux sabot de cheval ! »
Le Diable n'avait plus pouvoir sur eux et s'envola, poussant
un grand cri. Les trois soldats purent continuer à vivre
dans la richesse, et ainsi jusqu'à la fin de leur vie.

LA MARIÉE BLANCHE ET LA MARIÉE NOIRE

Un jour, une pauvre paysanne partit dans les champs pour y couper le fourrage. Elle y alla avec sa fille et sa belle-fille. Aussitôt Dieu, costumé en pauvre homme, se présenta à elles et les interrogea : « Quel est le chemin pour le village ?
– Trouve-le toi-même ! s'exclama la femme.
– Si tu ne connais pas le chemin, viens accompagné la prochaine fois ! » renchérit sa fille.
Mais la belle-fille l'invita à l'accompagner afin qu'elle lui indique la route à suivre. Dieu était très fâché envers la mère et sa fille. Il les fit devenir noires comme la nuit et laides comme le péché. Lorsqu'ils arrivèrent au village, il bénit la jeune fille et lui dit :
« Je peux exaucer trois de tes vœux. »

La jeune fille désira être belle et pure. Ce qu'elle devint, telle une belle journée de soleil. Elle souhaitait aussi une bourse pleine d'écus sans que jamais celle-ci ne se vide. Dieu la lui donna, mais lui suggéra de ne pas oublier le meilleur. « Mon troisième vœu est d'être dans la joie éternelle après ma mort », souhaita-t-elle enfin.

Quand elles rentrèrent chez elles, la mère et la fille se rendirent compte qu'elles étaient laides et noires comme le charbon. Elles n'eurent plus qu'une idée ; faire du mal à la jeune orpheline qui était belle et pure. Celle-ci avait aussi un frère qui s'appelait Régis. Un jour, il lui demanda une faveur :

« Ma chère sœur, je voudrais faire ton portrait pour t'avoir toujours auprès de moi. »

La jeune fille accepta, mais le pria de ne jamais montrer son portrait à personne.

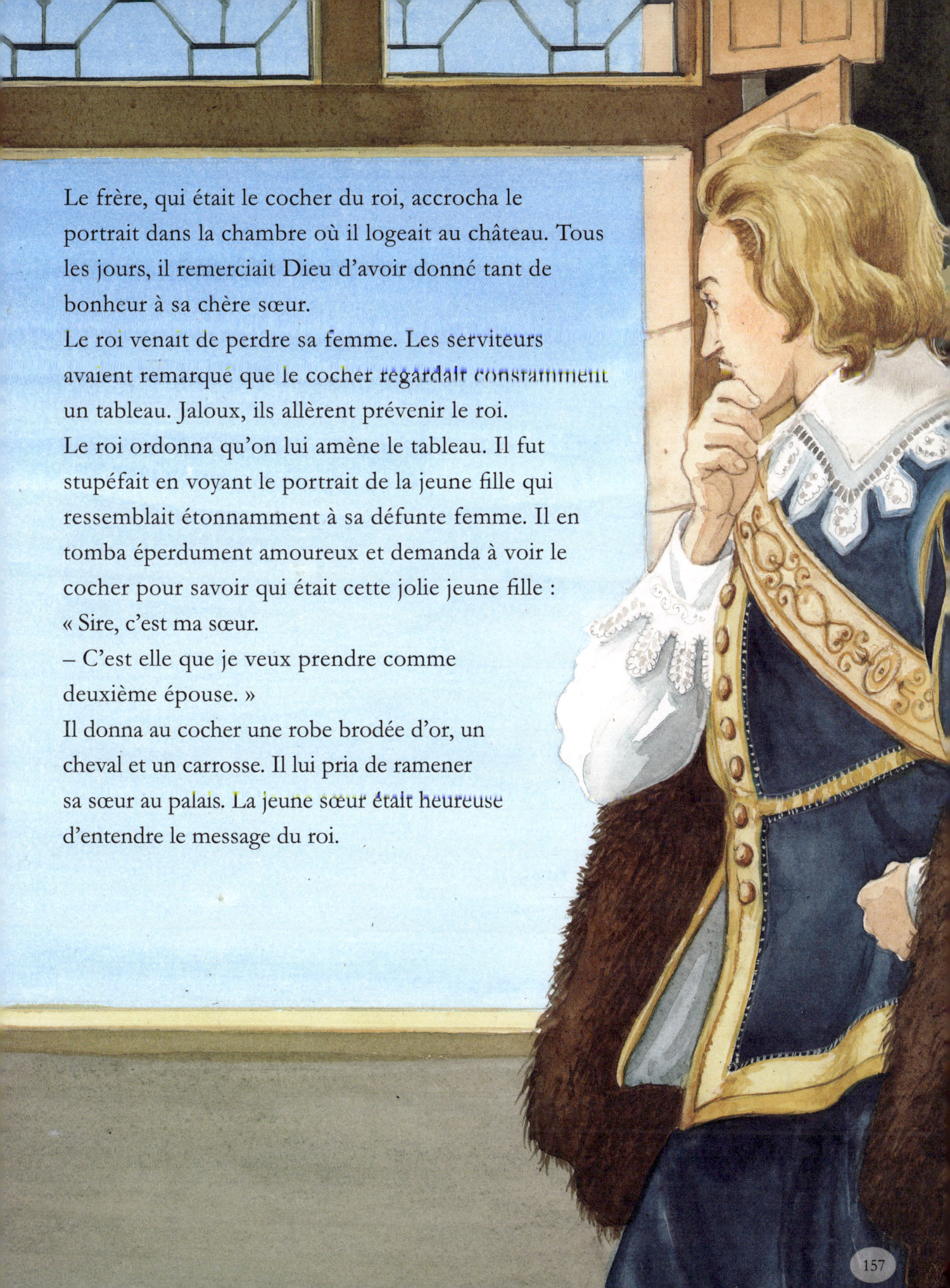

Le frère, qui était le cocher du roi, accrocha le portrait dans la chambre où il logeait au château. Tous les jours, il remerciait Dieu d'avoir donné tant de bonheur à sa chère sœur.

Le roi venait de perdre sa femme. Les serviteurs avaient remarqué que le cocher regardait constamment un tableau. Jaloux, ils allèrent prévenir le roi.

Le roi ordonna qu'on lui amène le tableau. Il fut stupéfait en voyant le portrait de la jeune fille qui ressemblait étonnamment à sa défunte femme. Il en tomba éperdument amoureux et demanda à voir le cocher pour savoir qui était cette jolie jeune fille :

« Sire, c'est ma sœur.

– C'est elle que je veux prendre comme deuxième épouse. »

Il donna au cocher une robe brodée d'or, un cheval et un carrosse. Il lui pria de ramener sa sœur au palais. La jeune sœur était heureuse d'entendre le message du roi.

Pourtant, quand elles apprirent la nouvelle, la mère et sa vilaine fille devinrent terriblement jalouses et manquèrent de devenir encore plus noires.

La fille fit alors un reproche à sa mère : « À quoi vous sert votre magie si vous ne vous en servez pas ? Pourquoi n'ai-je pas droit à tant de bonheur ?

– Attends mon enfant, ton tour viendra ! »

Elle eut donc recours à la magie. Dès que son sort fut lancé, le cocher devint à moitié aveugle, et la mariée blanche à moitié sourde. Les trois femmes montèrent dans le carrosse tandis que Régis alla s'installer sur le siège du cocher. Ils se mirent en route. Peu après, Régis donna un conseil à sa sœur :

« Couvre ton beau visage, car il pleut, de sorte de ne pas te décoiffer et de rester belle pour le roi. »

– Que dit-il ?

– Il dit que tu dois enlever ta robe d'or et la donner à ta sœur », dit la méchante femme.

La jeune fille donna sa robe à sa sœur noire et, en échange, cette dernière lui tendit sa vieille chemise grise.
Plus loin, le cocher répéta à sa sœur :
« Couvre ton beau visage, car il pleut, de sorte de ne pas te décoiffer et de rester belle pour le roi.
– Que dit-il ?
– Il dit que tu dois enlever ton chapeau d'or et le donner à ta sœur. » La jeune fille obéit et lui donna son chapeau. Quelque temps après, Régis lui donna un dernier conseil. La jeune fille, qui entendait toujours aussi mal, demanda à sa belle-mère ce que son frère disait. Elle lui affirma qu'il fallait maintenant regarder le paysage en attendant d'arriver. Au moment de passer sur un pont, les deux méchantes femmes poussèrent la jeune fille, qui était penchée à la fenêtre. Elle tomba à l'eau, au plus profond. En un instant, une petite cane blanche immaculée en ressortit.

Le jeune frère n'avait pas remarqué la supercherie. Il menait, insouciant, le carrosse avec entrain. Or, quand le roi vit la laideur de la mariée, il devint fou de rage et ordonna que l'on jette le cocher dans la fosse aux serpents. La mère réussit cependant à ensorceler le roi à tel point qu'il les garda auprès de lui. Il accepta même d'épouser la mariée noire.

Un soir, une petite cane se présenta dans les cuisines du château et adressa la parole au jeune marmiton : « S'il te plaît, allume le feu que je puisse sécher mes plumes. » Le garçon obéit et la cane se rapprocha du feu et lissa ses plumes. Réconfortée, elle voulut savoir où se trouvait son frère et la mariée noire. Le marmiton répondit : « En prison, parmi les serpents, alors que la mariée noire se fait une joie d'être dans les bras du roi. »

La jeune cane partit après avoir fait appel à Dieu. Le lendemain soir, elle revint et posa les mêmes questions ; la troisième nuit également. Le marmiton accepta alors de l'aider et alla tout raconter au roi. Celui-ci se rendit lui-même dans la cuisine. Dès qu'il vit la cane, il lui transperça la gorge d'un coup d'épée. Tout d'un coup, la cane redevint la belle jeune fille du tableau. Le roi, en voyant sa bien-aimée, ordonna qu'on aille lui chercher une robe et qu'on l'en vêtit. La jeune fille raconta tout de ce qu'avaient fait les deux femmes, mais pria qu'on libère d'abord son jeune frère.

Le roi alla alors voir la méchante sorcière. Il lui raconta toute l'histoire : « Que feriez-vous à une femme ayant commis de telles horreurs ? »

La sorcière, n'ayant pas bien compris que l'on parlait d'elle, lui répondit : « Une telle femme mérite d'être enfermée toute nue dans un fût garni de clous pointus. Ensuite, on attache un attelage à ce fût, que l'on mène à vive allure. »

C'est ainsi qu'elle mourut avec sa fille noire.

Le roi épousa la belle mariée blanche.

Le fidèle Régis fut récompensé et devint l'homme le plus riche et le plus populaire de son royaume.

L'APPRENTI MEUNIER ET LA PETITE CHATTE

C'est l'histoire d'un meunier qui n'avait ni femme ni enfant. Il avait trois jeunes apprentis qui étaient depuis quelques années chez lui. Un jour, il les fit venir et leur dit : « Je suis vieux et je veux prendre ma retraite au coin du feu. Allez ! Partez ! Celui qui me rapportera le meilleur des chevaux devra s'occuper de moi jusqu'à mes derniers jours, et à celui-là je donnerai mon moulin. »
Le plus jeune des apprentis s'appelait Hans. Les autres le prenaient pour un idiot et ne voulaient pas lui laisser le moulin. Quand tous les trois se retrouvèrent seuls, les plus vieux dirent à Hans : « Ne t'emballe pas, jamais tu ne trouveras de cheval ! » Mais Hans voulut tout de même partir avec eux. À la nuit tombée, ils arrivèrent dans une grotte et s'y installèrent pour dormir.

Les deux plus vieux partirent en cachette, une fois Hans endormi. Seulement, la suite n'allait pas vraiment leur donner raison. Le soleil se leva. Hans se réveilla, surpris de se retrouver seul. Il regarda partout et se dit : « Mais, où suis-je ? »
Il sortit de la grotte et alla dans la forêt. « Maintenant seul dans la forêt, comment vais-je faire pour trouver un cheval ? » C'est alors qu'il rencontra une petite chatte toute bariolée qui lui dit :
« Hans, où vas-tu comme ça ?
– Hélas, je ne pense pas que tu puisses m'aider.
– Pourtant, je sais ce que tu cherches. Tu veux un beau cheval. Alors, viens avec moi. Sois mon serviteur pendant sept ans et je te donnerai un cheval. »

Hans décida de la suivre. La chatte l'emmena dans son palais enchanté. Il y avait d'autres petits chats qui étaient à son service. Tous étaient gais et joyeux.

Le soir, au moment du repas, trois chats faisaient de la musique ; de la contrebasse, du violon et du clavecin. À la fin du repas, la chatte voulut danser avec Hans, mais il lui répondit : « Non, je ne peux pas danser avec une chatte ! » Alors la chatte ordonna qu'on aille le coucher.

Ainsi il fut emmené dans sa chambre, déshabillé et couché. Le lendemain, les serviteurs vinrent le réveiller et l'aidèrent à se préparer.

Hans se dit que c'était vraiment la belle vie ici. Seulement, il devait couper tous les jours du bois pour la chatte.

Grâce à cela, il avait gagné une hache d'argent, une scie d'argent et une cognée de cuivre. Hans faisait très bien son travail.

Il mangeait très bien, mais ne voyait jamais personne à part la chatte et ses serviteurs. Un jour, la chatte bariolée lui ordonna d'aller faucher le champ et de mettre le foin à sécher. Elle lui donna pour cela une faux d'argent et une pierre d'or à aiguiser. Hans partit.

Quand il eut fini son travail, il rapporta au palais la faux, la pierre à aiguiser et le foin. Il demanda à la chatte s'il n'avait pas le droit maintenant de recevoir sa récompense. La chatte lui dit qu'il devait accomplir un dernier travail pour elle :
« Voici des matériaux d'argent, une égoïne, une équerre, et tout ce qui peut être utile ; tout cela fait d'argent. Avec cela, tu dois maintenant me construire une petite maison ! »

Hans alla lui construire sa petite maison. Après avoir bien travaillé, il retourna voir la chatte et lui dit : « J'ai toujours fait le travail demandé, mais n'ai toujours pas reçu mon cheval.
– Peut-être veux-tu voir mon cheval ?
– Oh oui ! » répondit Hans.
Alors la chatte sortit de la maisonnette où se trouvaient douze magnifiques chevaux, si polis et si blancs qu'on aurait pu se voir dedans. Hans sentit son cœur battre. La chatte lui offrit encore un repas et lui dit : « Maintenant, va chez toi. Mais je ne te donnerai pas le cheval tout de suite : dans trois jours, je viendrai pour te l'apporter. » Alors la chatte lui montra le chemin du retour et Hans se mit en route.

Cela faisait sept ans que Hans n'avait pas vu les deux autres apprentis ainsi que le meunier. Chacun d'eux avait rapporté un cheval ; l'un était aveugle et l'autre paralysé. Quand ils demandèrent à Hans où était son cheval, le jeune garçon répondit : « Dans trois jours, vous le verrez ! » Les deux apprentis se moquèrent de lui. Hans rentra dans la maison du meunier, mais celui-ci ne voulait pas qu'il s'assoie à la table, car il était trop déguenillé. Il lui donna cependant un peu à manger et l'envoya dehors. Au moment de se coucher, les deux apprentis ne voulurent pas de lui, alors Hans se trouva un coin sur la paille.

Trois jours plus tard, un carrosse tiré par six chevaux arriva. Un domestique avait le septième avec lui.

En sortit une jolie princesse qui n'était autre que la petite chatte bariolée. Elle entra chez le meunier et demanda à voir Hans. Le meunier, surpris, lui dit qu'elle ne pourrait que le trouver dehors, car il lui était interdit de rentrer, vu son allure. Elle demanda qu'on aille le chercher tout de suite.

Hans se présenta devant elle en guenilles. Le domestique sortit de beaux habits. Hans se lava et s'habilla. Le voici devenu aussi beau qu'un prince. La princesse demanda à voir les chevaux des deux autres apprentis. Elle fit alors apporter le septième cheval, de sorte que le meunier s'écria : « Je n'ai jamais vu un aussi beau cheval !
– Il est pour Hans », ajouta la princesse.

Le meunier proposa son moulin à Hans comme il l'avait promis.
La princesse lui dit de le garder. Elle tendit la main vers Hans,
son bien-aimé. Elle lui proposa de monter dans le carrosse.
Ils allèrent vers la maisonnette que Hans avait construite, qui était
devenue un magnifique château entièrement couvert d'or, aussi
bien à l'intérieur qu'à l'extérieur.
Enfin, ils célébrèrent un grand mariage. Ils vécurent riches et
heureux tout le restant de leur vie.

BLANCHE-ROSE ET ROSE-ROUGE

Il était une fois une veuve qui vivait dans une maison coquette. Ses deux filles se prénommaient Blanche-Rose et Rose-Rouge parce qu'elles ressemblaient aux boutons des deux rosiers sauvages ; l'un blanc, l'autre rouge, qui poussaient dans son jardin. Blanche-Rose et Rose-Rouge étaient des enfants sages, travailleuses et vaillantes. Elles s'aimaient de tout leur cœur. Quand Blanche-Rose disait : « Nous nous aimerons », Rose-Rouge répondait : « Toute notre vie », et leur mère ajoutait : « Ce que l'une aura, elle le partagera avec l'autre. »

Ensemble, elles aimaient aller dans le bois cueillir des fraises. Les animaux sauvages venaient les retrouver. Pendant qu'elles flânaient ainsi, elles ne se rendaient pas toujours compte que la nuit était tombée ; alors, elles se blottissaient l'une contre l'autre sur la mousse et s'endormaient jusqu'au matin.

Un soir d'hiver, après avoir mis le verrou, elles s'assirent toutes les trois près de la cheminée. La mère mit ses lunettes et commença un conte. Les deux filles filaient en écoutant. Tout à coup, on frappa à la porte.
« Va vite ouvrir, Rose-Rouge, dit la mère ; quelqu'un a peut-être besoin de se réfugier. »
Rose-Rouge tira le verrou. Un gros ours brun passa la tête dans l'entrebâillement de la porte. Rose-Rouge, affolée, se jeta derrière le fauteuil de sa mère et Blanche-Rose se cacha derrière le lit. L'ours leur dit qu'elles ne craignaient rien, mais qu'il avait surtout froid...
« Viens, mon pauvre ours, dit la mère.
Viens te coucher près du feu. Blanche-Rose et Rose-Rouge, sortez de vos cachettes, petites peureuses. »
Les deux fillettes s'approchèrent.

« Pourriez-vous me retirer la neige de mon pelage ? » Avec une brosse, elles aidèrent l'ours à se débarrasser de cette neige.

Il se coucha devant la cheminée, satisfait. N'ayant plus peur, elles se mirent à jouer avec lui, le tripotant et le chatouillant. Quand elles y allaient un peu fort, l'ours grognait :
« Attention, allez-y doucement avec votre fiancé ! »
Les deux enfants allèrent enfin se coucher et la mère invita l'ours à rester dormir près du feu.
À l'aube, il retourna dans les bois. Les jours suivants, l'ours revint de temps en temps chez elles. Désormais, la porte n'était plus fermée avant qu'il n'arrive pour s'installer devant la cheminée.
Le printemps arriva, et l'ours dit adieu à ses amies pour aller vivre dans la forêt pendant l'été. L'ours leur expliqua que s'il n'y allait pas, les méchants nains viendraient prendre son trésor. L'hiver, la terre étant gelée, les nains ne pouvaient sortir. Par contre, au printemps, le soleil réchauffait le sol et les nains viendraient le piller, et ce qu'ils déroberaient, on ne le retrouverait jamais. »
Blanche-Rose et Rose-Rouge étaient bien tristes. Une fois sorti de la maison, l'ours accrocha au loquet un morceau de sa fourrure. Blanche-Rose crut voir briller sous la peau l'éclat de l'or, mais l'ours était déjà reparti.

Quelques années passèrent. Les fillettes allaient dans la forêt ramasser du bois. Elles rencontrèrent un nain tout grimaçant parce qu'il avait sa longue barbe coincée dans une fente.
Il sautillait dans tous les sens sans pouvoir s'en sortir.
Quand il vit les deux filles, il leur dit :
« Qu'avez-vous à me regarder comme ça ? Vous pourriez m'aider !
– Mais que fais-tu ? demanda Rose-Rouge.
– Curieuse fille ! Je suis venu couper du petit bois et voilà que je suis coincé maintenant. Et vous riez ! Mauvaises filles, va !
– Je vais chercher de l'aide, s'écria Rose-Rouge.
– Enfin, n'êtes-vous pas assez grandes pour me délivrer ! »
Alors Blanche-Rose fouilla dans ses poches et prit une paire de ciseaux. Elle coupa le bout de la barbe du nain. Celui-ci, délivré, marmonna dans la longue barbe qui lui restait encore :
« Qu'elles sont bêtes ! Couper une si belle barbe ! » Et il partit, son sac sur le dos, sans les remercier.

Quelque temps plus tard, les deux fillettes allèrent pêcher des poissons. Elles aperçurent alors une sorte de grosse sauterelle, mais en se rapprochant, elles reconnurent le nain.
Aussi, elles lui demandèrent :
« Veux-tu sauter dans le ruisseau ?
– Bêtasses, je ne suis pas bête ! »
Le nain avait pris sa barbe dans la ligne et il risquait d'être entraîné. Il essayait de rester accroché, mais c'était bien difficile. Barbe et fil étaient si emmêlés qu'elles prirent de nouveau les ciseaux et la belle barbe blanche diminua un peu plus.
«Toujours aussi sottes à ce que je vois ! » s'écria-t-il.
Le nain reprit sa route, ramassant son sac de perles fines, et disparut.

Les jours passèrent. La mère des deux fillettes eut besoin de fil, d'aiguilles, de dentelles et de rubans ; elle envoya ses Rose-Rouge et Blanche-Rose à la ville, chez la mercière. Elles devaient passer par une clairière parsemée de rochers. Comme elles l'atteignaient, les fillettes virent dans le ciel un grand oiseau qui tournoyait lentement. Soudain, il s'abattit sur le sol. Elles entendirent un cri de douleur. C'était encore le nain, qu'un aigle avait saisi dans ses serres. Courageusement, les deux enfants se saisirent d'un bâton. Elles se battirent jusqu'à vaincre l'animal. Tout juste remis de sa peur, le nain glapit :
« Vous avez déchiré mon bel habit. Vous êtes toujours aussi sottes et maladroites ! »

Chargeant alors sur son dos un sac de pierres précieuses qui se trouvait derrière un gros rocher, il se faufila dans une crevasse ouverte dans le sol. Les fillettes, habituées à cette ingratitude, continuèrent leur chemin.

Le soir, en revenant, elles prirent le même sentier qu'au matin ; elles surprirent le nain en contemplation devant les pierres précieuses qu'il avait vidées de son sac. Émerveillées, elles s'arrêtèrent :

« Encore vous ! Mais vous n'avez rien d'autre à faire, jeta le nain, tout rouge. Partez d'ici ! » Et, tandis qu'il criait, un grand ours brun sortit des buissons. Le nain, fou de terreur, fit un saut en arrière en hurlant :

« Monsieur l'ours, laissez-moi vivre ; je vous laisse toutes ces pierres précieuses. Je suis tout petit. Regardez plutôt ces deux fillettes, grasses comme elles sont ! »

D'un coup de patte, l'ours tua le méchant nain.
Les deux sœurs, effrayées, voulurent s'enfuir. Mais l'ours leur dit :
« Blanche-Rose, Rose-Rouge, c'est moi ! »
Les fillettes reconnurent cette voix. En se retournant, elles virent la peau de l'ours tomber lentement et un bel homme tout vêtu d'or apparaître.
« Je suis fils du roi, expliqua-t-il. Ce méchant nain m'avait jeté un sort en volant mes trésors. J'étais condamné à rester un ours sauvage jusqu'à ce qu'il meure. Il a eu ce qu'il méritait... »
Blanche-Rose épousa le prince et Rose-Rouge, le frère du prince.
Ils vécurent heureux grâce aux trésors amassés par le nain.
Leur maman, devenue vieille, habitait aussi avec eux, entourée de ses petits-enfants. Les deux rosiers, qui avaient vu grandir les fillettes, furent emmenés dans le nouveau palais et donnèrent toujours des roses plus belles d'année en année.

LE PÊCHEUR ET SA FEMME

Il était une fois un pêcheur et sa femme qui vivaient dans une déplorable hutte au bord de la mer. Le pêcheur se nommait Pierre. Il allait tous les jours mettre son hameçon et passait beaucoup de temps avant de pouvoir rapporter du poisson. Un jour qu'il était sur la plage, il vit son hameçon disparaître tout au fond. Il tira alors assez fort pour récupérer sa ligne. Au bout se présenta un beau cabillaud. « Je t'en prie, lui dit l'animal. Laisse-moi en vie ! Je ne suis pas un vrai poisson, mais un prince. »
Le pêcheur, entendant ces paroles, lui dit :
« Mais enfin, un poisson qui parle ! Je n'ai nulle envie de te pêcher. » Il remit en liberté le poisson qui fila, laissant une traînée de sang derrière lui.

En rentrant chez lui, le pêcheur raconta cette aventure à sa femme. Son épouse lui fit remarquer qu'il aurait pu lui demander quelque chose en échange.
« Qu'aurais-je demandé ? fit le pêcheur.
— Tu ne crois pas que c'est assez dur de vivre dans un tel taudis ; une belle chaumière aurait été la bienvenue ! »
Le pêcheur se rendit de nouveau au bord de la mer et appela le jeune prince cabillaud :
« Poisson, ma femme Isabelle souhaite qu'en échange de la liberté que je t'ai rendue, tu accomplisses un souhait.
— Quel est-il ?
— Elle en a assez de vivre dans la saleté de notre hutte et aurait aimé avoir une belle chaumière. »

Le cabillaud dit au pêcheur de retourner chez lui et que son vœu était déjà réalisé. En effet, quand Pierre rentra chez lui, sa femme était devant une belle maison propre et joliment mise. Derrière cette maison se trouvaient des poules et des canards, un joli jardin rempli de légumes et de fleurs.

Qu'ils étaient heureux de cette nouvelle existence ! Pendant quinze jours, la femme fut comblée. Pourtant, elle alla un jour trouver son mari et lui dit : « Pierre, cette chaumière est devenue trop petite, et ce jardin aussi. Je ne serai heureuse que dans un véritable château en pierre de taille. »

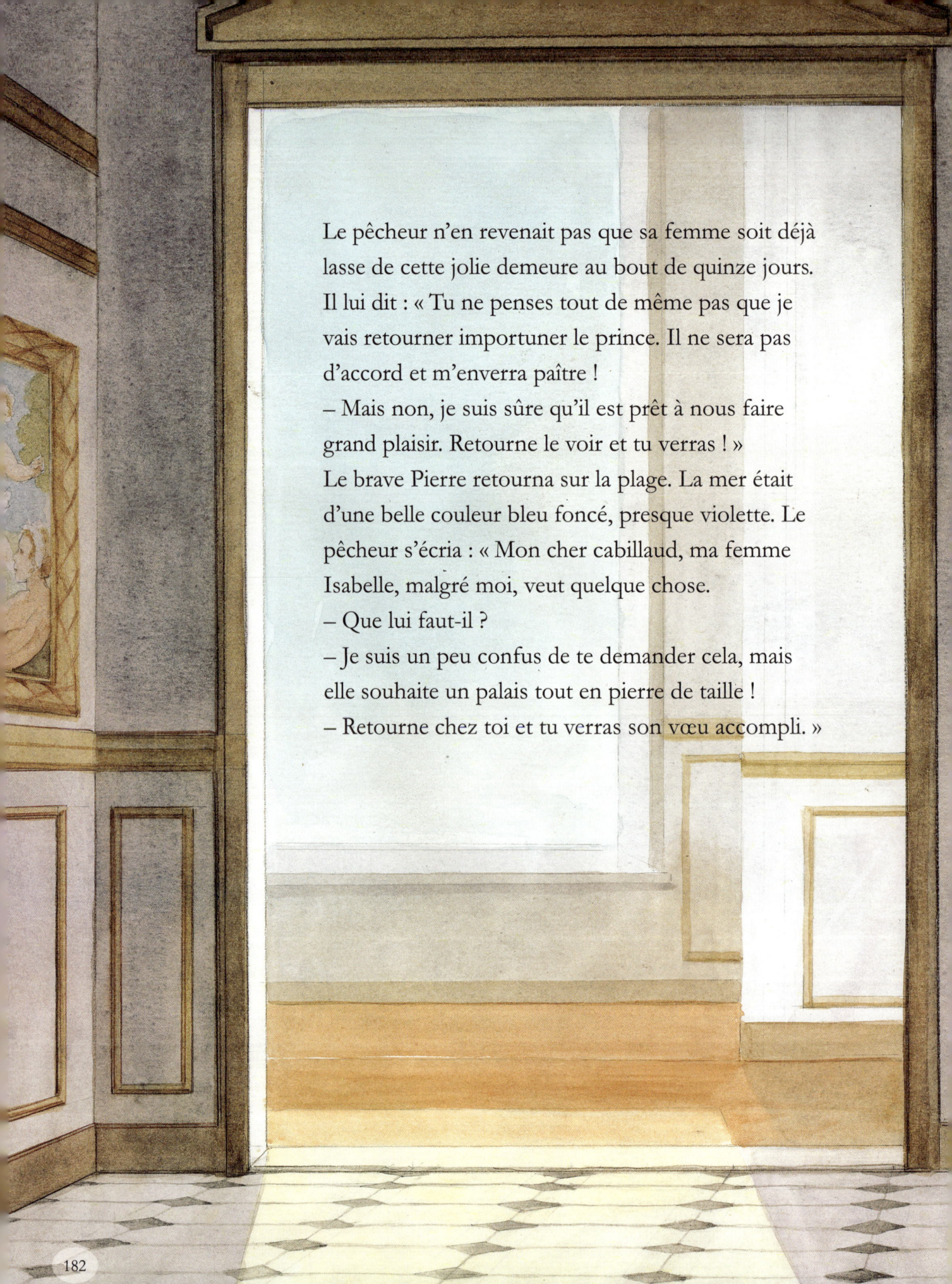

Le pêcheur n'en revenait pas que sa femme soit déjà lasse de cette jolie demeure au bout de quinze jours. Il lui dit : « Tu ne penses tout de même pas que je vais retourner importuner le prince. Il ne sera pas d'accord et m'enverra paître !
– Mais non, je suis sûre qu'il est prêt à nous faire grand plaisir. Retourne le voir et tu verras ! »
Le brave Pierre retourna sur la plage. La mer était d'une belle couleur bleu foncé, presque violette. Le pêcheur s'écria : « Mon cher cabillaud, ma femme Isabelle, malgré moi, veut quelque chose.
– Que lui faut-il ?
– Je suis un peu confus de te demander cela, mais elle souhaite un palais tout en pierre de taille !
– Retourne chez toi et tu verras son vœu accompli. »

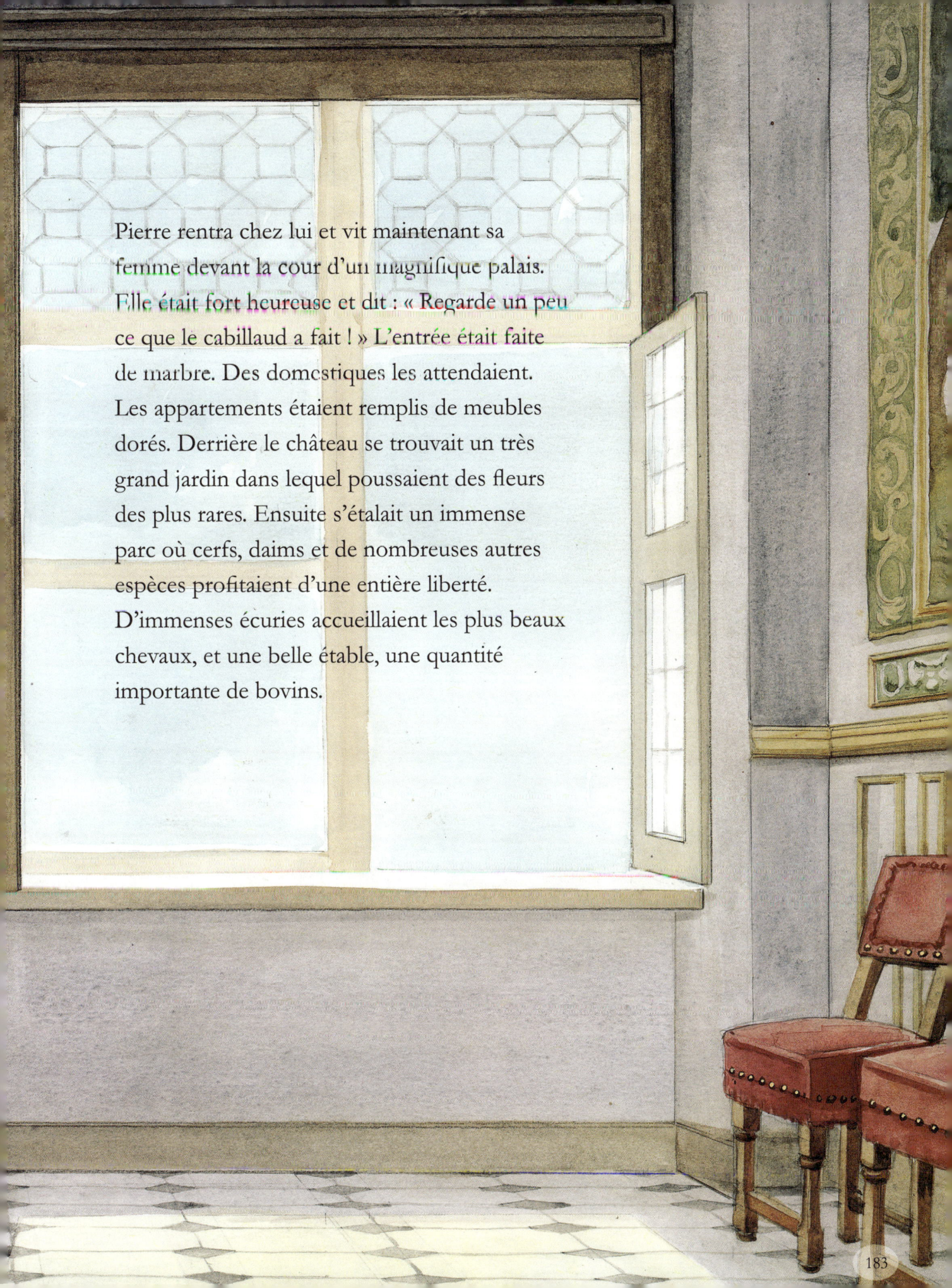

Pierre rentra chez lui et vit maintenant sa femme devant la cour d'un magnifique palais. Elle était fort heureuse et dit : « Regarde un peu ce que le cabillaud a fait ! » L'entrée était faite de marbre. Des domestiques les attendaient. Les appartements étaient remplis de meubles dorés. Derrière le château se trouvait un très grand jardin dans lequel poussaient des fleurs des plus rares. Ensuite s'étalait un immense parc où cerfs, daims et de nombreuses autres espèces profitaient d'une entière liberté. D'immenses écuries accueillaient les plus beaux chevaux, et une belle étable, une quantité importante de bovins.

Pierre espérait que tout cela contenterait sa femme. Elle le rassura et tous deux prirent un superbe repas avant d'aller se coucher. Le lendemain matin, la femme réveilla brusquement son mari et lui déclara : « Nous avons un bien joli palais, certes, mais il nous faut devenir seigneurs de tout le pays, maintenant.

– Comment veux-tu que nous soyons seigneurs ? Je ne veux pas être roi, moi !
– Eh bien, moi, je veux être reine ! Alors tu vas vite aller voir le cabillaud pour le lui demander ! »
Le pêcheur haussa les épaules, trouvant cette attitude de plus en plus ridicule, mais alla tout de même sur la plage. La mer était cette fois grise, sombre et quelque peu agitée. Pierre appela le poisson :
« Cabillaud, je suis un peu confus de te demander cela, mais Isabelle souhaite, malgré moi, être reine.
– Rentre chez toi, c'est déjà fait ! » lui répondit-il. En rentrant chez lui, il trouva sa femme parée d'une belle couronne, assise sur un trône.
Elle était entourée par des demoiselles d'honneur plus belles les unes que les autres. Le pêcheur s'approcha de sa femme ; il espérait bien que son vœu serait comblé. Sa femme acquiesça, mais dit tout d'un coup : « Oui, certes, mais je viens de songer que cela serait beaucoup mieux si je devenais impératrice ou plutôt empereur.
– Mais tu as perdu la tête, lui répondit son mari. Non, je ne souhaite pas aller demander une chose pareille à ce bon prince.
– Comment oses-tu t'opposer à la reine ! Tu te dois de m'obéir ! »
Aussi Pierre alla de nouveau trouver le poisson et lui fit la demande surprenante de sa femme. Le cabillaud lui dit que la chose était faite et qu'il pouvait rentrer chez lui. Ainsi, il trouva sa femme entourée d'une cour composée de princes et, apparemment, tout à fait à son aise.

Après un somptueux repas et une belle nuit, Isabelle se dit qu'il devait y avoir quelque chose d'encore plus désirable que d'être empereur. Le matin, elle décida qu'il fallait qu'elle soit aussi puissante que Dieu.

Elle réveilla son mari et lui ordonna d'aller auprès du cabillaud afin qu'elle puisse avoir toute puissance sur l'Univers. Pierre avait très peur que le poisson ne se fâche à la fin. La mer était très démontée par des vagues hautes qui faisaient un bruit de tonnerre.

Pierre interpella une dernière fois le prince :

« Cabillaud, je suis un peu confus de te demander cela, mais Isabelle veut, malgré moi, être aussi puissante que le bon Dieu. » Et alors, le cabillaud lui répondit :

« Rentre chez toi, tu la trouveras comme au début, dans votre misérable cabane. »

Isabelle était maintenant sur un vieil escabeau devant son ancienne hutte, tandis que Pierre retournait à ses filets.

DAME HIVER
(DAME HOLLE)

Il était une fois une veuve qui avait deux filles. L'une était belle et courageuse ; l'autre, laide et paresseuse. La femme préférait sa deuxième fille, car elle était vraiment à elle, alors la première devait faire tourner la maison. Elle devait tous les jours se rendre près d'un puits où, une fois installée, elle devait filer jusqu'à ce que ses doigts saignent. Un jour qu'elle voulut nettoyer sa quenouille, cette dernière lui échappa des mains et tomba dans le puits. Pleurant, elle alla raconter cela à sa marâtre qui lui cria dessus :
« Maintenant que tu as laissé tomber la quenouille au fond du puits, va la chercher toi-même, fainéante ! »

La pauvre fille retourna au puits en se demandant comment repêcher l'objet. Elle décida finalement de sauter elle-même dans le puits. Elle s'évanouit en tombant. À son réveil, quelle ne fut pas sa surprise de se retrouver dans une prairie avec, autour d'elle, des milliers et des milliers de fleurs. Elle arriva devant un four à pain où la fournée était lancée. Les pains se mirent à parler : « Sors-nous de là ! Sinon, nous allons être trop cuits ! » Elle saisit la longue pelle et sortit tous les pains. Elle poursuivit son chemin et passa devant un pommier qui lui dit : « Secoue-moi ! Les pommes sont toutes mûres ! » La jeune fille secoua l'arbre et des tonnes de pommes tombèrent. Elle les mit en un joli tas avant de partir.

Enfin, elle arriva devant une maison où une vieille était installée à sa fenêtre. Effrayée par les longues dents de cette vieille femme, la jeune fille voulut faire demi-tour et s'échapper. La vieille essaya de la rassurer et lui proposa de rester : « Si tu t'occupes bien de la maison, tout ira bien pour toi. Surtout, occupe-toi bien de secouer mon édredon pour en faire voler les plumes, parce que sinon, il neige sur le monde ; je suis Dame Hiver. »
La jeune fille accepta sa proposition. Tous les jours, elle tâchait de bien secouer l'édredon pour en faire voler les plumes et contenter la vieille femme. Si bien qu'elle se sentait comme chez elle, recevant chaque jour un repas et jamais de reproche.

Au bout d'un certain temps, la jeune fille se sentit lasse. Sa maison lui manquait, même si elle savait qu'elle était mieux traitée ici que chez la méchante femme. Elle le dit à la vieille : « Je veux rentrer chez moi. Je veux retrouver les miens et remonter là-haut. » Dame Hiver comprenait tout à fait la jeune fille : « Puisque tu as été si serviable, je vais te faire remonter chez toi. » Elle l'accompagna jusqu'à un grand portail. Au moment où la jeune fille passait par la grande porte, une nuée d'or la recouvrit entièrement. « C'est ce que je te donne pour te remercier de tes services », lui dit Dame Hiver en lui redonnant sa quenouille.

La porte refermée, elle se retrouva auprès de la maison de sa belle-mère. Le coq, voyant la belle entrer, s'écria : « Voici la belle couverte d'or ! Cocorico ! Cocorico ! »

Comme elle était couverte d'or, elle eut un très bon accueil. Elle raconta alors en détail ce qui lui était arrivé, de sorte que la mère voulut le même sort pour sa paresseuse et vilaine fille.

Ainsi, la fainéante alla comme sa sœur filer près du puits. Pour que sa quenouille soit rouge de sang, elle se piqua avec et mit du sang dessus. Alors, comme pour la nettoyer, elle la fit tomber dans le puits et se jeta dedans.

Elle arriva dans la prairie comme sa sœur l'avait raconté. Elle emprunta le même chemin et quand elle arriva devant le même four, les pains dirent : « Sors-nous de là ! Sinon, nous allons être trop cuits ! »
La paresseuse, ne voulant pas se salir, les laissa brûler dans le four.
Un peu plus loin, elle passa devant le pommier et entendit : « Secoue-moi ! Les pommes sont toutes mûres ! » Elle répondit : « C'est ça, oui, pour qu'une pomme me tombe sur la tête. » Elle continua son chemin et arriva devant la maison de Dame Hiver. Elle avait entendu parler de ses vilaines dents et ne fut aucunement effrayée. Elle fit donc ce qu'on lui avait dit et fit le ménage.

Au bout du deuxième jour pourtant, la paresse reprit le dessus et au troisième, elle ne voulut plus se lever. Elle ne faisait pas le lit de Dame Hiver qui se lassa et lui demanda de prendre congé. La demoiselle était très contente, pensant être récompensée comme l'avait été sa sœur. Dame Hiver conduisit elle-même la flemmarde au portail. Au moment de passer la porte, ce ne fut pas une pluie d'or, mais une nuée de colle qui lui tomba dessus.

« Voici comment gratifier une paresseuse comme toi »,
lui dit la vieille femme en la laissant repartir en lui fermant
la grande porte au nez.
La pauvre fille rentra chez elle couverte de poix de la tête
au pied. Le coq, la voyant entrer, s'écria :
« Voici la sale couverte de colle ! Cocorico ! Cocorico ! »
À son grand désespoir, elle ne put jamais se débarrasser de
cette colle. Pendant tout le restant de sa vie, elle demeura
sur sa peau et ses vêtements.

L'ENFANT DE LA BONNE VIERGE

À l'orée d'une grande forêt vivaient un bûcheron, sa femme et leur fille, alors âgée de trois ans. Ils étaient pauvres et avaient bien des difficultés à nourrir leur enfant, n'ayant chaque jour que leur pain. Préoccupé et malheureux de cette situation, le bûcheron partit malgré tout couper du bois. C'est alors que se présenta devant lui une belle femme élancée. C'était la Vierge Marie. Étonné de cette rencontre, le bûcheron écouta la femme. Devant la tristesse de l'homme, elle lui proposa d'emmener sa fille et de lui offrir sa protection. Le bûcheron accepta et alla chercher son enfant. Toutes deux partirent dans le ciel. L'enfant, en effet, était très heureuse. Elle mangeait à sa faim et pouvait jouer librement avec les anges qui l'accompagnaient.

Alors que la jeune fille avait atteint ses quatorze ans, Marie l'appela et lui dit qu'elle avait un grand voyage à faire. Pendant son absence, elle lui confia les clefs des treize portes du paradis. « Tu as le droit d'ouvrir les douze premières afin de profiter des trésors qu'elles renferment, mais garde-toi bien d'ouvrir la treizième, car elle te porterait malheur. »
Chaque jour, c'était une joie pour la jeune fille d'ouvrir une à une les douze portes. Elle vit dans chacune des pièces un apôtre entouré par de lumineuses merveilles.
Seulement, les douze portes ouvertes ne lui suffisaient plus. La tentation était trop grande de prendre la petite clef qui servait à ouvrir la treizième porte et de franchir le seuil.

Malgré les mises en garde des anges, elle n'écouta que son cœur et, seule, prit la clef et la tourna délicatement quand elle fut glissée dans la serrure. Une lumière éblouissante jaillit dans la pièce, révélant la Trinité assise. La jeune fille tendit la main. L'un de ses doigts, en touchant un bout de lumière, prit la couleur de l'or. De peur d'être vue et sentant son cœur battre la chamade, elle referma la porte. Malheureusement, elle ne put enlever cette tache d'or qui s'obstinait à rester sur son doigt.

Au retour de Marie, la jeune fille s'empressa de lui remettre le trousseau de clefs. Marie la regarda bien dans les yeux et lui demanda :
« Es-tu bien certaine de n'avoir pas ouvert la treizième porte ?
– Oui », répondit-elle.
Marie, doutant encore, insista et lui demanda de nouveau :
« Es-tu certaine de ne pas l'avoir fait ?
– Oui », dit la jeune fille une deuxième fois.
Quand Marie aperçut le doigt doré de la jeune enfant, le doute n'était plus permis. Elle reposa la même question et, pour la troisième fois, la jeune fille répondit oui. Alors Marie lui dit qu'elle ne méritait plus de rester parmi eux, n'ayant pas obéi et s'étant obstinée dans le mensonge.

Après un long sommeil, la jeune fille se réveilla dans un lieu désertique. Elle regarda autour d'elle. Elle aurait aimé crier, mais la parole lui manquait. Elle voulait s'échapper, mais restait prisonnière d'un important taillis.
Au centre était planté un vieil arbre.
La jeune enfant se faufila pour entrer dans le tronc de l'arbre. Ce fut là son unique refuge. Les saisons passaient les unes après les autres. La jeune fille se nourrissait de ce que la nature voulait encore bien offrir ; des racines et des baies sauvages. Avec le temps, ses vêtements s'étant considérablement abîmés, elle n'eut plus qu'à se vêtir de feuilles dans les périodes d'hiver et profiter de ses longs cheveux dorés qui la couvraient au soleil, l'été.

Un jour, le roi du pays, qui était parti chasser, poursuivait une proie à vive allure. Le gibier s'arrêta net et se réfugia dans le taillis. Écartant de son épée les vilaines branches, il découvrit la jeune fille aux longs cheveux d'or. Émerveillé par sa beauté, le roi lui proposa de le suivre dans son palais. Ne pouvant toujours pas laisser échapper un seul son, elle acquiesça d'un mouvement de la tête. Une fois au palais, le roi épousa la jeune femme.

Un an après, la reine mit au monde un fils. C'est alors que dans la nuit, la Vierge Marie apparut. Elle lui dit : « Veux-tu m'avouer que tu as bien ouvert la treizième porte et je te redonnerai la parole ? »

Il était permis à la reine de prendre la parole afin de répondre :
« Non, je ne l'ai pas ouverte. »
Marie emporta alors l'enfant.
L'enfant disparu, le bruit courut que la reine avait tué son fils.
Le roi ne pouvait y croire, ayant toute confiance en sa jeune épouse.
Un an plus tard, elle mit au monde un deuxième fils. De nouveau, la Vierge Marie fit son apparition. Elle lui demanda :
« Veux-tu enfin m'avouer que tu as ouvert la treizième porte ? Tu retrouveras la parole et je te ramènerai ton enfant. »
La reine eut juste le temps de répondre : « Non, je ne l'ai pas ouverte. » Alors, Marie emmena l'enfant. Avec cette deuxième disparition, le bruit grandissait et on entendit dire que la reine était une ogresse et qu'elle l'avait tué. Il ne pouvait en être autrement. Cependant, le roi feignit de ne rien entendre et fit taire ces mensonges.

La troisième année, la reine mit au monde une petite fille belle comme le jour. La Vierge Marie apparut et la pria de la suivre. Elles arrivèrent dans le ciel, là où étaient heureux les deux jeunes garçons. Alors Marie prit la parole :
« Veux-tu maintenant avouer que tu as bien ouvert cette porte ? Tu pourras repartir avec tes deux garçons. » La reine répondit une fois de plus :
« Non, je ne l'ai pas ouverte. » Marie la laissa tomber à terre et garda la petite fille. Le lendemain, la reine était de nouveau sans enfant. Le roi ne put rien faire devant ce que tout le monde à présent osait dire à voix haute :
« La reine est une ogresse. Elle a tué ses trois jeunes enfants. Elle mérite de mourir. » Elle fut ainsi emmenée sur le bûcher. L'émotion débordant de son cœur, la reine fut prise de remords : « Pourrais-je avouer ma faute ? Oui, Marie, j'ai bien ouvert cette porte. » Et elle cria : « Je suis coupable ! »
La Vierge Marie apparut une dernière fois, la petite fille dans les bras, suivie des deux petits garçons. « Faute avouée est à moitié pardonnée. Je te rends tes enfants et te redonne la parole. »
Le roi et la reine retrouvèrent la paix dans leur palais et le bonheur, entourés de leurs magnifiques enfants.

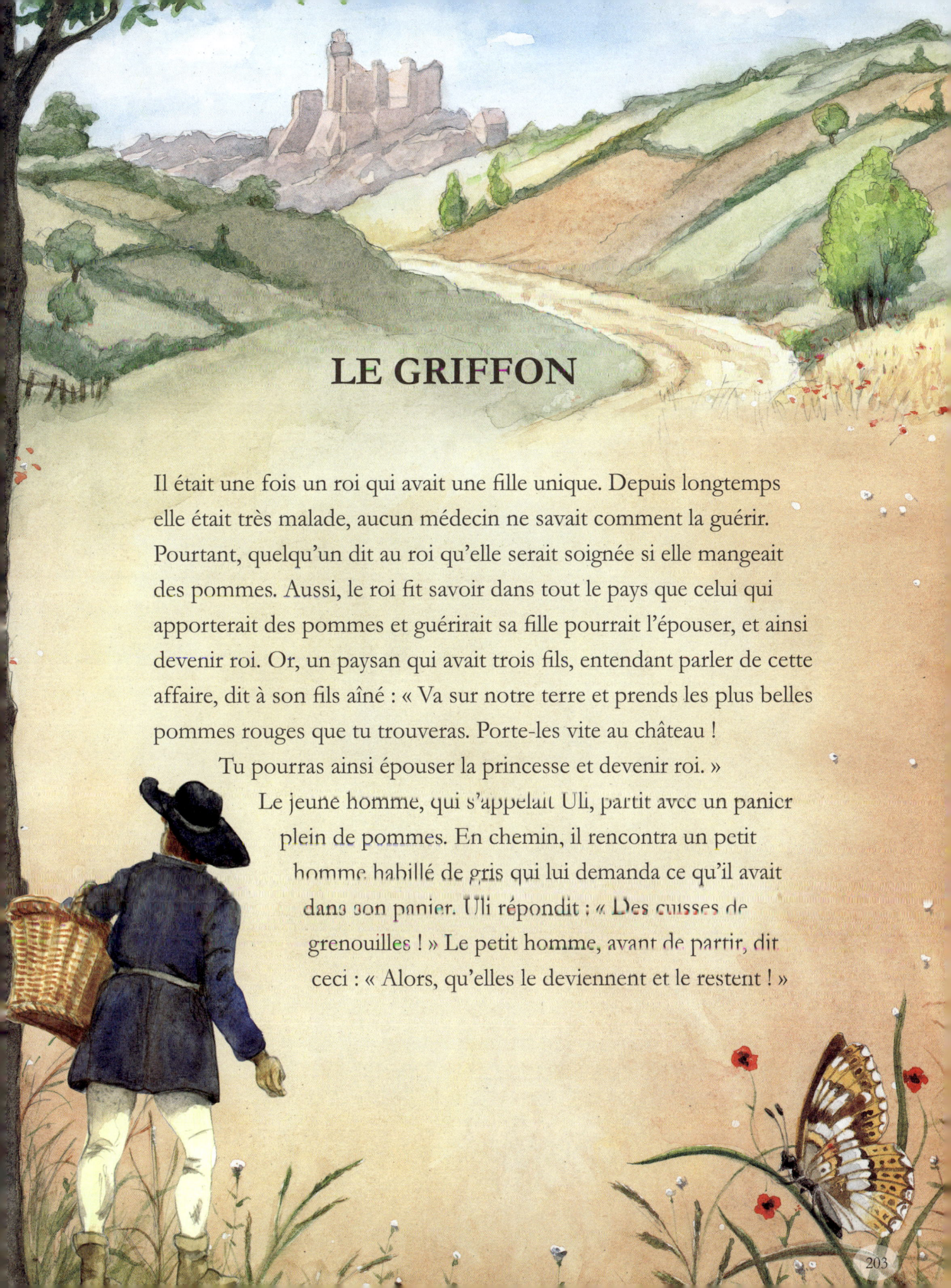

LE GRIFFON

Il était une fois un roi qui avait une fille unique. Depuis longtemps elle était très malade, aucun médecin ne savait comment la guérir. Pourtant, quelqu'un dit au roi qu'elle serait soignée si elle mangeait des pommes. Aussi, le roi fit savoir dans tout le pays que celui qui apporterait des pommes et guérirait sa fille pourrait l'épouser, et ainsi devenir roi. Or, un paysan qui avait trois fils, entendant parler de cette affaire, dit à son fils aîné : « Va sur notre terre et prends les plus belles pommes rouges que tu trouveras. Porte-les vite au château ! Tu pourras ainsi épouser la princesse et devenir roi. »

Le jeune homme, qui s'appelait Uli, partit avec un panier plein de pommes. En chemin, il rencontra un petit homme habillé de gris qui lui demanda ce qu'il avait dans son panier. Uli répondit : « Des cuisses de grenouilles ! » Le petit homme, avant de partir, dit ceci : « Alors, qu'elles le deviennent et le restent ! »

Uli arriva au château. Il annonça qu'il avait les pommes qui guériraient la princesse. Le roi le fit rentrer, et quelle ne fut pas sa surprise de voir des cuisses de grenouilles à la place des pommes. En colère, le roi chassa le jeune homme. Uli, une fois rentré chez lui, raconta tout à son père. Celui-ci appela alors Samuel, qui était son deuxième fils, afin qu'il aille lui-même au château. Il rencontra lui aussi l'homme tout de gris vêtu. À la même question posée par le petit homme, Samuel dit : « Des soles de porc ! » Le petit homme répondit : « Alors qu'elles le deviennent et le restent ! » Samuel arriva au château et dit avoir des pommes qui pourraient guérir la princesse. Il dut insister auprès des gardes avant de pouvoir entrer, car quelqu'un était déjà venu et les avait bien eus. Alors, sûr de lui, Samuel ouvrit son panier. Il y avait dedans plein de soles de porc et non des pommes. De nouveau en colère, le roi chassa ce petit importun à coups de cravache. De retour chez lui, il raconta tout.

Le troisième fils se proposa alors d'aller au château. Le père, se moquant de lui, dit :

« Toi, mon pauvre Jeannot, tu n'y penses pas ! Commence à devenir moins bête que tu n'es et nous verrons ! » C'est vrai que tout le monde l'appelait Jeannot le Bêta ! Mais Jeannot était têtu. Il insista et partit tout joyeux.

La nuit était tombée. Jeannot décida d'attendre le lendemain et finit par s'endormir. Il rêva de jolies princesses, et de bien belles choses encore.

À l'aube, il se mit en route et rencontra le petit homme gris qui lui demanda aussi ce que contenait son panier. Jeannot lui répondit que c'était des pommes pour guérir la fille du roi.

« Alors, qu'elles le deviennent et le restent ! »

Au château, on ne voulut pas le faire entrer. Jeannot affirma que son panier contenait bien des pommes pour la princesse. Le portier le regarda et, après réflexion, le laissa entrer. Jeannot ouvrit son panier plein de pommes jaune d'or devant le roi.

Ravi, le roi fit porter les pommes à sa fille et attendit de savoir ce qu'il en était. Quelques instants après, ce fut la princesse en personne qui se présenta au roi. Le roi ne voulut cependant pas donner tout de suite la main de sa fille et demanda à Jeannot de fabriquer une nacelle aussi fiable sur l'eau que sur la terre. Quand le père du jeune garçon apprit cela, il envoya Uli construire cette nacelle. Le petit homme gris arriva près d'Uli encore à la tâche et lui demanda ce qu'il faisait. Uli répondit : « Des ustensiles en bois ! À quoi le petit homme répondit : « Alors qu'il en soit ainsi et le reste ! » Le soir, quand Uli voulut s'asseoir sur la nacelle, celle-ci se cassa et des ustensiles en bois s'étalèrent partout à terre. Le lendemain, ce fut au tour de Samuel, et il lui arriva la même mésaventure qu'à Uli. Le troisième jour, Jeannot se rendit dans la forêt et travailla durement tout en sifflotant. Le petit homme gris vint et lui demanda ce qu'il faisait. Jeannot lui répondit : « Une solide nacelle aussi fiable sur l'eau que sur terre !
– Alors qu'il en soit ainsi et le reste ! » lui dit le petit homme.

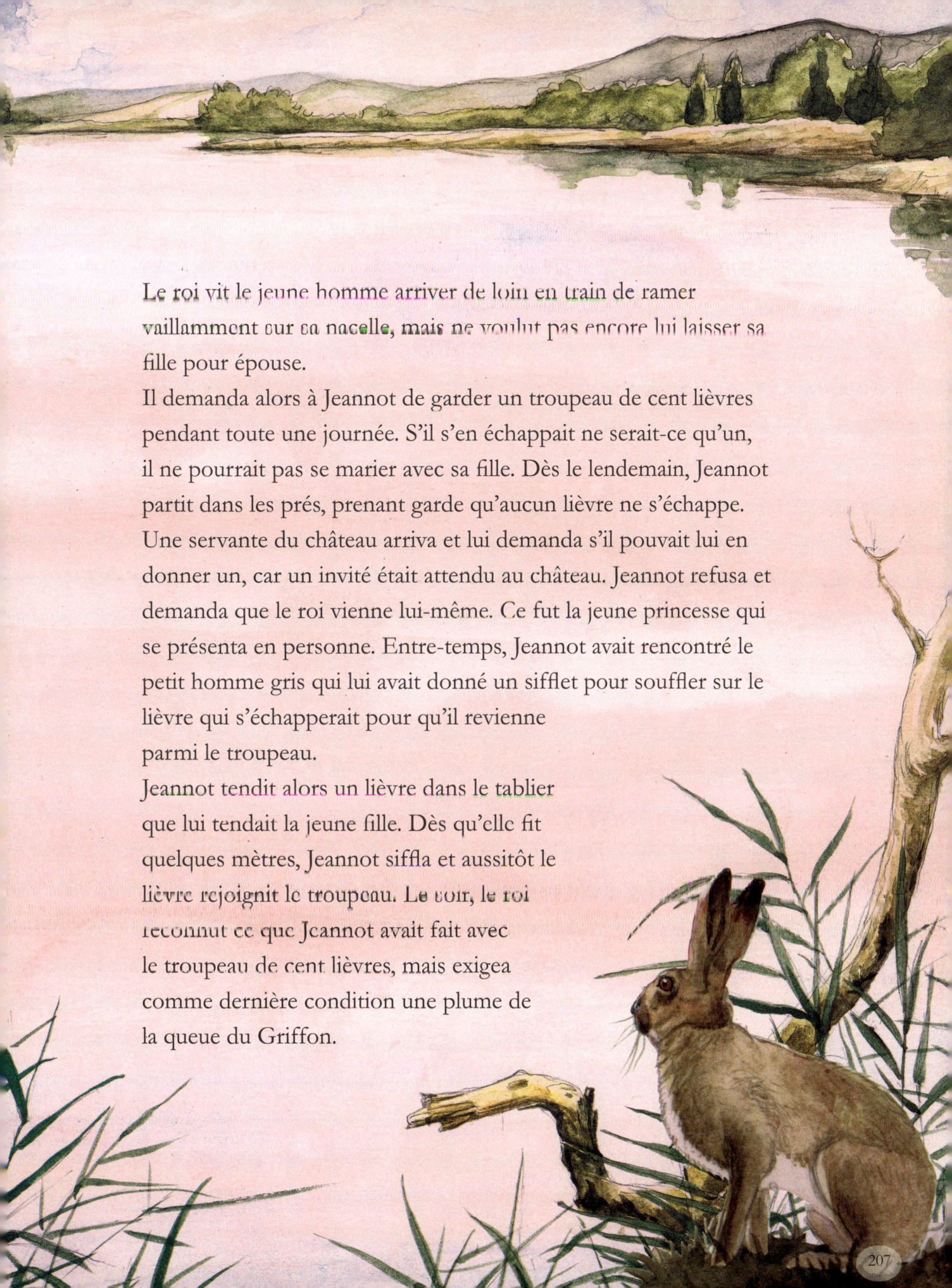

Le roi vit le jeune homme arriver de loin en train de ramer vaillamment sur sa nacelle, mais ne voulut pas encore lui laisser sa fille pour épouse.

Il demanda alors à Jeannot de garder un troupeau de cent lièvres pendant toute une journée. S'il s'en échappait ne serait-ce qu'un, il ne pourrait pas se marier avec sa fille. Dès le lendemain, Jeannot partit dans les prés, prenant garde qu'aucun lièvre ne s'échappe. Une servante du château arriva et lui demanda s'il pouvait lui en donner un, car un invité était attendu au château. Jeannot refusa et demanda que le roi vienne lui-même. Ce fut la jeune princesse qui se présenta en personne. Entre-temps, Jeannot avait rencontré le petit homme gris qui lui avait donné un sifflet pour souffler sur le lièvre qui s'échapperait pour qu'il revienne parmi le troupeau.

Jeannot tendit alors un lièvre dans le tablier que lui tendait la jeune fille. Dès qu'elle fit quelques mètres, Jeannot siffla et aussitôt le lièvre rejoignit le troupeau. Le soir, le roi reconnut ce que Jeannot avait fait avec le troupeau de cent lièvres, mais exigea comme dernière condition une plume de la queue du Griffon.

Jeannot se mit aussitôt en route. Le soir, il arriva devant un château et demanda à passer la nuit. Le seigneur du château accepta et lui demanda où il allait. Jeannot répondit : « Chez le Griffon. »

Le seigneur dit alors : « Puisqu'on dit que le Griffon sait tout, demande à l'oiseau où j'ai bien pu perdre la clé de mon coffre-fort. » Le lendemain, Jeannot passa la nuit dans un autre château dans lequel une jeune fille était malade aussi. Jeannot promit de demander au Griffon le remède pour la guérir. Bientôt, il arriva au bord d'une large rivière. Au lieu d'un bac pour la traverser, il vit un homme très grand qui portait les gens de l'autre côté. L'homme, avant de prendre Jeannot sur son dos, lui pria de demander au Griffon pourquoi il lui fallait porter les gens de l'autre côté. Jeannot arriva devant la maison du Griffon. Il trouva uniquement sa femme et lui raconta tout. Celle-ci lui fit remarquer qu'aucun chrétien ne pouvait parler au Griffon, car il les mangeait. Elle lui conseilla cependant de se cacher sous le lit. Il pourrait arracher une plume une fois le Griffon endormi. Pour le reste, elle se chargerait de poser les questions elle-même au Griffon.

Le soir, le Griffon rentra à la maison. Une fois entré dans la chambre, il dit :
« Femme, ça sent le chrétien !
– Oui, répondit-elle, il en est venu un aujourd'hui, mais il est reparti. »
Le Griffon s'endormit, mais d'un coup se réveilla, croyant qu'on était en train de le plumer. Sa femme profita de son réveil pour lui poser les questions utiles à Jeannot.

Elle apprit alors – et Jeannot avec elle – que la clé perdue était au bûcher, derrière la porte, sous une pile de bois ; que pour guérir la jeune fille, il fallait qu'elle récupère ses cheveux avec lesquels un crapaud s'était fait son nid sous l'escalier en bois ; enfin, que si l'homme au bord de l'eau laissait tomber une seule personne, il n'en aurait plus à porter.

Tôt le matin, le Griffon se leva et partit. Jeannot sortit de sous le lit, tenant la jolie plume. Il avait entendu ce que le Griffon avait dit de la clé, de la princesse et de l'homme. Alors il prit le chemin du retour, livrant tour à tour les réponses aux questions posées. En récompense, Jeannot reçut des sacs pleins d'argent et d'or, et était maintenant accompagné de vaches, moutons, chèvres et de toutes sortes d'autres biens. À son retour, le roi lui demanda d'où il tenait tout ça. Jeannot lui répondit que le Griffon donnait à quiconque ce que quiconque désirait. Le roi se dit qu'il pourrait bien en profiter lui aussi et se mit en route pour trouver l'oiseau. Quand il arriva au bord de l'eau, personne ne s'y était encore rendu depuis le passage de Jeannot. Le porteur le laissa tomber au beau milieu et s'en alla. Le roi se noya. Quant à Jeannot, il épousa la princesse et devint le roi le plus heureux.

HISTOIRE DE CELUI QUI S'EN ALLA APPRENDRE LA PEUR

Il était une fois un père qui avait deux fils. Le premier était réfléchi et intelligent, le second était incapable de comprendre et d'apprendre quoi que ce soit. Mais quand le père demandait à l'aîné d'aller chercher quelque chose le soir ou la nuit et qu'il fallait passer par le cimetière, il répondait :
« Oh non, père, je n'irai pas, j'ai peur, cela me donne la chair de poule et me fait frissonner. » Quant au cadet, lui, il ne comprenait même pas ce que voulait dire « avoir la chair de poule ».
Il se disait : « Encore une chose que je comprends pas. »
Comme son père voulait lui faire apprendre un métier, le garçon dit :
« D'accord, mais je voudrais surtout apprendre à frissonner. »
Le sacristain du village proposa de se charger de cette tâche.

À minuit, il demanda au garçon d'aller sonner les cloches de l'église. Le garçon, arrivé en haut du clocher, vit, en se retournant, une forme blanche dans l'escalier. C'était le sacristain déguisé en fantôme. Le garçon, sans s'émouvoir, demanda simplement : « Qui va là ? Si tu ne réponds pas, je te jette en bas de l'escalier. » Comme le sacristain ne répondait pas, il le poussa et lui fit dégringoler l'escalier, puis sonna les cloches et rentra tranquillement se coucher. Le lendemain, on retrouva le sacristain gisant, la jambe cassée, en bas de l'escalier. Quand le père voulut gronder son fils, celui-ci répondit simplement qu'il avait prévenu le fantôme et, sans réponse de sa part, l'avait jeté dans l'escalier. Désemparé, le père demanda à son fils de quitter la région, et lui donna cinquante écus.

Le garçon s'en alla, disant tout en marchant :
« Ah, si seulement je pouvais frissonner de peur ! »
Un homme qui l'entendit fit route avec lui vers
un gibet où étaient pendus sept voleurs. Il lui dit :
« Si tu restes la nuit près d'eux, tu connaîtras la
peur. » Le garçon accepta et répondit :
« Si j'apprends ainsi à avoir la frousse, tu auras
mes cinquante écus. » La nuit et le froid venant,
il alluma un feu et voulut en faire profiter
les pendus gelés en les décrochant et en les plaçant
près du foyer. Comme les morts ne bougeaient
toujours pas, il les raccrocha au gibet, puis
s'endormit. Quand l'homme vint chercher ses
cinquante écus le lendemain, le garçon raconta
ce qu'il avait fait et dit simplement qu'il ne savait
toujours pas ce qu'était la peur. L'homme, sans
empocher l'argent, s'en alla en disant : « Je n'ai jamais
rien vu de pareil ! »

Le garçon reprit sa route,
en murmurant toujours :
« Ah, si seulement
je pouvais frissonner
de peur ! »

Il arriva dans une auberge. L'aubergiste l'entendit et finit par lui dire :

« Dans un château ensorcelé, non loin d'ici, tu pourrais apprendre à trembler en y restant trois nuits. »

En effet, le roi, qui avait une fille très belle, l'avait promise en mariage avec de grands trésors, à celui qui tiendrait trois nuits dans ce château. Beaucoup étaient entrés pour affronter l'épreuve, aucun n'était ressorti.

Le garçon alla se présenter au roi qui accepta et lui dit :

« Tu peux demander trois choses, des objets que tu pourras emporter au château. » Le garçon demanda un feu, un tour et un établi avec un couteau.

Il s'installa au château et alluma un feu.

À minuit, des miaulements retentirent :

« Miaou, miaou, nous avons froid !

– Imbéciles, dit le garçon, venez vous asseoir près du feu. »

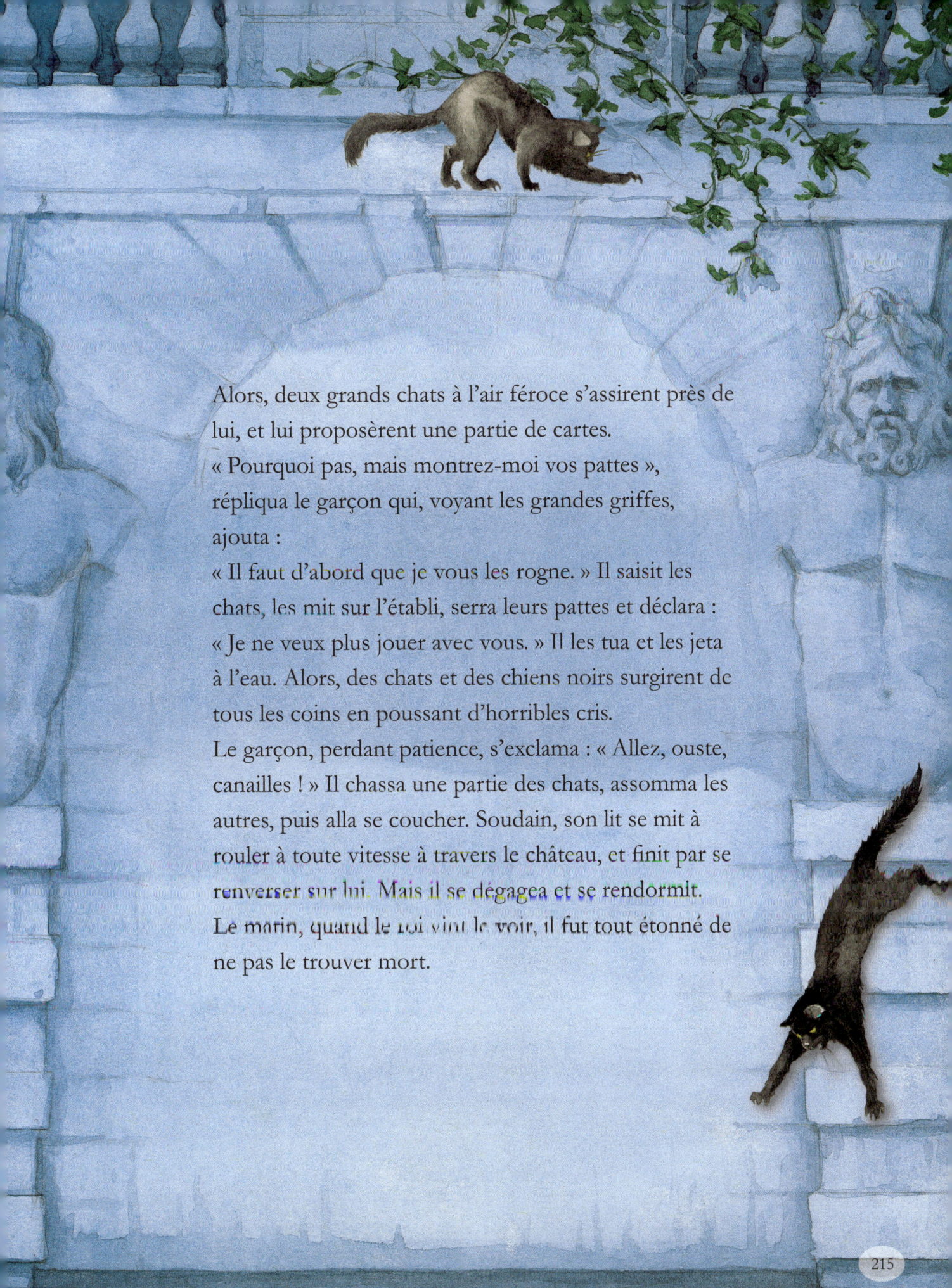

Alors, deux grands chats à l'air féroce s'assirent près de lui, et lui proposèrent une partie de cartes.
« Pourquoi pas, mais montrez-moi vos pattes », répliqua le garçon qui, voyant les grandes griffes, ajouta :
« Il faut d'abord que je vous les rogne. » Il saisit les chats, les mit sur l'établi, serra leurs pattes et déclara :
« Je ne veux plus jouer avec vous. » Il les tua et les jeta à l'eau. Alors, des chats et des chiens noirs surgirent de tous les coins en poussant d'horribles cris.
Le garçon, perdant patience, s'exclama : « Allez, ouste, canailles ! » Il chassa une partie des chats, assomma les autres, puis alla se coucher. Soudain, son lit se mit à rouler à toute vitesse à travers le château, et finit par se renverser sur lui. Mais il se dégagea et se rendormit.
Le matin, quand le roi vint le voir, il fut tout étonné de ne pas le trouver mort.

La deuxième nuit, le garçon s'assit au coin du feu, murmurant toujours : « Ah, si seulement je pouvais frissonner de peur ! » À minuit, il vit une moitié d'homme dégringoler par la cheminée en poussant de grands cris. « Il manque une moitié », dit le garçon. Dans un grand vacarme l'autre moitié tomba à son tour. Les deux morceaux se rejoignirent, faisant apparaître un homme épouvantable qui voulut prendre la place du garçon sur son banc. Celui-ci le repoussa, mais alors d'autres hommes tombèrent l'un après l'autre, allant chercher des os et des têtes de mort pour jouer aux quilles. « Je vais jouer avec vous, dit le garçon, mais vos boules ne sont pas rondes. » Il prit les crânes, les arrondit sur son tour et se mit à jouer. Puis minuit sonna, tout disparut, et il s'endormit.

Quand le roi vint le trouver au matin, il dit :
« J'ai joué aux quilles, mais je ne connais toujours pas la peur. »

La troisième nuit, il vit entrer six hommes de grande taille, portant une bière où se trouvait un homme mort ; sa figure était glacée. Pour le réchauffer, le garçon le mit d'abord près du feu, puis il se coucha à côté de lui dans son lit. Le mort se réchauffant, il voulut étrangler le garçon. Celui-ci, mécontent, rejeta le mort dans le cercueil qu'il referma. Alors un autre homme entra, plus grand et plus horrible que les autres, avec une grande barbe, qui lui annonça, d'un ton terrible :

« Tu vas connaître la peur, car tu vas mourir. » Comme le garçon le défiait, le colosse, pour lui montrer sa force, mena le garçon devant une enclume, qu'il enfonça dans le sol d'un coup de hache.

« Je fais mieux que ça », dit le garçon qui, saisissant la hache, coinça la barbe du vieux dans l'enclume, en disant :
« C'est à ton tour de mourir. »

L'horrible vieillard le supplia de l'épargner et, l'emmenant dans une cave du château, lui montra des coffres pleins d'or. À ce moment, minuit sonna, le garçon retrouva sa chambre et s'y endormit. Le matin, le roi arriva et lui dit : « Tu as délivré le château et tu épouseras ma fille.

— Très bien, mais je ne sais toujours pas ce qu'est la peur », dit le garçon. On remonta l'or de la cave et on célébra les noces. Mais le jeune roi, bien qu'heureux, disait toujours :

« Ah, si seulement je pouvais un jour frissonner de peur ! » Sa femme, perdant patience, dit alors : « Moi, je vais le lui apprendre ! » Et la nuit, comme le jeune roi dormait, elle versa sur lui un seau d'eau froide plein de goujons.

Alors le jeune roi se réveilla en sursaut, criant :

« Oh, ma chère femme, désormais, je sais ce que c'est que frissonner ! »

LES TROIS PLUMES

Il était une fois un roi qui avait trois fils : deux étaient intelligents, le troisième était si simple d'esprit qu'on l'appelait le Bêta.

Le roi, avant de mourir, ne sut pas auquel de ses fils laisser son royaume en héritage. Alors il leur dit :

« Partez, celui qui me rapportera le tapis le plus beau sera roi après ma mort. » Afin qu'ils ne se disputent pas, il les conduisit devant son château et souffla trois plumes en l'air en disant :

« Là où elles s'envoleront, telle sera votre direction. »

L'une des plumes s'envola vers l'ouest, l'autre vers l'est et la troisième voltigea, puis retomba vite à terre. Alors, l'un des frères partit à droite, l'autre à gauche, tout en se moquant du Bêta qui dut rester près de la troisième plume, tombée tout près de lui.

Le Bêta, tout triste, s'assit par terre. Soudain, il vit qu'il y avait une trappe à côté de la plume. Il leva la trappe et aperçut un escalier, qu'il descendit aussitôt. Arrivé devant une porte, il frappa et entendit crier à l'intérieur :
« Mademoiselle la reinette, Petite grenouille verte, Fille de race grenouillère, Grenouillette grenouillante, Va vite voir qui est dehors ! »
La porte s'ouvrit et apparut une grosse grenouille, entourée d'une foule de petites grenouilles. La grosse grenouille lui demanda ce qu'il désirait :
« Le plus beau des tapis », répondit-il.

Alors elle appela une jeune grenouille et lui dit :
« Mademoiselle la reinette, Petite grenouillette verte,
Fille de race grenouillère, Grenouillante gambette,
Apporte-moi la grosse boîte. »
La jeune grenouille alla chercher une boîte.
La grosse grenouille l'ouvrit et en sortit un tapis si beau qu'on ne pouvait en tisser de pareil sur la terre.
Le Bêta la remercia et remonta l'escalier.

Ses frères, croyant le cadet incapable de trouver quoi que ce soit, rapportèrent un châle en toile grossière pris à une bergère, tandis que le Bêta offrit au roi son magnifique tapis. Celui-ci, étonné, dit : « S'il faut s'en remettre à la justice, le royaume appartient au cadet. »
Mais devant les protestations des deux aînés, le roi fixa une autre condition et déclara : « Celui qui me rapportera la plus belle bague héritera du royaume. »

Il sortit avec ses trois fils et souffla en l'air les trois plumes qui devaient leur indiquer la route à suivre. Les deux aînés partirent l'un vers l'est et l'autre vers l'ouest, mais la plume du Bêta tomba à côté de la trappe. Il descendit de nouveau voir la grosse grenouille et lui demanda une belle bague. La grenouille se fit apporter une grande boîte, y prit une bague étincelante de pierres précieuses qu'elle donna à Bêta. La bague était si belle que nul orfèvre sur terre n'en aurait pu faire de pareille. Les deux aînés ne se donnèrent aucune peine et ils dévissèrent tout simplement les crochets d'une vieille roue de charrette, et chacun apporta un des crochets au roi. Quand le Bêta montra sa bague d'or, le roi déclara :

« C'est à lui que revient mon royaume. »

Les deux aînés harcelèrent leur père afin qu'il posât encore une troisième condition. Le roi dit alors : « Celui qui ramènera la plus belle femme héritera du royaume. » Il souffla sur les plumes, qui s'envolèrent en l'air et retombèrent comme les fois précédentes. Le Bêta alla trouver la grosse grenouille et lui raconta qu'il devait ramener au château la plus belle femme. Elle donna au Bêta une carotte creuse à laquelle six petites souris étaient attelées et lui demanda d'y installer une de ses petites grenouilles. Bêta prit une grenouille et la mit dans la carotte. À peine était-elle assise à l'intérieur que la petite grenouille devint une demoiselle merveilleusement belle, la carotte un beau carrosse, et les petites souris des chevaux.

Le Bêta fit emporter au galop la belle chez le roi. Les deux frères paresseux avaient, eux, ramené les deux premières paysannes venues. En les voyant, le roi déclara : « C'est au cadet que le royaume appartiendra après ma mort. » Alors les deux aînés protestèrent à nouveau et exigèrent une dernière épreuve.

Le vieux roi céda encore une fois à leur prière et déclara : « Deviendra roi celui dont la femme arrivera à sauter à travers un anneau suspendu au milieu de la grande salle. »

« Nos robustes paysannes en seront capables, se dirent les deux aînés, tandis que la délicate demoiselle va se tuer en sautant. »

Les deux paysannes s'élancèrent, sautèrent à travers l'anneau, mais, trop lourdes, elles se brisèrent bras et jambes en retombant. Quant à la belle demoiselle que le Bêta avait ramenée, elle traversa l'anneau aussi légèrement qu'une biche. C'est ainsi que le Bêta hérita de la Couronne et qu'il régna longtemps en sage.

LA LUMIÈRE BLEUE

Il était une fois un soldat qui avait servi fidèlement le roi pendant de longues années. Ayant subi de nombreuses blessures et ne pouvant plus combattre, il alla trouver le roi qui lui dit : « Tu peux rentrer chez toi, mais tu ne recevras plus d'argent, car je ne paie que celui qui me sert. » Alors le soldat partit, se demandant comment il allait pouvoir se débrouiller pour se nourrir et se loger. Il marcha toute la journée et, à la nuit tombée, arriva dans une forêt. Il aperçut une lumière, la suivit et se trouva devant la maison d'une sorcière.
« Héberge-moi pour la nuit et donne moi un peu à boire et à manger, lui dit-il, sinon, je vais mourir de faim !
– Hoho ! répondit-elle, qui viendrait en aide à un soldat en fuite ? Enfin, si tu fais ce que je te demande, je veux bien te loger cette nuit. »

« Que demandes-tu en échange ? la questionna le soldat.
— Que demain tu retournes la terre de mon jardin. »

Le lendemain, le soldat travailla de toutes ses forces mais, le soir venu, il n'avait pas terminé. La sorcière lui dit : « Je veux bien te garder cette nuit si demain, en échange, tu me fends mon bois en petites bûches. »

Le soldat obéit et, le soir venu, la sorcière lui proposa de rester encore une nuit. « Demain, tu iras au fond du puits récupérer la chandelle que j'ai laissé tomber dedans, elle produit une lumière bleue qui ne s'éteint pas. »

Le lendemain, la sorcière fit descendre le soldat dans un panier au fond du puits, et il y trouva la lumière bleue. La sorcière le remonta, et lorsqu'il fut arrivé près de la margelle, elle tendit sa main pour attraper la chandelle.

Mais le soldat, soupçonnant une ruse, déclara :

« Non, pas avant que mes deux pieds n'aient touché terre. »

La sorcière, furieuse, le laissa retomber au fond du puits et s'enfuit.

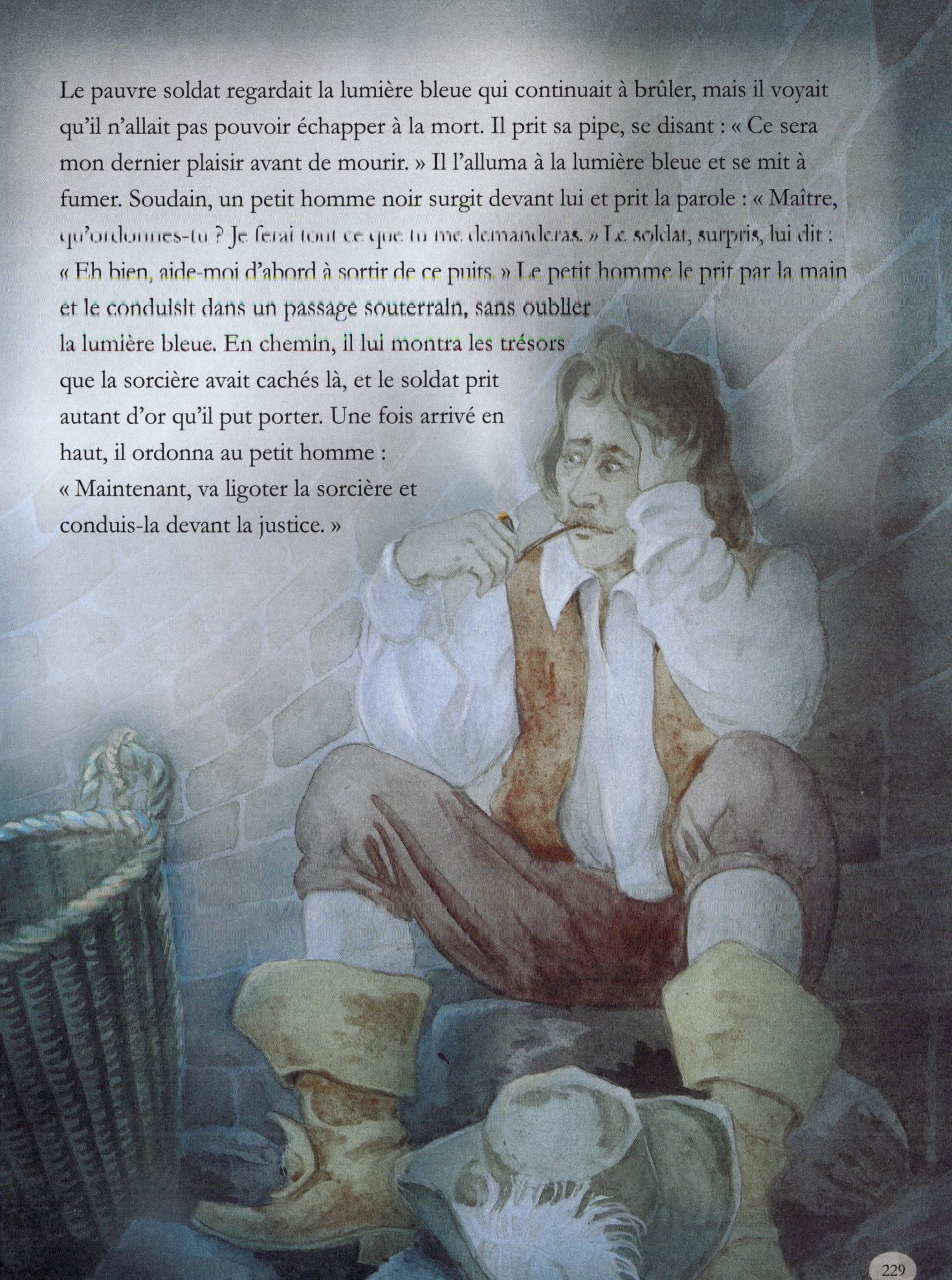

Le pauvre soldat regardait la lumière bleue qui continuait à brûler, mais il voyait qu'il n'allait pas pouvoir échapper à la mort. Il prit sa pipe, se disant : « Ce sera mon dernier plaisir avant de mourir. » Il l'alluma à la lumière bleue et se mit à fumer. Soudain, un petit homme noir surgit devant lui et prit la parole : « Maître, qu'ordonnes-tu ? Je ferai tout ce que tu me demanderas. » Le soldat, surpris, lui dit : « Eh bien, aide-moi d'abord à sortir de ce puits. » Le petit homme le prit par la main et le conduisit dans un passage souterrain, sans oublier la lumière bleue. En chemin, il lui montra les trésors que la sorcière avait cachés là, et le soldat prit autant d'or qu'il put porter. Une fois arrivé en haut, il ordonna au petit homme : « Maintenant, va ligoter la sorcière et conduis-la devant la justice. »

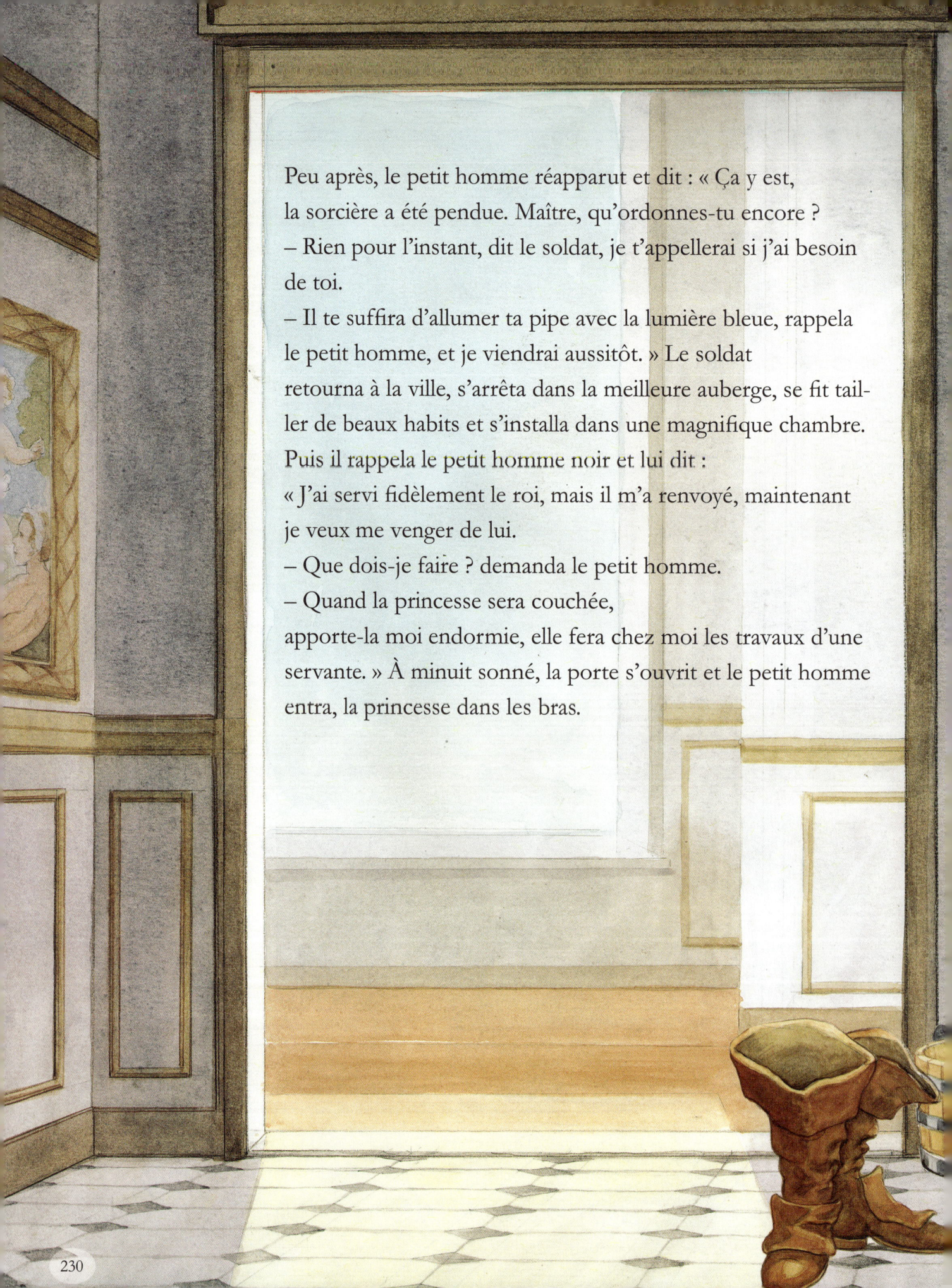

Peu après, le petit homme réapparut et dit : « Ça y est, la sorcière a été pendue. Maître, qu'ordonnes-tu encore ?
– Rien pour l'instant, dit le soldat, je t'appellerai si j'ai besoin de toi.
– Il te suffira d'allumer ta pipe avec la lumière bleue, rappela le petit homme, et je viendrai aussitôt. » Le soldat retourna à la ville, s'arrêta dans la meilleure auberge, se fit tailler de beaux habits et s'installa dans une magnifique chambre. Puis il rappela le petit homme noir et lui dit :
« J'ai servi fidèlement le roi, mais il m'a renvoyé, maintenant je veux me venger de lui.
– Que dois-je faire ? demanda le petit homme.
– Quand la princesse sera couchée, apporte-la moi endormie, elle fera chez moi les travaux d'une servante. » À minuit sonné, la porte s'ouvrit et le petit homme entra, la princesse dans les bras.

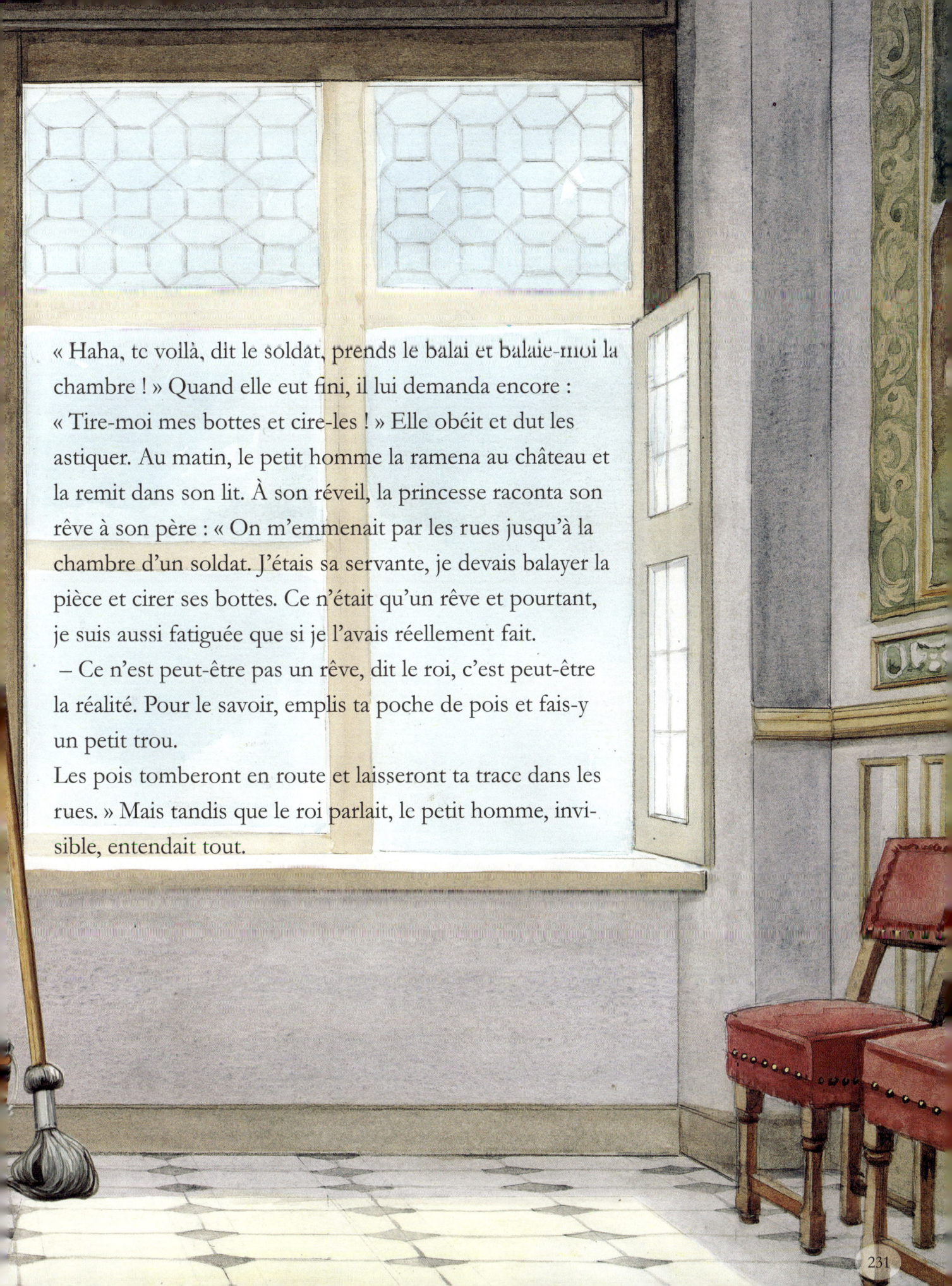

« Haha, te voilà, dit le soldat, prends le balai et balaie-moi la chambre ! » Quand elle eut fini, il lui demanda encore : « Tire-moi mes bottes et cire-les ! » Elle obéit et dut les astiquer. Au matin, le petit homme la ramena au château et la remit dans son lit. À son réveil, la princesse raconta son rêve à son père : « On m'emmenait par les rues jusqu'à la chambre d'un soldat. J'étais sa servante, je devais balayer la pièce et cirer ses bottes. Ce n'était qu'un rêve et pourtant, je suis aussi fatiguée que si je l'avais réellement fait.
 — Ce n'est peut-être pas un rêve, dit le roi, c'est peut-être la réalité. Pour le savoir, emplis ta poche de pois et fais-y un petit trou.
Les pois tomberont en route et laisseront ta trace dans les rues. » Mais tandis que le roi parlait, le petit homme, invisible, entendait tout.

La nuit suivante, il porta à nouveau la princesse endormie par les rues, les petits pois tombèrent et se répandirent partout. La fille du roi travailla chez le soldat toute la nuit. Le lendemain, le roi envoya ses gens à la recherche des traces laissées par les pois, mais en vain, car il y en avait dans toutes les rues. « Il faut inventer autre chose, dit le roi à sa fille. En te couchant ce soir, garde tes souliers, et avant de revenir de là-bas, caches-en un pour qu'on le retrouve. » Le petit homme entendit tout et conseilla au soldat de ne pas faire venir la princesse ce soir, car il ne savait pas comment déjouer cette ruse.

Mais le soldat voulut qu'il aille la chercher et la fit travailler comme les nuits précédentes. Avant de partir, la princesse cacha un soulier sous le lit du soldat. Le lendemain, le roi fit chercher partout le soulier de sa fille et on le découvrit chez le soldat. Celui-ci fut alors jeté en prison. Mais il avait oublié d'emporter avec lui la lumière bleue et son or, et il ne lui restait qu'une pièce en poche. Voyant passer un de ses amis devant son cachot, il l'envoya chercher à l'auberge un petit paquet et pour sa peine, lui donna sa pièce. Quand il récupéra le paquet contenant la lumière bleue, le soldat, une fois seul, alluma sa pipe et fit apparaître le petit homme noir. « N'aie pas peur de ce qui arrivera, lui dit-il, mais emporte avec toi la lumière bleue. » Le lendemain, le soldat fut condamné à mort.

Comme on l'emmenait, il demanda au roi une dernière grâce.
« Laquelle ? répondit le roi.
– De pouvoir fumer encore une pipe en chemin.
– D'accord. »
Alors le soldat alluma sa pipe avec la lumière bleue, et aussitôt le petit homme était là, un gourdin à la main. Il demanda :
« Qu'ordonnes-tu, mon maître ? – Assomme-moi tous ces mauvais juges ainsi que le roi qui m'a si mal traité. » Alors le petit homme donna des coups à droite et à gauche, et tous ceux qu'il touchait de son gourdin tombaient par terre.

Le roi, pris de peur, se mit à prier. Afin de rester en vie, il donna au soldat son royaume et sa fille pour épouse.

HANS-MON-HÉRISSON

Il était une fois un paysan qui avait de l'argent, mais il n'était pas heureux, car sa femme et lui n'avaient pas eu d'enfant. Ses voisins lui demandaient souvent pourquoi il n'en avait pas. Un jour, il s'emporta :
« Je veux un enfant, même si ce doit être un hérisson ! »
Peu de temps après, sa femme mit au monde un enfant qui était mi-hérisson en haut, mi-homme en bas du corps.
Quand elle le vit, sa mère s'exclama :
« Tu vois, tu nous as jeté un mauvais sort !
– Qu'est-ce que cela change à présent ? répondit le mari. Il faut tout de même baptiser le petit.
– Hans-Mon-Hérisson, voici comment nous l'appellerons », déclara la femme.

Comme on ne pouvait pas le coucher dans un lit normal, à cause de ses piquants, on lui fit une couche de paille derrière le fourneau. Il y resta pendant huit années.
Un jour que le paysan se rendait à la foire, il rapporta à Hans-Mon-Hérisson la cornemuse que celui-ci avait demandée. Hans-Mon-Hérisson prit l'instrument et dit à son père : « Maintenant, tu vas aller à la forge et m'y faire ferrer mon coq, puis je monterai dessus et partirai pour toujours. » Son père, content à l'idée d'en être débarrassé, s'exécuta, et Hans-Mon-Hérisson partit, assis sur son coq, emportant avec lui des cochons et des ânes.
Il resta des années dans la forêt, juché sur un arbre, en gardant ses bêtes et jouant de la cornemuse.

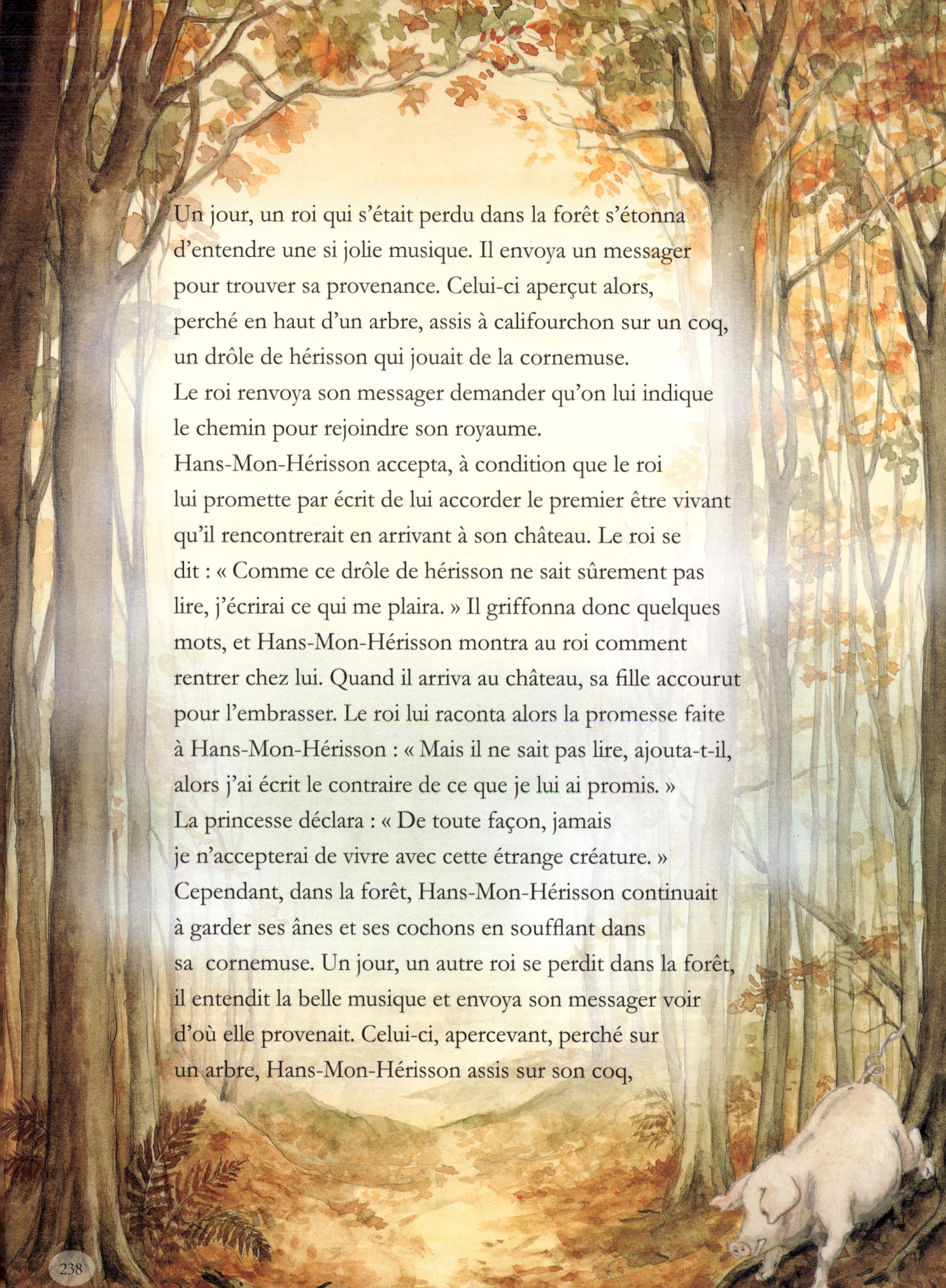

Un jour, un roi qui s'était perdu dans la forêt s'étonna d'entendre une si jolie musique. Il envoya un messager pour trouver sa provenance. Celui-ci aperçut alors, perché en haut d'un arbre, assis à califourchon sur un coq, un drôle de hérisson qui jouait de la cornemuse.
Le roi renvoya son messager demander qu'on lui indique le chemin pour rejoindre son royaume.
Hans-Mon-Hérisson accepta, à condition que le roi lui promette par écrit de lui accorder le premier être vivant qu'il rencontrerait en arrivant à son château. Le roi se dit : « Comme ce drôle de hérisson ne sait sûrement pas lire, j'écrirai ce qui me plaira. » Il griffonna donc quelques mots, et Hans-Mon-Hérisson montra au roi comment rentrer chez lui. Quand il arriva au château, sa fille accourut pour l'embrasser. Le roi lui raconta alors la promesse faite à Hans-Mon-Hérisson : « Mais il ne sait pas lire, ajouta-t-il, alors j'ai écrit le contraire de ce que je lui ai promis. »
La princesse déclara : « De toute façon, jamais je n'accepterai de vivre avec cette étrange créature. »
Cependant, dans la forêt, Hans-Mon-Hérisson continuait à garder ses ânes et ses cochons en soufflant dans sa cornemuse. Un jour, un autre roi se perdit dans la forêt, il entendit la belle musique et envoya son messager voir d'où elle provenait. Celui-ci, apercevant, perché sur un arbre, Hans-Mon-Hérisson assis sur son coq,

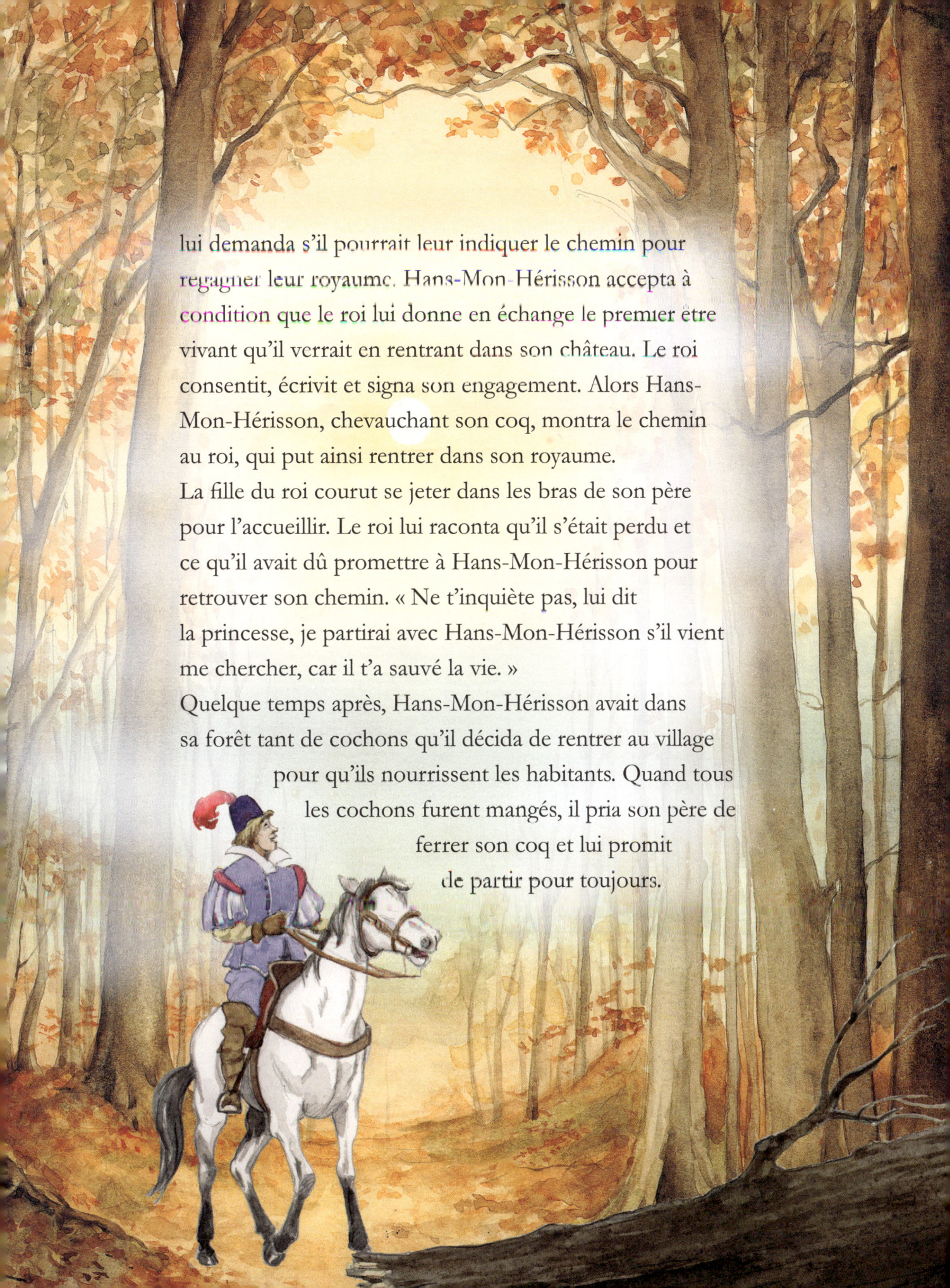

lui demanda s'il pourrait leur indiquer le chemin pour regagner leur royaume. Hans-Mon-Hérisson accepta à condition que le roi lui donne en échange le premier être vivant qu'il verrait en rentrant dans son château. Le roi consentit, écrivit et signa son engagement. Alors Hans-Mon-Hérisson, chevauchant son coq, montra le chemin au roi, qui put ainsi rentrer dans son royaume.

La fille du roi courut se jeter dans les bras de son père pour l'accueillir. Le roi lui raconta qu'il s'était perdu et ce qu'il avait dû promettre à Hans-Mon-Hérisson pour retrouver son chemin. « Ne t'inquiète pas, lui dit la princesse, je partirai avec Hans-Mon-Hérisson s'il vient me chercher, car il t'a sauvé la vie. »

Quelque temps après, Hans-Mon-Hérisson avait dans sa forêt tant de cochons qu'il décida de rentrer au village pour qu'ils nourrissent les habitants. Quand tous les cochons furent mangés, il pria son père de ferrer son coq et lui promit de partir pour toujours.

Chevauchant son coq, Hans-Mon-Hérisson se rendit dans le premier royaume, mais le roi avait ordonné à ses troupes de tirer sur lui s'il se présentait. Alors Hans-Mon-Hérisson s'envola sur son coq au-dessus des gardes, entra dans le château par une fenêtre et réclama au roi ce qu'il lui avait promis, faute de quoi il les tuerait, lui et sa fille. Le roi finit par persuader sa fille d'exécuter la promesse. Elle s'habilla de blanc et monta dans le carrosse de son père au côté de Hans-Mon-Hérisson. Dès qu'ils furent éloignés de la ville, Hans-Mon-Hérisson, en touchant la princesse, l'écorcha avec ses piquants. « Voici votre récompense pour votre manque de parole, lui dit-il. Et maintenant, partez ! » Il chassa la princesse qui regagna le château, humiliée pour le restant de ses jours.

Hans-Mon-Hérisson se rendit alors au royaume du second roi. Ce dernier avait donné l'ordre à ses gardes de l'accueillir avec une escorte d'honneur. Quand la princesse le vit, elle fut effrayée, mais elle se rappela la promesse qu'elle avait faite à son père et accueillit aimablement Hans-Mon-Hérisson. On célébra leur mariage par un grand festin. Au moment d'aller dormir, le jeune époux rassura sa femme : « N'aie pas peur, je ne te ferai pas de mal, car je quitterai ma peau de hérisson avant de me coucher. » Et le moment venu, il jeta sa peau couverte de piquants au pied du lit. Aussitôt, les gardes postés devant la chambre la saisirent et la jetèrent dans le feu où elle brûla.

Hans-Mon-Hérisson, enfin délivré du mauvais sort jeté sur lui, s'étendit dans le lit avec le corps d'un jeune homme, mais ce corps était tout noir. Le médecin du roi le lava et lui rendit la peau blanche. Quelle joie pour la princesse de voir son mari changé en un si beau jeune homme ! Le lendemain matin, les époux rayonnaient de bonheur, et les noces officielles furent célébrées en grande pompe. Hans-Mon-Hérisson devint l'héritier du royaume. Un jour, il se rendit chez son père et lui annonça qu'il était son fils. Le paysan, qui ne le croyait pas, lui raconta qu'il avait eu un fils, né avec la peau d'un hérisson sur la moitié du corps, et qu'il était parti à jamais. Mais lorsque Hans lui révéla qu'il était vraiment son enfant, son père, transporté de joie, s'en retourna avec lui dans son royaume.

L'OIE D'OR

Il était une fois un homme qui avait trois fils. Le plus jeune était surnommé le Bêta et tout le monde se moquait de lui. Un jour, le fils aîné partit couper du bois dans la forêt, en emportant avec lui une galette aux œufs et une bouteille de vin que sa mère lui avait préparées. Dans la forêt, il rencontra un petit gnome tout vieux et tout gris, qui lui dit : « Donne-moi un peu de gâteau et une gorgée de ton vin. – Passe ton chemin, si je t'en donne, il n'en restera plus pour moi ! » répondit le fils, qui était malin. Et il planta là le petit bonhomme. Mais à peine avait-il donné un coup de hache au premier arbre qu'il s'entailla le bras. Il dut rentrer tout de suite à la maison pour se faire soigner. Cet incident était l'œuvre du petit gnome.

Le second fils partit à son tour dans la forêt, emportant avec lui les mêmes provisions que son frère. Le gnome, qu'il rencontra, lui demanda aussi un morceau de gâteau et du vin. « Passe ton chemin, répondit le fils, qui était malin, si je t'en donne, il n'en restera plus pour moi ! »
Et il planta là le petit bonhomme. Mais après avoir brandi sa hache trois ou quatre fois, sa lame le blessa à la jambe.
« Père, dit le Bêta, je vais y aller, moi, couper le bois ! » Son père refusa, mais le Bêta insista tant qu'il finit par céder : « Vas-y, mais ne te plains pas s'il t'arrive quelque chose ! »
Le Bêta partit dans la forêt en emportant une galette à l'eau, cuite à la cendre, et une petite bière aigre. Il rencontra aussi le petit gnome tout vieux et tout gris, qui lui demanda un peu de sa galette et de sa boisson.

« Je n'ai qu'une galette à l'eau et de la bière aigre, lui dit le Bêta, mais si tu veux, je les partage avec toi. » Ils s'assirent, mais lorsque le Bêta sortit sa galette à l'eau, oh, surprise, c'était une belle galette aux œufs ! Et la bouteille de la petite bière contenait un excellent vin. Après avoir mangé et bu, le gnome parla : « Tu as bon cœur et aimes partager avec les autres, aussi, je vais te faire un cadeau. Regarde le vieil arbre là-bas, abats-le, et tu trouveras quelque chose dans ses racines. » Puis le gnome disparut. Le Bêta abattit l'arbre et découvrit une oie aux plumes d'or. Il la prit et s'arrêta dans une auberge pour y passer la nuit. Les trois filles de l'aubergiste furent très curieuses de voir l'animal doré.

Elles auraient bien aimé avoir l'une des plumes d'or. L'aînée, en l'absence du Bêta, s'approcha de l'oie et voulut lui prendre une plume. Mais sa main resta collée à l'oie. Peu après, la seconde fille tenta de prendre pour elle une plume d'or, et elle aussi resta accrochée à l'oie. La troisième sœur voulut à son tour une plume d'or. « Reste où tu es ! » crièrent ses sœurs. Mais elle s'avança et resta accrochée à la deuxième sœur. Le lendemain matin, le Bêta prit son oie sous le bras et s'en alla, avec les trois filles qui y étaient collées. En chemin, ils rencontrèrent le curé qui s'écria :
« Vous n'avez pas honte, mes filles, de courir ainsi derrière un garçon ? » Il attrapa la dernière par la main pour la détacher, mais il se colla à son tour aux autres. Plus loin, ils croisèrent un sacristain. Surpris de voir le curé derrière les filles, il s'écria :
« Hé, monsieur le curé, où courez-vous si vite ?
Nous avons encore un baptême aujourd'hui ! »

Et le sacristain courut pour attraper le curé par sa manche, mais ne put s'en détacher. Tous les cinq étaient ainsi, accrochés les uns derrière les autres, lorsqu'ils rencontrèrent deux paysans portant des bêches.

« Venez nous détacher avec vos outils », leur demanda le curé. Mais à peine eurent-ils touché le sacristain que les deux paysans furent collés à leur tour. Ils étaient maintenant sept à courir derrière le Bêta et son oie.

Ils arrivèrent alors dans une ville où régnait un roi qui avait une fille si triste qu'elle n'avait encore jamais ri de sa vie.

Le roi proclama qu'il donnerait sa fille à celui qui réussirait à la faire rire. Le Bêta se présenta chez le roi avec son oie. Aussitôt la fille du roi éclata de rire en voyant courir ces sept personnages collés les uns aux autres.

Le Bêta la réclama en mariage, mais le roi, ne trouvant pas ce gendre à son goût, annonça : « Je donnerai ma fille à celui qui trouvera un homme capable de boire une cave pleine de vin. »

Le Bêta repartit alors dans la forêt et vit un homme assis, le visage triste. Celui-ci lui dit : « J'ai grand soif, j'ai bu de l'eau fraîche et une tonne de vin, mais rien n'y fait.

– Viens avec moi et tu pourras boire à ta soif ! » répondit le Bêta. Et il l'emmena dans la cave du roi.

L'homme commença à boire le vin, buvant et buvant jusqu'à en avoir mal au ventre. À la fin de la journée, la cave était vide. Le Bêta alla de nouveau demander la princesse en mariage, mais le roi ne voulait pas que ce dadais épouse sa fille.

Il inventa donc une nouvelle épreuve.
« Je donnerai ma fille à celui qui trouvera un homme capable de manger une montagne de pain. »
Le Bêta retourna dans la forêt, à l'endroit où il avait abattu l'arbre. Il y trouva un homme qui se serrait le ventre avec sa ceinture et qui lui dit : « Je viens de manger une tournée de baguettes de pain, mais mon ventre est toujours vide et je dois me serrer la ceinture.
– Suis-moi ! » lui dit le Bêta.
Il l'emmena à la cour du roi qui avait fait rassemblé tout le blé du royaume pour en faire une montagne de pain. L'homme de la forêt se mit alors à manger et à la fin de la journée, il avait tout englouti. Et le Bêta, pour la troisième fois, demanda la main de la princesse.

Le roi, voulant encore refuser le Bêta comme gendre, lui imposa une nouvelle épreuve : « Que tu viennes à la barre d'un bateau capable de naviguer sur terre comme sur l'eau, et tu épouseras ma fille ! »
Le Bêta repartit dans la forêt ; le petit gnome l'y attendait :
« Pour toi, j'ai bu la cave et mangé la montagne de pain, maintenant, je vais te procurer le bateau. Si je fais tout cela, c'est parce que tu t'es montré généreux avec moi. » Il lui donna un bateau qui naviguait sur terre comme sur l'eau. Quand le roi le vit, il accorda enfin au Bêta la main de sa fille. Ils se marièrent et, à la mort du roi, le Bêta hérita de son royaume et vécut heureux avec son épouse.

LE PAUVRE ET LE RICHE

Il y a bien longtemps, le bon Dieu voyageait encore lui-même sur terre, parmi les hommes.

Un soir, alors qu'il était très fatigué, la nuit le surprit avant qu'il ne fût arrivé à une auberge. Il vit alors deux maisons, chacune d'un côté de la route. L'une, grande et belle, appartenait à un riche.

L'autre, petite et très modeste, était celle d'un pauvre. Le Seigneur, ne voulant pas causer de frais à un pauvre, alla frapper à la porte du riche. Celui-ci, voyant un voyageur vêtu de façon simple, et à l'air peu fortuné, dit :

« Je ne peux vous recevoir, mes chambres sont pleines de graines et de légumes. Si je devais loger tous ceux qui frappent à ma porte, il ne me resterait plus qu'à mendier moi-même. Allez chercher ailleurs ! »

Le bon Dieu traversa la route pour aller vers la petite maison, et à peine avait-il frappé chez le pauvre que celui-ci ouvrait sa porte et le priait d'entrer en disant : « Passez la nuit chez moi, vous ne pouvez plus poursuivre votre chemin ce soir. »
Le bon Dieu entra, d'autant plus content que le pauvre et sa femme lui offrirent de bon cœur ce qu'ils avaient de mieux. La femme alla même traire la chèvre pour ajouter un peu de lait au maigre repas. Ce chaleureux accueil plut au bon Dieu, encore davantage quand ses hôtes lui offrirent leur lit, afin qu'il puisse mieux se reposer, tandis qu'eux-mêmes s'installeraient sur une couche par terre. Malgré son refus, ils insistèrent tant qu'il finit par accepter.

Et, au matin, avant son départ, ils lui préparèrent le meilleur petit déjeuner qu'ils purent. Le bon Dieu, touché par tant de gentillesse, dit alors : « Parce que vous avez été compatissants, faites trois vœux, je les exaucerai. » Le pauvre répondit : « Je ne peux mieux souhaiter que le bonheur éternel, et tant que nous vivrons, la santé pour nous deux, et d'avoir toujours notre pain quotidien. » Le bon Dieu proposa encore : « Ne souhaites-tu pas avoir une nouvelle maison ? » Et comme l'homme acceptait, Dieu exauça leurs vœux, et remplaça leur vieille maison par une neuve. Aussi, quand le riche regarda par sa fenêtre le lendemain matin, quelle ne fut pas sa surprise de voir, à la place de la demeure du pauvre, une jolie maisonnette au toit de tuiles rouges. Il envoya sa femme chez le pauvre, afin de savoir comment cela était arrivé.

Le pauvre raconta : « Hier soir est venu un voyageur qui cherchait un toit pour la nuit. Ce matin, avant de nous quitter, il nous a offert d'exaucer trois vœux. J'ai dit ne vouloir que le bonheur éternel, la santé pour moi et ma femme, et le pain quotidien. Et sans que je le demande, il m'a aussi offert une nouvelle maison à la place de l'ancienne. » La femme du riche rentra chez elle et rapporta tout cela à son mari. Alors celui-ci regretta fort d'avoir refusé l'hospitalité au voyageur. Puis, sur le conseil de sa femme, il partit rapidement à cheval pour rattraper le bon Dieu. Il le rejoignit et s'excusa avec d'habiles paroles. Il prétendit même que, la veille au soir, il était parti chercher la clé pour ouvrir au voyageur, mais que celui-ci était déjà parti. Enfin, il insista pour que le bon Dieu passe chez lui à une autre occasion. Puis le riche demanda s'il pouvait lui aussi formuler trois vœux. Oui, répondit Dieu, cela est possible, mais il pensa que ce ne serait pas bon pour cet homme, et il lui dit qu'il vaudrait mieux qu'il y renonce.

Comme le riche insistait, disant qu'il pourrait bien trouver ce qui le rendrait heureux, le bon Dieu lui répondit alors :
« Rentre chez toi, et que les trois vœux que tu feras se réalisent. »
Le riche repartit alors sur son cheval vers sa maison.
Comme il réfléchissait à ce qu'il pourrait demander, laissant à son cheval la bride sur le cou, celui-ci se mit à gambader.
« Tiens-toi tranquille », dit l'homme.
Mais le cheval cabriolait de plus en plus. Le riche perdit patience et s'écria :
« Je voudrais que tu te rompes le cou. »
Aussitôt, le cheval tomba mort à côté de lui.
Son premier vœu était exaucé !

Comme le riche était très avare, il ne voulut pas perdre la selle de son cheval. Aussi il coupa le harnais et mit la selle sur son dos, puis reprit la route à pied. « Il me reste encore à formuler deux vœux », se disait-il pour se consoler. Marchant sur la route poudreuse, tout en portant sa lourde charge sous le soleil de midi, il sentit la mauvaise humeur monter peu à peu en lui. Que pouvait-il bien souhaiter d'autre maintenant ? « Même si je me souhaite toutes les richesses et tous les trésors de la terre, se disait-il en lui-même, il me viendra par la suite toutes sortes d'autres envies, je le sais d'avance. Il faut que je m'arrange de telle sorte qu'il ne me reste plus rien d'autre à souhaiter. »

La chaleur augmentant, il soupira : « Si j'étais un paysan bavarois, je souhaiterais de la bière et encore de la bière ! » Et il n'arrivait pas à trouver ce qui le contenterait. Alors, pensant à sa femme, bien tranquille à goûter son repas dans la fraîcheur de sa maison, pris de colère, il dit, sans s'en rendre compte : « Je voudrais qu'elle soit assise sur cette selle, et ne puisse plus en descendre. » Aussitôt, la selle disparut de son dos. Son deuxième vœu avait été exaucé !

Le riche commença à avoir de plus en plus chaud. Il se mit alors à courir afin de rentrer chez lui au plus vite et s'asseoir dans sa chambre pour songer à ce qu'il pourrait bien demander pour son troisième vœu. « Quelque chose de considérable », se dit-il. Lorsqu'il arriva à la maison et ouvrit la porte, il vit sa femme qui se tenait au milieu de la pièce.

Assise sur la selle, elle ne pouvait plus en descendre, mais gémissait et criait. Il lui dit : « Je vais souhaiter pour toi toutes les richesses de la terre, mais reste assise où tu es. » Elle le traita d'imbécile, s'exclamant : « À quoi me serviront toutes les richesses du monde, si je reste assise sur cette selle ? Tu as souhaité que j'y sois, tu dois maintenant m'aider à en descendre ! »
Alors le riche n'eut pas le choix et dit à contrecœur :
« Je voudrais que ma femme soit débarrassée de la selle et puisse en redescendre. » Aussitôt, son troisième vœu fut exaucé !
Finalement, il n'avait récolté dans cette aventure que du mécontentement, de la peine, des injures et la mort de son cheval. Quant aux pauvres, ils vécurent heureux, tranquilles et pieux jusqu'à leur mort.

L'ONDINE DE L'ÉTANG

Il était une fois un meunier qui vivait heureux avec sa femme. Ils avaient de l'argent et des biens, qui s'accroissaient d'année en année. Mais le malheur s'abattit sur eux, et leur richesse se mit à fondre au fil des ans. Le soir, le meunier, rongé de chagrin, ne parvenait pas à dormir. Un matin, alors qu'il se promenait, il entendit un bruit dans l'étang. Il se retourna et aperçut une belle jeune femme qui sortait de l'eau. Ses longs cheveux couvraient son corps blanc, il reconnut l'ondine de l'étang.
Celle-ci l'appela par son nom, de sa voix douce, et lui demanda pourquoi il était triste. Alors, le meunier raconta qu'il avait autrefois vécu dans le bonheur et la richesse, mais qu'il était maintenant très pauvre.

« Rassure-toi, dit l'ondine, tu seras riche et heureux si tu me promets de me donner ce qui vient de naître dans ta maison. »
Le meunier accepta, pensant qu'il s'agirait sans doute d'un bébé chien ou chat et revint en hâte au moulin. La servante accourut au devant de lui en lui criant de se réjouir, car sa femme venait de mettre au monde un garçon. Alors le meunier fut frappé de terreur : l'ondine savait ce qui se passait et l'avait trompé. Il rentra et raconta à sa femme ce qu'il avait promis à l'ondine. « À quoi me sert le bonheur et la richesse si je dois perdre mon enfant ? » songea-t-il. Pourtant, le bonheur revenait dans sa maison et ses coffres se remplissaient d'argent. Mais la promesse qu'il avait faite à l'ondine le tourmentait sans cesse.

Chaque fois qu'il passait devant l'étang, il craignait de la voir surgir pour réclamer sa dette. Aussi avait-il défendu à son enfant de s'approcher de l'eau. Comme les années passaient et comme l'ondine ne se montrait pas, le meunier reprit courage. Le garçon grandit, apprit le métier de chasseur, puis se maria avec une jeune fille. Ils s'aimaient et vivaient heureux. Un jour qu'il chassait un chevreuil, le jeune homme se trouva près de l'étang.

Il abattit la bête, la vida, puis alla laver ses mains tachées de sang dans l'étang. À peine les y eut-il plongées que l'ondine surgit, l'enlaça et l'entraîna si vite au fond de l'étang que les eaux se refermèrent d'un coup sur lui. Le soir venu, comme le chasseur ne rentrait pas, sa femme prit peur. Elle sortit pour le chercher et courut vers l'étang. Elle aperçut près du bord la gibecière de son mari et l'appela, en vain. La surface de l'eau restait immobile. La pauvre femme fit le tour de l'étang en se lamentant, s'écroula de fatigue et finit par s'endormir. C'est alors qu'elle fit un rêve. Elle escaladait une montagne sous la pluie et le vent. Parvenue au sommet, elle aperçut sous un ciel bleu, au milieu d'une prairie, une jolie cabane.

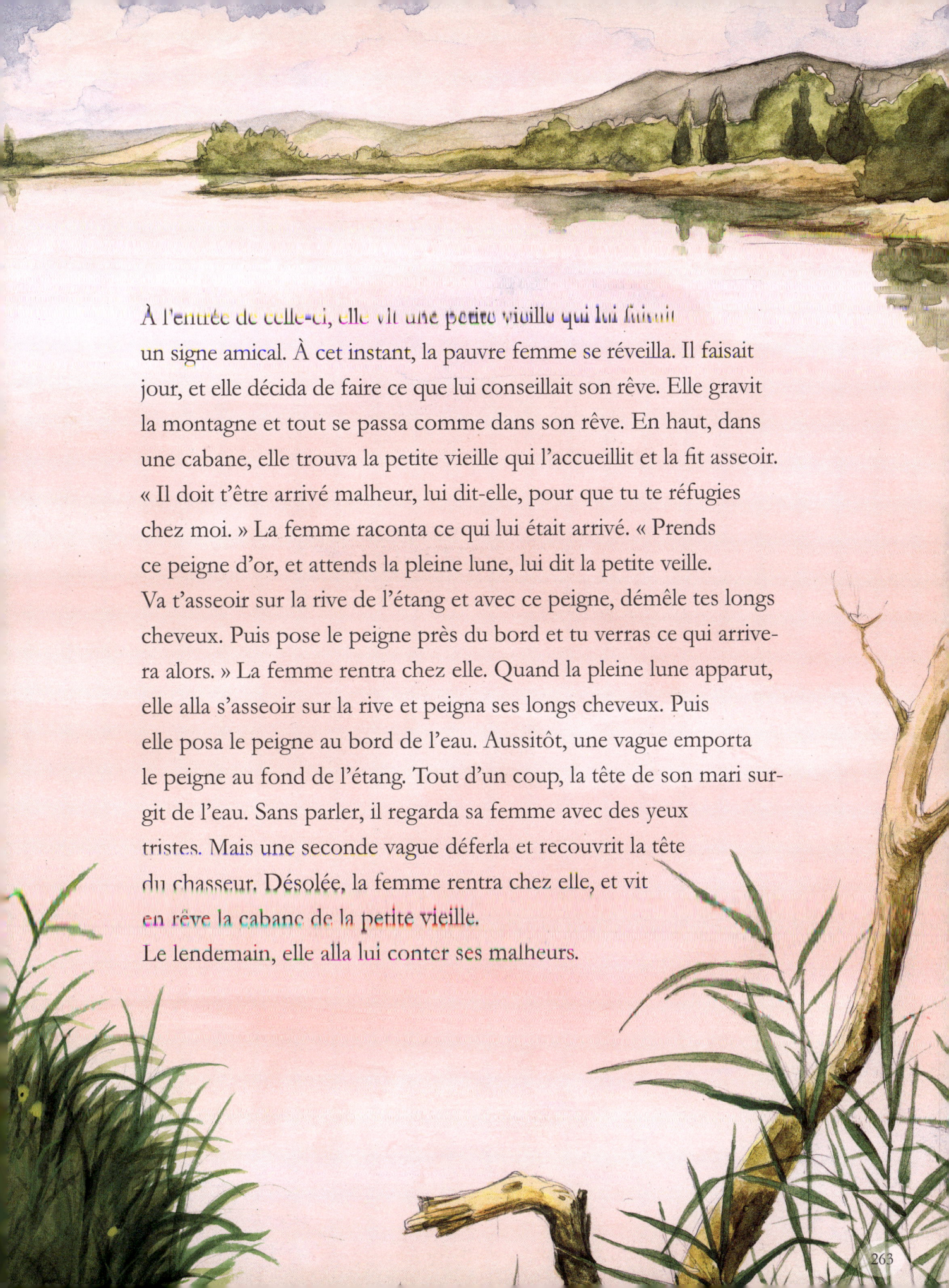

À l'entrée de celle-ci, elle vit une petite vieille qui lui faisait un signe amical. À cet instant, la pauvre femme se réveilla. Il faisait jour, et elle décida de faire ce que lui conseillait son rêve. Elle gravit la montagne et tout se passa comme dans son rêve. En haut, dans une cabane, elle trouva la petite vieille qui l'accueillit et la fit asseoir. « Il doit t'être arrivé malheur, lui dit-elle, pour que tu te réfugies chez moi. » La femme raconta ce qui lui était arrivé. « Prends ce peigne d'or, et attends la pleine lune, lui dit la petite veille. Va t'asseoir sur la rive de l'étang et avec ce peigne, démêle tes longs cheveux. Puis pose le peigne près du bord et tu verras ce qui arrivera alors. » La femme rentra chez elle. Quand la pleine lune apparut, elle alla s'asseoir sur la rive et peigna ses longs cheveux. Puis elle posa le peigne au bord de l'eau. Aussitôt, une vague emporta le peigne au fond de l'étang. Tout d'un coup, la tête de son mari surgit de l'eau. Sans parler, il regarda sa femme avec des yeux tristes. Mais une seconde vague déferla et recouvrit la tête du chasseur. Désolée, la femme rentra chez elle, et vit en rêve la cabane de la petite vieille.
Le lendemain, elle alla lui conter ses malheurs.

Celle-ci lui donna une flûte d'or en lui disant : « Attends la pleine lune, assieds-toi sur la rive et joue une belle mélodie, puis pose la flûte sur le sable, et tu verras ce qui se passera alors. » La femme obéit. À peine eut-elle posé la flûte sur le sable qu'une vague l'emporta. Puis, l'eau s'ouvrit et la moitié du corps du chasseur apparut. Mais alors qu'il tendait les bras vers elle, une seconde vague le recouvrit et l'emporta au fond. « Ah, dit la malheureuse, à quoi me sert de voir mon bien-aimé si je dois toujours le perdre ? » Le chagrin emplit son cœur, mais un rêve la conduisit pour la troisième fois dans la cabane de la petite vieille. Celle-ci lui donna un rouet d'or et lui dit : « Tout n'est pas encore fini, attends le retour de la pleine lune, assieds-toi sur la rive et file toute la bobine. Quand tu auras fini, pose le rouet près de l'eau et tu verras ce qui se passera alors. » La femme obéit à tout.

Dès qu'elle posa le rouet sur la rive, une vague l'emporta. Aussitôt, la tête et le corps tout entier du chasseur surgirent à la surface. Vite, il sauta sur la rive, prit sa femme dans ses bras et s'enfuit. Soudain, l'étang se mit à gronder, inondant toute la campagne. La femme appela la petite vieille à l'aide. En un clin d'œil, le chasseur et sa femme furent changés en grenouille et crapaud et purent ainsi échapper à la mort, mais ils furent éloignés l'un de l'autre. Quand l'eau se retira, ils reprirent leur forme humaine. Cependant, chacun d'eux était séparé de l'autre par de hautes montagnes et gardait seul un troupeau de moutons.

Des années passèrent. Un beau jour, alors que chacun menait son troupeau, le hasard voulut qu'ils se rencontrent dans une vallée. Ils ne se reconnurent pas, mais depuis ce jour, ils menèrent leurs troupeaux paître ensemble. Un soir de pleine lune, le berger prit sa flûte et joua une chanson aussi belle que triste. En l'écoutant, la bergère se mit à pleurer : « Pourquoi pleures-tu ? demanda-t-il.
– Ah, répondit-elle, c'est ainsi que brillait la pleine lune la dernière fois que j'ai joué cette chanson sur ma flûte et que la tête de mon bien-aimé a surgi hors de l'eau. » Il la regarda et tout à coup reconnut sa femme bien-aimée. Quand elle regarda son visage éclairé par la lune, elle le reconnut aussi, ils tombèrent dans les bras l'un de l'autre et point n'est besoin de demander s'ils furent heureux.

UNŒIL, DEUXYEUX, TROISYEUX

Il était une fois une femme qui avait trois filles. L'aînée s'appelait Unœil parce qu'elle n'avait qu'un seul œil, la seconde s'appelait Deuxyeux parce qu'elle avait deux yeux comme tout le monde, tandis que la cadette se nommait Troisyeux parce qu'elle avait trois yeux. Comme Deuxyeux n'était pas différente des autres gens, ses sœurs et sa mère ne l'aimaient pas et lui disaient : « Toi qui ressembles à tout le monde, tu n'es pas des nôtres ! » Elles la maltraitaient et ne lui donnaient que des restes à manger, juste de quoi ne pas mourir de faim.
Un jour, comme Deuxyeux gardait la chèvre dans le pré et pleurait, elle implora le ciel. Une fée apparut et lui dit : « Pourquoi pleures-tu ?
– Parce que, sous prétexte que j'ai deux yeux comme tout le monde, mes sœurs et ma mère m'habillent de loques et ne me donnent pas assez à manger.
– Sèche tes larmes, répondit la fée.

Tu n'as qu'à dire : " Méhéhé la Biquette, petite table est prête ! " Et tu auras devant toi une table dressée avec des mets délicieux offerts à volonté. Une fois que tu te seras bien régalée, tu diras : ' Méhéhé la Biquette, petite table arrête ! ' Et aussitôt elle disparaîtra sous tes yeux. » La fée partie, Deuxyeux essaya tout de suite et dit : « Méhéhé la Biquette, petite table est prête ! » Aussitôt apparut une table dressée, garnie de plats succulents. Elle se régala et, le repas terminé, dit : « Méhéhé la Biquette, petite table arrête ! » Et la table disparut. Le soir, quand elle rentra, Deuxyeux ne mangea pas les restes qu'on lui laissait. Au bout de quelque temps, les sœurs le remarquèrent et se dirent : « Deuxyeux, qui avait toujours faim, ne touche plus à sa nourriture. »

Pour éclaircir ce mystère, le lendemain, Unœil accompagna sa sœur quand elle partit garder la chèvre. Deuxyeux, comprenant qu'on la surveillait, mena la chèvre brouter plus loin que d'habitude. Sa sœur, fatiguée par cette longue marche, s'allongea dans l'herbe tandis que Deuxyeux lui chantait une berceuse : « Unœil, ma sœur, ne dors-tu pas ? Unœil, ma sœur, dors-tu déjà ? » Aussitôt, Unœil s'endormit profondément. Alors Deuxyeux entonna son refrain : « Méhéhé la Biquette, petite table est prête ! » Une fois la table dressée, elle mangea les plats succulents, puis chanta à nouveau : « Méhéhé la Biquette, petite table arrête ! » Et tout disparut. Quand sa sœur se réveilla, elles rentrèrent toutes les deux à la maison.

Hélas, Unœil fut incapable d'expliquer à sa mère pourquoi Deuxyeux ne mangeait pas. Le lendemain, la mère envoya Troisyeux garder la chèvre avec Deuxyeux. Cette dernière, se sentant surveillée, mena la chèvre brouter encore beaucoup plus loin que d'habitude. Sa sœur, fatiguée par le long chemin, s'étendit sur l'herbe. Deuxyeux entonna la petite chanson de la veille et chanta sans s'en apercevoir : « Unœil, ma sœur, ne dors-tu pas ? » Avant de reprendre correctement : «Troisyeux, ma sœur, dors-tu déjà ? »
Aussitôt Troisyeux s'endormit, mais seulement avec ses deux yeux. Son troisième œil, lui, avait échappé au charme. Elle le ferma par ruse, mais, sous ses cils, elle pouvait tout observer. Deuxyeux, croyant qu'elle dormait profondément, chanta sa petite chanson, mangea et but, puis reprit l'autre petite chanson. Mais cette fois Troisyeux vit tout !

Lorsqu'elles rentrèrent à la maison, Troisyeux dit à leur mère :
« Je sais pourquoi Deuxyeux ne mange rien de ce qu'on lui donne. Une fois dans les prés, elle dit à la chèvre : "Méhéhé la Biquette, petite table est prête !" Et aussitôt elle a devant elle une table garnie de plats succulents, bien meilleurs que ceux que nous mangeons. Son repas terminé, elle chante alors : "Méhéhé la biquette, petite table arrête !" Et tout disparaît. » Jalouse, sa mère s'écria : « Tu veux mener une vie meilleure que la nôtre, eh bien, je vais te priver de ce plaisir ! » Et elle tua la chèvre. Deuxyeux sortit de la maison pour pleurer. Soudain, la fée réapparut :
« Pourquoi pleures-tu, Deuxyeux ?
— La chèvre qui dressait ma petite table est morte, la faim et les misères sont revenues pour moi.
— Écoute bien, dit la fée. Tu vas demander à tes sœurs qu'elles te laissent les boyaux de ta chèvre et tu les enfouiras sous terre, devant la porte de la maison. » Et la fée disparut.

Deuxyeux demanda à ses sœurs les boyaux de la chèvre et les enterra devant la maison. Le lendemain, ô surprise, un arbre merveilleux avait poussé à cet endroit, portant des fruits d'or. Quand Unœil voulut monter dans l'arbre pour en cueillir un, elle n'y parvint pas. Troisyeux essaya à son tour, mais en vain, les fruits d'or se dérobaient. Seule Deuxyeux parvint à cueillir ces fruits. Sa mère et ses deux sœurs, jalouses, devinrent encore plus méchantes avec elle. Un jour, comme les trois sœurs se tenaient au pied de l'arbre merveilleux, arriva un jeune seigneur à cheval. « Vite, Deuxyeux, cache-toi là dans le tonneau pour ne pas nous faire honte », crièrent les deux sœurs. « À qui ce bel arbre appartient-il ? demanda le seigneur. Si l'on m'en donnait une branche, on pourrait me demander ce qu'on voudrait. » Aussitôt, les deux sœurs s'élancèrent vers l'arbre pour en cueillir un rameau, mais elles n'y parvinrent pas. Le jeune cavalier trouvait étrange que cet arbre leur appartienne alors qu'elles ne pouvaient même pas en cueillir une seule branche. Tout à coup, Deuxyeux poussa son tonneau et quelques pommes d'or roulèrent jusqu'aux pieds du beau cavalier.

Deuxyeux grimpa dans l'arbre et cassa un rameau avec des feuilles d'argent et des fruits d'or qu'elle lui tendit. « Que veux-tu que je te donne en échange ? demanda le cavalier.
– Ah, répondit Deuxyeux, si vous vouliez m'emmener avec vous, je serais heureuse ! » Le seigneur la prit alors sur son cheval, galopa jusqu'au château de son père et l'épousa. Après le départ de Deuxyeux, les deux sœurs, envieuses, se consolèrent en se disant qu'il leur restait l'arbre merveilleux. Mais le lendemain, quand elles se levèrent, l'arbre avait disparu. Il avait suivi Deuxyeux et se dressait devant sa chambre. Deuxyeux vécut heureuse de longues années, lorsqu'un jour deux mendiantes frappèrent à la porte du château. Reconnaissant ses sœurs, Deuxyeux les accueillit avec tant de gentillesse et d'affection qu'elles regrettèrent sincèrement tout le mal qu'elles avaient fait à leur sœur dans sa jeunesse.

LES SEPT SOUABES

Il était une fois sept habitants de la Souabe qui s'étaient réunis. Le premier était monsieur Lemaire, le deuxième Jacquet, le troisième Marco, le quatrième Georget, le cinquième Michelou, le sixième Jeannot et le septième Petit-Guy. Tous les sept voulaient parcourir le monde d'un bout à l'autre et accomplir de grands exploits. Comme ils voulaient être armés afin d'être en sécurité, ils avaient fabriqué une lance assez robuste pour les défendre tous les sept ! Ils la portaient ensemble, monsieur Lemaire, le plus hardi, marchant devant et ensuite par ordre de taille jusqu'au dernier, qui était Petit-Guy.

Un jour, à la saison des foins, comme ils avaient fait un long chemin et qu'il restait encore un peu de route à parcourir avant d'atteindre le village où ils comptaient passer la nuit, un scarabée qui s'envola, non loin d'eux, bourdonna de façon menaçante. Monsieur Lemaire, effrayé, faillit en lâcher sa lance et transpira d'angoisse. « Écoutez, écoutez ! dit-il à ses compagnons. Mon Dieu, c'est le tambour de guerre ! » Le Jacquet, qui tenait la lance derrière lui, déclara à son tour : « Pas de doute, il se passe quelque chose. Je sens l'odeur de la poudre ! » À ces mots, monsieur Lemaire prit la fuite, sauta par-dessus une clôture et retomba sur les dents d'un râteau. Il reçut en pleine figure le manche, qui lui donna un coup violent. « Ouille, ouille ! s'écria monsieur Lemaire, faites-moi prisonnier, je me rends ! » Les six autres, qui l'avaient suivi, s'écrièrent à leur tour : « Si tu te rends, je me rends aussi ! », en sautant la barrière à la queue leu leu pour le rejoindre au plus vite.

Ne voyant aucun ennemi pour les prendre et les emmener, ils se rendirent compte qu'ils s'étaient trompés. Afin que personne n'apprît cette histoire et ne se moquât d'eux, ils jurèrent de n'en point parler. Puis ils continuèrent leur voyage. Mais le second péril qui les menaça était encore bien plus grand que le premier. Tandis qu'ils traversaient une lande, ils virent un lièvre dormant au soleil, les oreilles dressées, avec ses gros yeux écarquillés.

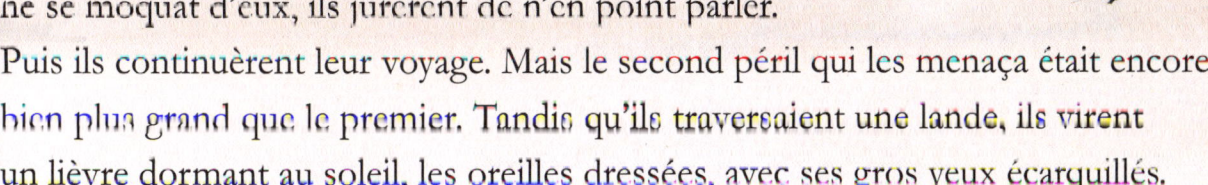

À la vue de cet animal effrayant, ils prirent peur et se réunirent pour savoir ce qu'ils allaient faire. S'ils décidaient de fuir, ils craignaient d'être poursuivis par le monstre, qui pourrait bien les avaler tout crus. Ils saisirent la lance tous les sept, monsieur Lemaire en tête et le Petit-Guy en dernier. Tandis que monsieur Lemaire feignait d'attaquer, Petit-Guy, lui, brûlait d'attaquer vraiment et criait : « Au nom de la Souabe, en avant les enfants, sinon le diable nous laisse en plan ! » Mais Jeannot ajouta : « Tu peux facilement faire le fanfaron, toi qui viens le dernier dans la chasse au dragon ! » Michelou, à son tour, s'exclama : « C'est peut-être le Diable, ou si ce n'est pas lui, il s'en faut d'un seul poil et même d'un demi ! » Puis ce fut Georget qui intervint à son tour : « C'est le diable ou alors c'est sa mère en personne, ou son frère de lait, si je ne déraisonne. »

Marco eut une bonne idée et s'exclama :
« Mais vas-y, Petit-Guy ! Passe devant et je te suis ! » Mais Petit-Guy ne l'écoutait pas et Jacquet dit : « Lemaire est le premier, aussi c'est à lui que revient l'honneur d'attaquer ! » Alors monsieur Lemaire prit son courage à deux mains et dit gravement :
« Allons-y, lançons-nous bravement à l'assaut.
C'est là qu'on reconnaît les hommes courageux ! »
Et tous ensemble, ils partirent à l'attaque du dragon.
Monsieur Lemaire fit le signe de croix en appelant Dieu à son secours. Mais comme rien ne se passait et que l'ennemi approchait, il se mit à crier, effrayé : « Ho ! Hou ! Hou ! »,
ce qui réveilla le lièvre qui s'enfuit à toute vitesse.

Monsieur Lemaire poussa un cri de joie et s'exclama :
« Nom de nom ! Petit-Guy, as-tu vu ce que c'était ?
Le monstre était un lièvre, un lièvre en vérité ! » Et les sept Souabes repartirent en quête de nouvelles aventures. Ils arrivèrent sur les bords de la Moselle, un fleuve lent aux eaux profondes que traversent peu de ponts et qu'il faut, en bien des endroits, traverser en bateau.
Mais les sept Souabes ne savaient rien de tout ça. Quand ils furent sur le bord, ils appelèrent un homme qu'ils aperçurent de l'autre côté,

et lui demandèrent comment on pouvait passer.
À cause de l'éloignement et de l'accent des Souabes qui parlaient en patois, l'homme ne comprit pas ce qu'ils voulaient et cria : « Eh ? Eh ? »
Monsieur Lemaire comprit qu'il disait : « À pied ! À pied ! » Et comme il était le premier, il s'avança dans les eaux de la Moselle, qu'il croyait pouvoir traverser à pied. Mais bientôt il s'enlisa dans la vase et disparut, englouti par les flots.

Son chapeau fut poussé par le vent de l'autre côté du fleuve.
Une grenouille le regarda et coassa : « Couac ! Couac ! »
Les six autres Souabes, entendant cet appel, se dirent :
« Notre compagnon, monsieur Lemaire, nous appelle en criant :
"À moi ! À moi !" S'il a pu traverser, pourquoi pas nous ? »
Ils se jetèrent tous les six à l'eau et se noyèrent, entraînés vers la mort par une malheureuse grenouille.

C'est ainsi que pas un seul membre de l'association des Souabes ne rentra chez lui.

LE POÊLE EN FONTE

Un jour, une vieille sorcière ensorcela un prince et l'obligea à vivre dans un énorme poêle en fonte au beau milieu d'une forêt. Le prince y resta prisonnier de nombreuses années. Une fois, une princesse s'égara dans la forêt et arriva jusqu'au poêle en fonte. Elle entendit une voix lui demander :
« D'où viens-tu ? Où veux-tu aller ?
— Je me suis égarée », répondit la princesse.
La voix du poêle reprit : « Je suis un prince et je voudrais t'épouser. Si tu fais ce que je te demande, je t'aiderai à rentrer chez toi. » La princesse le lui promit, et la voix poursuivit :
« Reviens ici avec un couteau et tu creuseras un trou dans la fonte. » Alors un guide apparut et la reconduisit chez elle, sans mot dire.

Le vieux roi embrassa sa fille qui lui avoua : « Je n'aurais jamais réussi à sortir de cette forêt sans l'aide d'un poêle en fonte. Aussi, j'ai dû promettre au prisonnier du poêle de revenir auprès de lui et de l'épouser. » Le roi, mécontent, décida d'envoyer dans la forêt, au lieu de la princesse, la fille du meunier. Elle trouva le poêle, et la voix lui demanda d'y creuser un trou. Après avoir creusé des heures sans succès, elle entendit la voix murmurer : « Ah, tu es la fille du meunier, rentre vite et envoie-moi la princesse ! » Cette fois, le roi envoya dans la forêt la fille du porcher, qui était d'une grande beauté. Là, pendant vingt-quatre heures, elle creusa la fonte, mais en vain. À l'aube, elle entendit la voix du poêle : « Ah, tu es la fille du porcher ! Retourne-t'en et envoie-moi la princesse, sinon le royaume sera détruit ! »

Alors la princesse elle-même retourna dans la forêt, près du poêle. Elle gratta la fonte qui fondit sous ses mains, et laissa voir dans le poêle, à travers un petit trou, un beau jeune homme vêtu d'un costume brodé d'or.

Son cœur s'enflamma pour lui, et elle creusa encore pour que le trou laisse enfin sortir le prince, qui s'exclama : « Tu es ma fiancée, car tu m'as sauvé ! » et le poêle disparut. Le prince voulut l'emmener dans son royaume sur-le-champ, mais la princesse souhaita revoir son père. Cependant, pour éviter d'autres épreuves, elle ne devait pas lui dire plus de trois mots. La princesse alla voir son père et lui parla longuement. Aussi, quand elle partit rejoindre le prince dans la forêt, elle ne le trouva pas.

Elle le chercha pendant neuf jours, en vain. Épuisée, elle arriva, la nuit tombante, à une chaumière. Par la fenêtre, elle ne vit que des grenouilles, petites et grosses. Elle frappa à la porte, une grenouille coassa : « Dépêche-toi grenouille verte, tellement grosse mais si alerte ! » Une petite grenouille ouvrit la porte et toutes les grenouilles lui firent bon accueil. La princesse leur raconta son aventure et dit qu'elle voulait retrouver le prince. La vieille grenouille s'écria : « Dépêche-toi grenouille verte, tellement grosse mais si alerte ! » La grenouillette partit en sautillant et rapporta une grande boîte. Puis les grenouilles firent manger la princesse et la couchèrent dans un lit somptueux où elle s'endormit.

Au matin, la vieille grenouille sortit trois aiguilles de la grande boîte : la princesse en aurait besoin pour franchir d'abord une montagne en verre, puis trois épées tranchantes et enfin un très grand lac. Si elle y parvenait, elle retrouverait son bien-aimé. La grenouille donna aussi une roue de charrue et trois noix à la princesse, qui partit.

Quand elle arriva à la montagne en verre, elle y enfonça les aiguilles et passa de l'autre côté. Arrivée aux trois épées tranchantes, elle monta sur la roue de la charrue pour les franchir, puis atteignit un grand lac. Elle le franchit en nageant et arriva devant un magnifique château, où vivait le prince. Elle y entra et s'y fit engager comme servante.

Entre-temps, le jeune prince avait choisi une autre fiancée, persuadé que la princesse qui l'avait libéré était morte. Le soir, la princesse prit dans sa poche les trois noix. Dans la première, quelle surprise, elle trouva une magnifique robe de princesse ! La fiancée du prince l'apprenant, elle voulut la lui acheter. La servante accepta, à condition que la fiancée la laissât passer une nuit dans la chambre du prince. La fiancée fut d'accord, mais fit boire au prince un verre de vin dans lequel elle avait ajouté un somnifère. Aussi, quand la servante entra dans la chambre du prince, il dormait profondément.

Ne réussissant pas à le réveiller, elle passa la nuit à pleurer. « Je t'ai délivré du poêle en fonte, j'ai escaladé une montagne en verre, franchi trois épées tranchantes et traversé un lac immense, et maintenant je suis là et tu ne m'entends pas ! » Les valets, derrière la porte de la chambre, entendirent les pleurs de la jeune fille et racontèrent tout à leur maître. Le soir, la princesse ouvrit la deuxième noix et vit une robe encore plus belle que la première. La fiancée voulut la lui acheter.

La jeune fille demanda alors de nouveau à passer la nuit dans la chambre du prince. Mais la fiancée lui fit absorber un somnifère, et le prince qui dormait n'entendit pas la princesse pleurer toute la nuit.
Le lendemain, les valets, qui avaient tout entendu, le racontèrent à leur maître.
Quand le troisième soir, la princesse cassa la dernière noix, une robe tout en or brillait à l'intérieur. Dès qu'elle la vit, la fiancée voulut l'acquérir. Mais la jeune fille demanda, pour la troisième fois, à pouvoir dormir dans la chambre du prince.

Cette fois-ci, le prince se méfia et, en cachette, vida par terre la boisson avec le somnifère. Aussi, quand la princesse en larmes appela : « Mon bien-aimé, je t'ai sauvé de la forêt profonde et du poêle de fonte… », le prince se leva et s'écria : « C'est toi, ma fiancée ! » Et la nuit même, ils partirent en carrosse. Ils traversèrent en barque le grand lac, franchirent les épées tranchantes en montant sur la roue de la charrue et passèrent de l'autre côté de la montagne en verre grâce aux trois aiguilles. Enfin, ils arrivèrent à une petite chaumière. Dès qu'ils y entrèrent, elle se transforma en château, les grenouilles se changèrent en princes et princesses et l'on célébra leurs noces. Ainsi, les jeunes époux régnèrent sur les deux royaumes et vécurent heureux jusqu'à la fin de leurs jours.

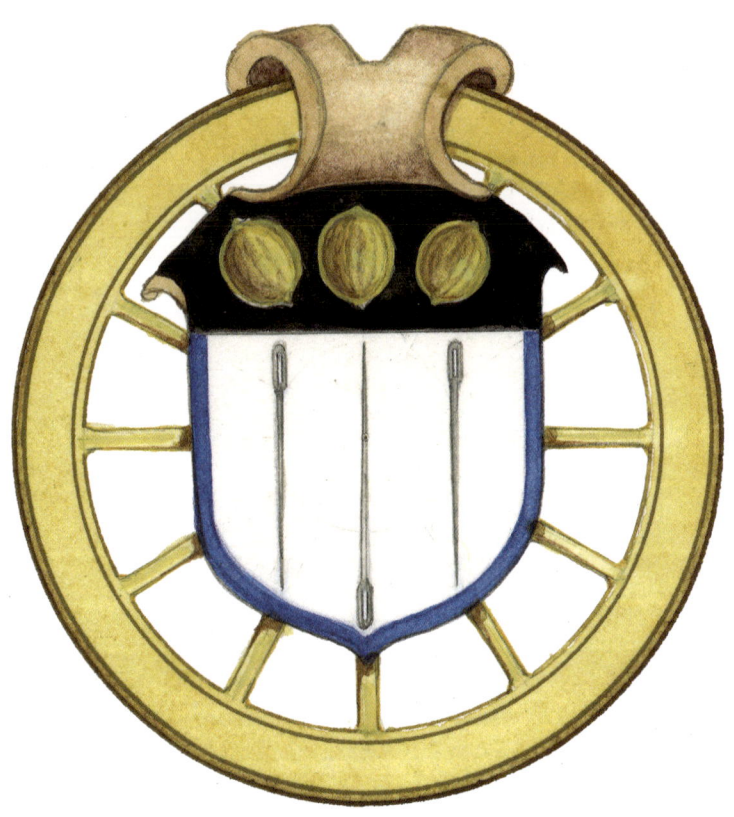

LE MAÎTRE-VOLEUR

Il était une fois un vieil homme et sa femme, assis devant leur pauvre maison. Soudain, s'arrêta une magnifique voiture, tirée par quatre chevaux, dont descendit un homme richement vêtu.
Le paysan lui demanda ce qu'il désirait :
« Un bon repas, dit l'homme.
– Que votre envie soit satisfaite », lui répondit le paysan.
Pendant que sa femme s'affairait à la cuisine, l'étranger demanda au vieil homme : « Avez-vous des enfants ?
– Non, répondit le paysan.
J'ai eu un garçon, mais il est parti de par le monde, voici bien longtemps. C'était un malin qui ne cessait de jouer des mauvais tours.
– Le reconnaîtriez-vous s'il revenait ?
– Il a un signe particulier, une tache sur l'épaule », répondit le vieux.

À ces mots, l'étranger retira sa veste et lui montra sa tache sur l'épaule.
« Seigneur, s'écria le vieil homme, tu es vraiment mon fils !
Mais comment as-tu pu devenir un grand seigneur ?
– Je suis devenu maître-voleur.
– Ah ! mon fils, dit le vieux, cela finira mal. »
Puis ils se mirent à table et le père dit : « Si le seigneur du château, ton parrain, apprend qui tu es et ce que tu fais, il te pendra.
– Ne vous en faites pas, je connais mon métier », le rassura le maître-voleur. Le soir venu, il se rendit au château. Quand le comte apprit qu'il était son filleul et ce qu'était son métier, il annonça : « Puisque tu es un maître-voleur, je vais te mettre à l'épreuve. Si tu échoues, tu seras pendu.
– Monseigneur, répondit le voleur, choisissez trois épreuves, si je ne les réussis pas, vous ferez de moi ce que vous voudrez. »

Le comte répondit : « D'abord, tu voleras un cheval à l'écurie, ensuite, tu retireras les draps de notre lit quand nous y serons couchés, moi et ma femme, et tu retireras aussi son alliance de son doigt. Enfin, tu enlèveras le curé et le bedeau en pleine église. »
Le soir, le maître-voleur plaça sur son dos un tonneau de vin auquel il mélangea un soporifique. La nuit tombée, déguisé en vieille femme, il parvint au château. Il offrit du vin de son tonneau aux soldats qui se réchauffaient près d'un feu, devant les écuries. Une fois les soldats endormis, il entra dans l'écurie, où un des soldats était assis sur le cheval sellé du comte, un autre tenait sa bride, un troisième nattait sa queue.
La vieille leur fit boire de son vin et, bientôt, tous s'endormirent profondément.

Le maître-voleur plaça dans la main de l'un une corde à la place de la bride, dans celle de l'autre un balai à la place de la queue. Pour le troisième, assis sur le cheval, il défit les courroies de la selle, l'accrocha à des cordes qui pendaient sur des anneaux et hissa le cavalier au plafond. Puis, il libéra le cheval de sa chaîne et enveloppa ses sabots de vieux chiffons, pour que l'on n'entende pas le bruit des sabots sur les pavés de la cour, lui sauta dessus et partit au galop. Le lendemain, le maître-voleur courut au château : « Bonjour Monseigneur ! Voici le cheval que j'ai réussi à sortir de l'écurie. »
Le comte répondit : « Tu as réussi une fois, mais il n'en ira pas de même pour la prochaine. »
Le soir, quand la comtesse partit se coucher, le comte lui dit : « Toutes les portes sont verrouillées, je vais attendre le voleur. S'il entre par la fenêtre, je l'abats. »

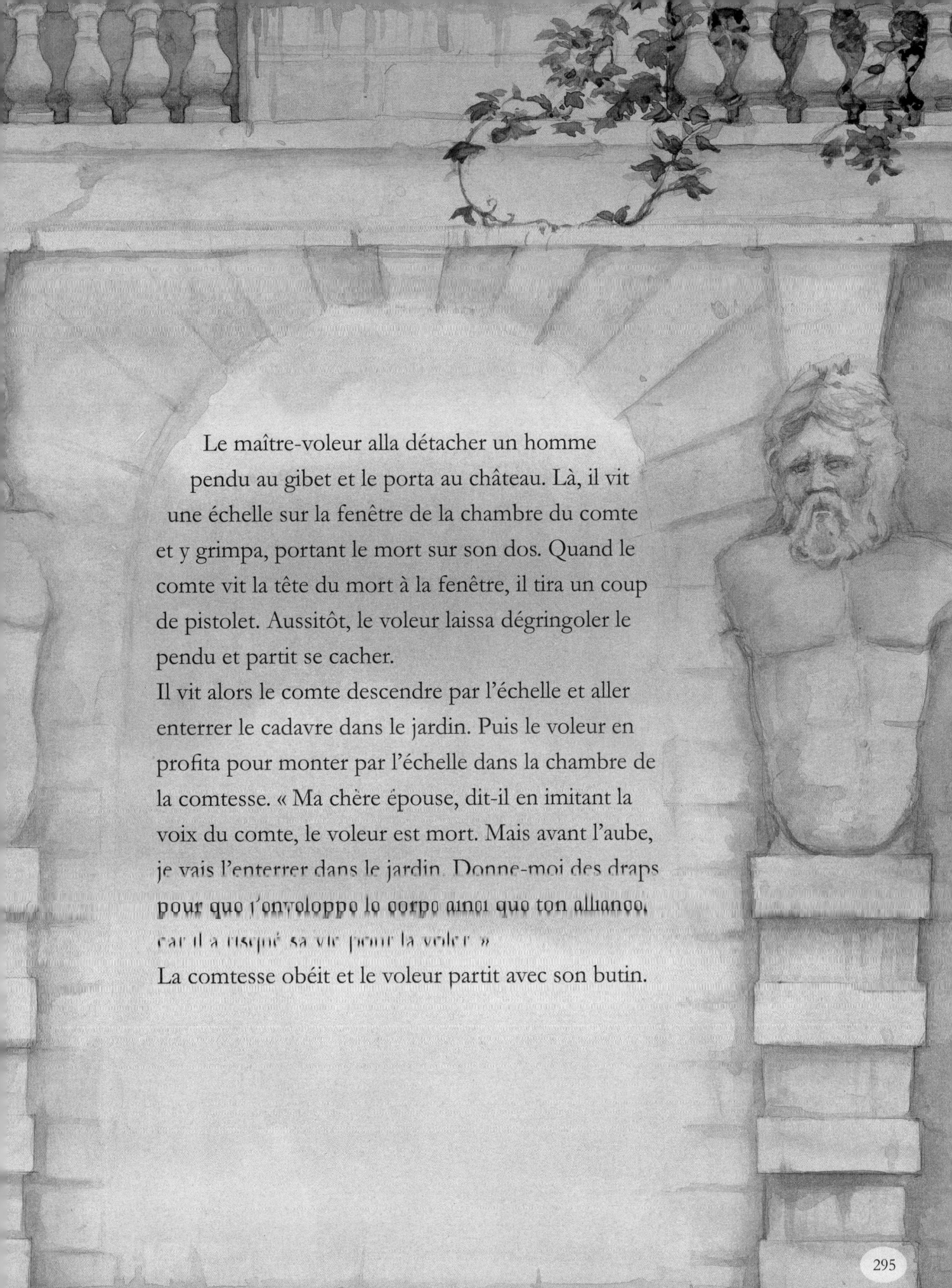

Le maître-voleur alla détacher un homme pendu au gibet et le porta au château. Là, il vit une échelle sur la fenêtre de la chambre du comte et y grimpa, portant le mort sur son dos. Quand le comte vit la tête du mort à la fenêtre, il tira un coup de pistolet. Aussitôt, le voleur laissa dégringoler le pendu et partit se cacher.

Il vit alors le comte descendre par l'échelle et aller enterrer le cadavre dans le jardin. Puis le voleur en profita pour monter par l'échelle dans la chambre de la comtesse. « Ma chère épouse, dit-il en imitant la voix du comte, le voleur est mort. Mais avant l'aube, je vais l'enterrer dans le jardin. Donne-moi des draps pour que j'enveloppe le corps ainsi que ton alliance, car il a risqué sa vie pour la voler. »

La comtesse obéit et le voleur partit avec son butin.

Le lendemain, il revint chez le comte qui n'en revenait pas : « Qui t'a sorti de la tombe où je t'ai moi-même enfoui ? » Le maître-voleur lui raconta sa ruse et le comte admit qu'il était très malin. « Il te reste encore une tâche à accomplir ! » dit cependant le comte. La nuit venue, le maître-voleur se rendit au cimetière et sortit de son sac des crabes et des bougies. Il en colla une sur le dos de chaque crabe et l'alluma. Puis, déguisé en moine, il entra dans l'église et monta en chaire. Quand minuit sonna, il s'écria : « Pauvres pécheurs, la fin du monde est arrivée ! Que celui qui veut aller au ciel entre dans mon sac. Je suis saint Pierre, celui qui ouvre ou ferme les portes du paradis ! »

À ces mots, le curé et le bedeau, qui avaient vu des lumières se promenant dans le cimetière, accoururent écouter le prêche du voleur. Voyant qu'il se passait quelque chose d'inhabituel, ils acceptèrent l'offre du moine d'aller au paradis avant le Jugement dernier et se faufilèrent dans le sac. Aussitôt, le maître-voleur tira le sac dans l'escalier. Quand la tête des deux nigauds heurtait une marche, il criait : « Nous franchissons les montagnes », et lorsqu'il passait dans une flaque d'eau, il disait : « Maintenant, nous traversons des nuages de pluie. » En montant l'escalier du château, il leur dit : « Nous sommes dans l'escalier du paradis. »

Arrivé en haut, il jeta le sac dans la cage aux colombes qui battaient des ailes :
« Entendez-vous comme les anges se réjouissent et agitent leurs ailes ? »
Il ferma la porte et partit. Le lendemain, il se rendit auprès du comte et lui annonça qu'il avait accompli sa troisième tâche, en enlevant le bedeau et le curé en pleine église. « Où sont-ils ? demanda le comte.
– Dans la cage aux colombes, enfouis dans un sac et s'imaginant être au ciel. »
Le comte alla voir et reconnut que le voleur avait dit la vérité. Il libéra le curé et le bedeau et s'adressa au voleur : « Tu es le roi des voleurs et tu as gagné, mais disparais de mon pays, sinon tu finiras sur la potence. »

LE SERPENT BLANC

Il y a fort longtemps vivait un roi dont la sagesse était connue de tout le royaume. On ne pouvait rien lui cacher, il captait dans les airs des nouvelles sur les choses les plus secrètes. Tous les midis, alors que la table était servie et qu'il n'y avait plus personne dans la salle, son fidèle serviteur lui apportait un certain plat.

Ce plat était recouvert et le valet lui-même ignorait ce qu'il contenait. Le roi ne commençait à manger que lorsqu'il était seul. Cependant, un jour, le valet, cédant à la curiosité, emporta en cachette le plat dans sa chambre et s'y enferma. Sous le couvercle, il vit un serpent blanc. Pour y goûter, il en mit un morceau dans sa bouche. Le morceau avait à peine touché sa langue qu'il entendit gazouiller sous la fenêtre.

Il s'approcha et vit des moineaux qui se racontaient ce qu'ils avaient vu dans les champs. Le valet, tout surpris, saisissait tout ce qu'ils disaient.

Car en goûtant au serpent, il avait acquis le pouvoir de comprendre le langage des animaux.

Il arriva ce jour-là que la reine perdit sa plus belle bague. Aussitôt, les soupçons se portèrent sur le valet qui avait accès partout. Le roi le fit appeler et le menaça de le condamner s'il ne trouvait pas le coupable. Le jeune homme jura qu'il était innocent, mais le roi ne voulut rien entendre.

Le valet, effrayé, descendit dans la cour. Il se demandait comment il allait bien pouvoir se tirer d'affaire. Il vit des canards qui discutaient à voix basse. Il s'arrêta pour les écouter. Ils se racontaient quelles bonnes choses ils avaient trouvées à manger. L'un d'eux se plaignit : « J'ai l'estomac lourd, j'ai avalé par mégarde une bague. » Le valet l'attrapa et le porta au cuisinier. Il le saigna et trouva, en le vidant, la bague de la reine. Le valet put ainsi prouver son innocence au roi. Celui-ci, pour s'excuser d'avoir soupçonné le valet et le récompenser, lui donna un cheval et de l'argent. Dès qu'il les reçut, le valet partit à la découverte du monde.

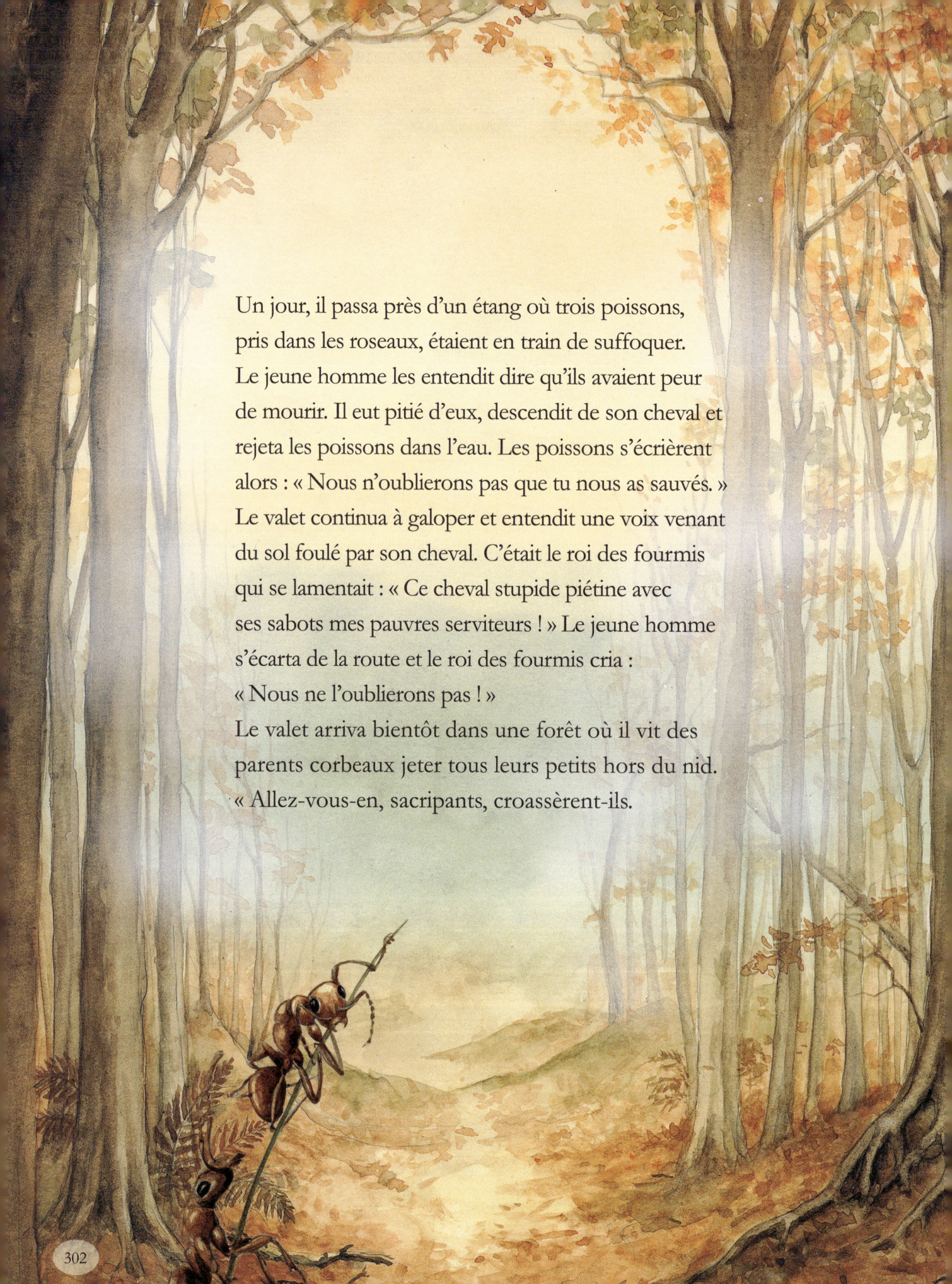

Un jour, il passa près d'un étang où trois poissons, pris dans les roseaux, étaient en train de suffoquer. Le jeune homme les entendit dire qu'ils avaient peur de mourir. Il eut pitié d'eux, descendit de son cheval et rejeta les poissons dans l'eau. Les poissons s'écrièrent alors : « Nous n'oublierons pas que tu nous as sauvés. »
Le valet continua à galoper et entendit une voix venant du sol foulé par son cheval. C'était le roi des fourmis qui se lamentait : « Ce cheval stupide piétine avec ses sabots mes pauvres serviteurs ! » Le jeune homme s'écarta de la route et le roi des fourmis cria : « Nous ne l'oublierons pas ! »
Le valet arriva bientôt dans une forêt où il vit des parents corbeaux jeter tous leurs petits hors du nid. « Allez-vous-en, sacripants, croassèrent-ils.

Nous n'arrivons plus à nous nourrir, débrouillez-vous pour manger tout seuls !
– Nous ne savons même pas voler » piaillèrent les petits, qui avaient peur de mourir de faim. Le jeune homme descendit de son cheval, qu'il transperça de son épée, et l'abandonna aux jeunes corbeaux pour qu'ils puissent se nourrir. Les petits, une fois rassasiés, crièrent :
« Nous ne t'oublierons pas ! » Le valet continua sa route à pied et arriva dans une grande ville. Soudain, un homme arriva à cheval et annonça que l'on cherchait un époux pour la princesse royale. « Mais celui qui voudra l'épouser, ajouta-t-il, devra passer une épreuve difficile. Et s'il échoue, il devra payer de sa vie. De nombreux prétendants ont déjà essayé, mais tous ont péri. »

Quand le jeune homme vit la princesse, il fut ébloui par sa beauté et en oublia tous les dangers. Il se présenta au roi comme prétendant. On l'emmena au bord de la mer et on jeta sous ses yeux dans les vagues un anneau d'or, qu'il devait rapporter au roi. « Si tu émerges de l'eau sans l'anneau, déclara le roi, tu périras dans les vagues. » Seul, debout sur la plage, le valet vit soudain trois poissons s'approcher de lui. Ces poissons étaient ceux auxquels il avait sauvé la vie. L'un d'eux portait dans sa bouche un coquillage qu'il déposa aux pieds du jeune homme. Ce dernier le prit, l'ouvrit et y trouva l'anneau d'or. Tout heureux, il le porta au roi, se réjouissant d'avance de la récompense.

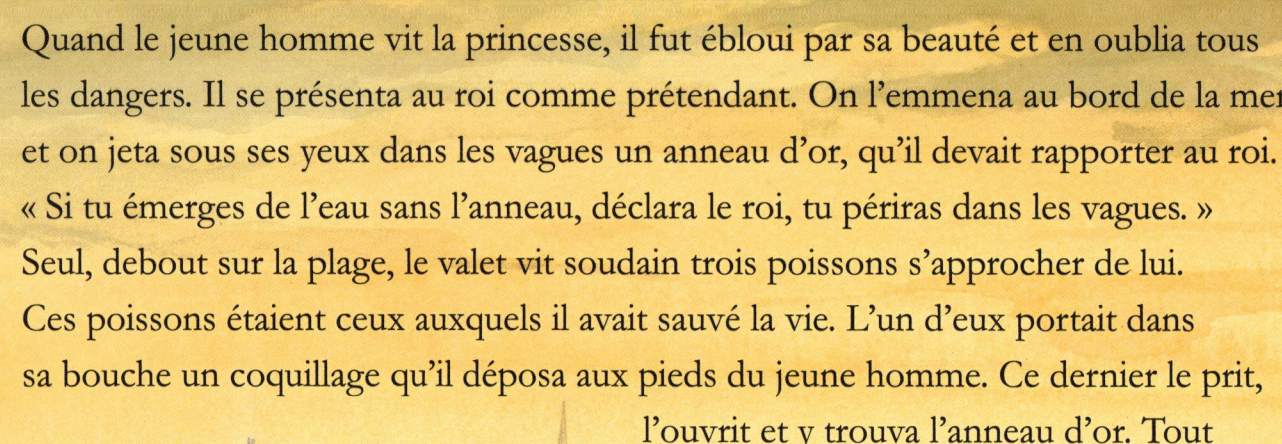

Mais la fille du roi, quand elle apprit que son prétendant n'était pas de son rang, le méprisa et exigea qu'il subisse une nouvelle épreuve. Elle descendit dans le jardin et, de ses propres mains, répandit dans l'herbe dix sacs de millet. « Il faut que ces sacs soient remplis de millet avant le lever du soleil, ordonna-t-elle, et pas un seul grain ne doit manquer ! » Le jeune homme réfléchit sans trouver de solution, puis s'endormit. À l'aube, il vit devant lui les dix sacs de millet remplis à ras, les uns à côté des autres, et pas un grain ne manquait. Le roi des fourmis était venu la nuit avec ses milliers de serviteurs et avait rassemblé tout le millet. Quand la princesse descendit dans le jardin, elle fut surprise de voir que son prétendant avait rempli sa tâche.

Mais la princesse orgueilleuse déclara : « Il a réussi les deux épreuves, mais je ne serai pas sa femme tant qu'il ne m'aura pas apporté une pomme de l'arbre de vie. » Le jeune homme ignorait où poussait cet arbre, alors il traversa trois royaumes et arriva un soir dans une forêt. Il s'assit au pied d'un arbre pour se reposer quand, soudain, une pomme d'or tomba dans sa main.
Au même moment, trois corbeaux se posèrent sur ses genoux et dirent : « Nous sommes les trois jeunes corbeaux que tu as sauvés de la famine. Nous sommes allés au bout du monde où se trouve l'arbre de vie pour t'apporter cette pomme. » Le jeune homme, tout joyeux, offrit la pomme d'or à la princesse qui ne pouvait plus se dérober. Ils coupèrent la pomme de vie en deux, la mangèrent ensemble et, à cet instant, le cœur de la princesse s'enflamma d'amour pour le jeune homme. Ils s'aimèrent et vécurent heureux.

JEAN LE CHANCEUX

Jean avait servi son maître pendant sept ans. Il lui dit un jour :
« Monsieur, mon temps est fini, je voudrais retourner
chez ma mère. Payez-moi mes gages, s'il vous plaît. »
Son maître lui répondit : « Tu m'as bien et loyalement servi,
je vais te donner une bonne récompense. » Et il lui remit
un lingot d'or, gros comme la tête de Jean. Ce dernier
l'enveloppa dans son mouchoir et, le portant sur son épaule au
bout d'un bâton, il partit chez ses parents. En route, il vit soudain
un cavalier qui trottait sur un cheval vigoureux.
« Ah ! se dit Jean tout haut à lui-même, quelle belle chose que
d'aller à cheval, on ne butte pas contre les cailloux du chemin,
et l'on arrive beaucoup plus vite ! »

Le cavalier, qui l'avait entendu, s'arrêta et lui dit : « Hé ! Jean, pourquoi donc vas-tu à pied ?
– Il faut que je porte à mes parents ce gros lingot d'or, mais il est bien lourd ! » répondit Jean. « Si tu veux, dit le cavalier, je peux te donner mon cheval, et tu me donneras ton lingot.
– De tout cœur », répliqua Jean. Et, tout joyeux, il monta sur le cheval et poursuivit sa route. Mais soudain, le cheval se lança au galop et Jean fut jeté par terre dans le fossé. Un paysan accompagné d'une vache, qui venait en sens opposé, arrêta le cheval. Jean, furieux contre son cheval, s'exclama : « C'est un triste passe-temps que d'aller à cheval, surtout quand on a à faire à une mauvaise bête comme celle-ci, qui vous jette par terre au risque de vous rompre le cou. Que ne donnerais-je pas pour posséder une vache comme la vôtre ! »

Le paysan lui proposa d'échanger sa vache contre le cheval. Jean accepta et repartit. Tout en menant sa vache tranquillement, il songeait en lui-même :
« Avec cette vache, je ne manquerai jamais de rien, elle me donnera chaque jour du lait, du beurre et du fromage. » La chaleur était accablante, et Jean avait très soif. Il s'arrêta et voulut traire sa vache pour boire un verre de lait. Mais il eut beau presser le pis, pas une goutte de lait ne vint au bout de ses doigts et la bête, impatiente, lui donna un tel coup de pied sur la tête qu'il perdit connaissance. Heureusement, il fut secouru par un boucher qui passait par là, portant un petit cochon sur une brouette. Jean lui conta ce qui était arrivé.

Le boucher lui donna à boire et lui dit : « Cette vache ne te donnera jamais de lait, car c'est une vieille bête qui n'est plus bonne que pour l'abattoir. » Jean répliqua : « Sans doute, cela fera de la viande pour celui qui l'abattra, mais je n'aime pas la viande de vache, car elle n'a pas de goût. Au moins, avec un petit cochon comme le vôtre, on peut faire du boudin ! » Le boucher lui proposa alors d'échanger son petit cochon contre cette vache. Jean accepta et s'en alla, avec le cochon attaché au bout d'une corde. En chemin, il rencontra un garçon qui tenait dans les bras une oie blanche.

Ils se saluèrent et Jean raconta comment il avait acquis son cochon, à la suite des nombreux échanges qu'il avait faits et dont il était fort content.

Le garçon, de son côté, expliqua qu'il portait une oie bien grasse pour un repas de baptême. Quand Jean lui montra son cochon, le garçon l'avertit : « Dans le village, on vient de voler un cochon dans une étable. J'ai peur que ce soit celui que l'on vous a donné. Si les gens du pays vous rattrapaient, vous auriez beaucoup d'ennuis. » Jean commença à s'inquiéter et demanda au garçon s'il voulait bien échanger l'oie contre son cochon. Ce dernier accepta et Jean s'en alla, tout joyeux, avec son oie sous le bras.

En passant dans le dernier village, il vit un rémouleur qui faisait tourner sa meule en chantant : « Je suis rémouleur sans pareil, tourne ma roue au beau soleil ! » Jean l'arrêta et lui demanda pourquoi il était si joyeux.

« Parce qu'un rémouleur est un homme qui a toujours de l'argent dans sa poche, répondit l'homme. Mais à qui avez-vous acheté cette belle oie ?

– Je ne l'ai pas achetée, dit Jean, je l'ai eu en échange de mon cochon. »

Le rémouleur poursuivit :

« Et le cochon ?

– Je l'ai eu pour ma vache, répondit Jean.

– Et la vache ?

– Pour un cheval.

– Et le cheval ?

– Pour un lingot d'or gros comme ma tête.

– Et le lingot ?

– C'étaient mes gages pour sept ans de service.

– Maintenant, dit le rémouleur, il ne vous reste plus qu'à devenir rémouleur, comme moi.

Ainsi, vous aurez toujours la bourse pleine. Je peux vous donner cette pierre à aiguiser en échange de votre oie. » Jean accepta, donna son oie et prit le caillou en s'écriant : « Ma foi, j'ai toujours de la chance, tout ce que je désire m'arrive ! » Le soir venu, il se sentit fatigué. Il avait faim et s'arrêtait à chaque pas, tant la pierre et le caillou le chargeaient horriblement. Il se traîna jusqu'à une source pour se reposer et se rafraîchir en buvant une gorgée d'eau.

Puis, pour ne pas se blesser avec les pierres en s'asseyant, il les posa près de lui au bord de l'eau. Ensuite, se mettant à plat ventre, il s'avança pour boire, mais, sans le vouloir, il poussa les pierres qui tombèrent au fond de l'eau. En les voyant disparaître sous ses yeux, il sauta de joie et remercia Dieu de l'avoir déchargé de ce lourd fardeau. « Il n'existe pas sous le soleil un homme plus chanceux que moi ! » s'écria-t-il. Et il poursuivit son chemin, le cœur léger, jusqu'à la maison de sa mère.

L'OURS ET LE ROITELET

Un jour d'été, l'ours et le loup se promenaient dans la forêt. L'ours entendit le beau chant d'un oiseau et dit :
« Frère loup, quel est l'oiseau qui chante si bien ?
– C'est le roi des oiseaux, répondit le loup, il nous faut nous incliner devant lui. »
C'était en effet le roitelet, et l'ours déclara :
« Sa Majesté doit avoir un palais, fais-le moi voir.
– Pour cela, il faut attendre que la reine soit rentrée, renchérit le loup. »

Sur ces entrefaites, ils virent la reine et le roi arriver, tenant dans leur bec des vermisseaux pour nourrir leurs petits. L'ours les aurait volontiers suivis, mais le loup le retint par la manche en disant : « Non, attendons plutôt qu'ils soient ressortis. »

Ils remarquèrent seulement l'endroit où se trouvait le nid, et passèrent leur chemin. Mais l'ours, dès qu'il eut vu le palais du roi des oiseaux, voulut y retourner. Le roi et la reine étaient absents, il risqua un coup d'œil, vit cinq ou six petits couchés dans le nid et s'exclama : « Voilà un bien triste palais, vous n'êtes pas des fils de roi, mais de pauvres petites créatures ! »

Les petits roitelets, vexés, se mirent en grande colère et s'écrièrent :
« Nous ne sommes pas ce que tu dis, nos parents sont nobles, tu payeras cher cette injure. » Devant cette menace, l'ours et le loup furent pris de peur, et se réfugièrent dans leurs trous.

Mais les petits roitelets continuèrent à crier. Ils dirent à leurs parents qui revenaient leur donner la becquée : « L'ours est venu nous insulter, nous ne bougerons pas d'ici et nous ne mangerons pas une miette, quitte à mourir de faim, jusqu'à ce que vous ayez rétabli notre réputation.

– Soyez tranquilles, leur répondit le roi, votre honneur sera réparé. »

Et, volant avec la reine jusqu'à la grotte de l'ours, il leur cria : « Vieil ours grognard, pourquoi as-tu insulté mes enfants ? Il t'en cuira, car nous allons te faire une guerre à mort. » La guerre était déclarée. L'ours appela à son secours le bœuf, la vache, l'âne, le cerf, le chevreuil et tous les autres quadrupèdes.

De son côté, le roitelet convoqua tout ce qui vole dans les airs, non seulement les oiseaux, gros et petits, mais encore les insectes ailés tels que mouches, abeilles, frelons et moucherons. Le jour de la bataille approchant, le roitelet envoya des espions pour savoir qui serait le général de l'armée ennemie. Le moucheron, cet insecte malin, fut choisi pour cette délicate mission.

Il vola dans le bois, à l'endroit où l'ennemi
se rassemblait pour délibérer, et se cacha sous
la feuille d'un arbre pour surprendre ce que l'ennemi décidait.
L'ours appela le renard et déclara :
« Compère, tu es le plus rusé de tous les animaux, c'est toi
qui seras notre général.
– Volontiers, dit le renard, mais il faut convenir d'un signal
entre nous pour diriger les opérations. » Personne ne disant
mot, le renard poursuivit.
« J'ai une queue longue et touffue, tant que je la tiendrai levée
en l'air, les choses iront bien et vous marcherez en avant.
Mais si je la baisse par terre, ce
sera le signal du "sauve qui
peut". »

Le moucheron, qui avait bien écouté, revint tout raconter au roitelet. Au lever du soleil, les quadrupèdes accoururent sur le champ de bataille en galopant si fort que la terre tremblait. Le roitelet apparut, avec son armée qui bourdonnait. Les deux camps s'attaquèrent avec fureur. Mais le roitelet demanda au frelon de se planter sous la queue du renard et de le piquer de toutes ses forces. Au premier coup d'aiguillon, le renard fit un bond, en tenant toujours sa queue en l'air. Au second, il fut contraint de la baisser un instant, mais au troisième, il n'y put plus tenir et il la serra entre ses jambes en poussant des cris perçants. Quand ils virent cela, les quadrupèdes crurent que c'était le signal de la défaite, et commencèrent à s'enfuir, chacun dans son logis.

C'est ainsi que les oiseaux gagnèrent la bataille. Le roi et la reine volèrent aussitôt jusqu'à leur nid et s'écrièrent :
« Nous sommes vainqueurs, enfants, buvez et mangez joyeusement.
– Non, répliquèrent les petits. Il faut d'abord que l'ours vienne nous faire des excuses et déclarer que nous sommes bien des enfants royaux. » Le roitelet vola donc jusqu'au trou de l'ours et annonça :
« Vieil ours grognard, je t'ordonne de venir faire des excuses devant le nid de mes enfants, et de leur déclarer que tu reconnais leur noblesse. Autrement, gare à tes côtes ! » L'ours, effrayé, arriva en rampant et fit les excuses demandées. Alors, les petits roitelets, soulagés et satisfaits de voir enfin reconnue leur descendance royale, festoyèrent joyeusement toute la soirée.

LES TROIS CHEVEUX D'OR DU DIABLE

Il était une fois une pauvre femme qui mit au monde un fils. Comme il était né coiffé*, on lui prédit qu'il épouserait, à quatorze ans, la fille du roi. Un jour, le roi traversa le village sans que personne le reconnût, et on lui raconta la prédiction. Celle-ci fâcha le roi, qui alla trouver les parents du nouveau-né et leur dit : « Vous êtes de pauvres gens, donnez-moi votre enfant, je m'en occuperai bien. » L'étranger leur offrit de l'or, les parents acceptèrent, pensant au bien de l'enfant. Mais le roi parti, il mit l'enfant dans une boîte qu'il jeta dans la rivière. La boîte dériva jusqu'à l'écluse d'un moulin. Là, un garçon meunier la sortit de l'eau et la remit au meunier et à sa femme. Ils adoptèrent tout de suite le joli petit garçon qui se trouvait dans la boîte.

* Un enfant « né coiffé » est un enfant qui aura de la chance, car il est né sous une bonne étoile.

Les années passèrent, le petit devint un jeune homme. Un jour, le roi, surpris par la pluie, entra dans le moulin et demanda qui était ce jeune homme. « C'est un enfant trouvé dans une boîte, il y a quatorze ans. » Le roi comprit qui était cet enfant et posa une question : « Ce jeune homme pourrait-il porter une lettre de ma part à la reine en échange de deux pièces d'or ?

– Comme votre majesté l'ordonne, répondirent-ils. Dans la lettre, le roi demandait à la reine de tuer le messager et de l'enterrer. Le garçon partit avec la lettre, mais se perdit dans une forêt. Le soir, il arriva dans une maisonnette habitée par une vieille femme. « Où vas-tu ? » lui demanda-t-elle.
– Je porte une lettre à la reine, Puis-je passer la nuit ici ? » répondit-il.

La femme lui annonça qu'il était tombé dans une maison de voleurs, mais le jeune homme n'eut pas peur et partit se coucher. Quand les voleurs rentrèrent chez eux, ils lurent la lettre destinée à la reine, où le roi demandait qu'on tuât le messager. Ils eurent pitié du jeune homme, déchirèrent le message et le remplacèrent par un autre qui ordonnait qu'aussitôt que le jeune homme arriverait, on lui fît épouser la fille du roi. Au matin, le jeune homme partit avec la nouvelle lettre. Quand la reine la lut, elle fit ce que le roi demandait. La fille du roi épousa l'enfant coiffé et fut heureuse avec lui. Apprenant ceci à son retour, le roi se mit en colère et dit au jeune homme : « Rapporte-moi de l'enfer trois cheveux d'or de la tête du diable et ma fille sera à toi. » Le jeune homme s'en alla et arriva dans une ville.

À la porte, la sentinelle lui demanda qui il était et ce qu'il savait. « Je sais tout, répondit-il.

– Alors, dit la sentinelle, explique-nous pourquoi notre fontaine qui donnait du vin s'est asséchée.

– Je vous le dirai à mon retour », répondit-il.
Parvenu à une autre ville, la sentinelle lui demanda qui il était et ce qu'il savait : « Tout, répondit-il.

– Alors, explique-nous pourquoi le grand arbre de notre ville qui donnait des pommes d'or n'a même plus de feuilles.

– Je vous le dirai à mon retour », répondit-il. Plus loin, il atteignit une rivière qu'il fallait traverser. Le passeur lui demanda qui il était et ce qu'il savait. « Tout, répondit-il.

– Alors dis-moi si je dois toujours rester à ce poste, sans jamais être remplacé.

– Je te le dirai à mon retour », répondit-il.

De l'autre côté de l'eau, il trouva la bouche de l'enfer, mais le diable n'était pas chez lui. Son hôtesse, assise sur un fauteuil, demanda : « Que veux-tu ?
– Trois cheveux d'or de la tête du diable.
– C'est beaucoup, dit-elle, mais je vais t'aider. »
Elle le changea en fourmi et le cacha dans les plis de sa robe. « Merci, dit-il. Je devrais aussi savoir trois choses : pourquoi une fontaine qui versait du vin s'est asséchée, pourquoi un arbre qui portait des pommes d'or n'a même plus de feuilles, et pourquoi un certain passeur doit toujours rester à son poste sans jamais être remplacé. » Rentrant chez lui le soir, le diable posa sa tête sur les genoux de son hôtesse pour qu'elle lui enlève ses poux, et s'endormit. La vieille lui arracha alors un cheveu d'or.

« Hé, s'écria le diable, que fais-tu ?

– J'ai rêvé et je t'ai pris par les cheveux.

– Qu'as-tu donc rêvé ? demanda le diable. J'ai rêvé qu'une fontaine qui versait toujours du vin s'était arrêtée. Pourquoi ?

– Si on enlevait le crapaud qui se trouve sous une pierre, dans la fontaine, le vin recommencerait à couler.

Et le diable se rendormit. Alors l'hôtesse lui arracha le second cheveu.

Le diable se réveilla :

« Que fais-tu ? As-tu encore rêvé ?

– Oui, j'ai rêvé que dans un pays, un arbre qui portait toujours des pommes d'or n'avait même plus de feuilles. Sais-tu pourquoi ?

– Si on tuait la souris qui ronge la racine, l'arbre donnerait à nouveau des pommes d'or. » Puis le diable se rendormit. Alors l'hôtesse arracha le troisième cheveu d'or. Le diable se réveilla en sursaut. « Qu'as-tu rêvé encore ? demanda-t-il.

– J'ai rêvé d'un passeur qui se plaignait de n'être jamais remplacé.

– Il n'a qu'à mettre sa rame à la main du premier qui passera la rivière, ainsi l'autre sera passeur à son tour. »

Au matin, quand le diable s'en alla, la vieille prit la fourmi et rendit au jeune homme sa figure humaine. « Voilà les trois cheveux, lui dit-elle. Mais as-tu bien entendu les réponses du diable à tes questions ?

– Oui, je m'en souviendrai. » Et il quitta l'enfer, tout joyeux d'avoir réussi.

Quand il rejoignit la rivière, il dit au passeur :

« Remets la rame au premier qui viendra passer la rivière. »

Puis il arriva à la ville de l'arbre stérile et dit à la sentinelle :

« Tuez la souris qui ronge les racines et les pommes d'or reviendront. »

En récompense, il reçut deux ânes chargés d'or.

Parvenu ensuite à la ville dont la fontaine était à sec, il conseilla à la sentinelle la chose suivante : « Tuez le crapaud qui est sous la pierre et le vin recommencera à couler. » La sentinelle lui donna encore deux ânes chargés d'or. Enfin, l'enfant né coiffé revint près de sa femme et remit au roi les trois cheveux d'or du diable. Le roi, voyant les quatre ânes portant un vrai trésor, demanda d'où venait tout cet or. Le garçon répondit : « Je l'ai pris de l'autre côté de la rivière, c'est du sable du rivage. » Le roi, avide de richesses, partit demander au passeur de franchir la rivière. Celui-ci lui mit alors une rame dans la main ; le roi devint ainsi passeur, et il l'est encore, car personne ne lui a repris la rame.

DEMOISELLE MÉLINE

Il était une fois un fils de roi, qui avait demandé la main de la fille d'un puissant roi. Cette jeune fille, appelée « Demoiselle Méline », était très belle, mais son père avait déjà décidé de la marier à un autre prince. Or, les jeunes gens s'aimaient d'un tendre amour.

« Je ne veux épouser que lui », déclara Méline.

Son père se fâcha et fit bâtir une tour dans laquelle aucun rayon de soleil ne pouvait passer. « Je vais t'enfermer dans cette tour et reviendrai dans sept ans pour voir si ton entêtement a cessé », lui annonça-t-il sévèrement.

On apporta dans la tour à manger et à boire en quantité suffisante pour sept ans, et Méline et sa servante y furent emmurées. Le prince venait souvent près de la tour et appelait Méline, mais le mur épais étouffait sa voix. Le temps passa et, voyant les réserves de vivres diminuer, Méline et sa femme de chambre comprirent que les sept années touchaient à leur fin.

Aucun bruit extérieur ne leur parvint. Il ne restait presque plus de nourriture et une mort atroce les attendait. Méline et sa servante, au prix de grands efforts, finirent par percer, avec un couteau, un trou dans la muraille, puis l'agrandirent, et finalement, réussirent à s'échapper de la tour. Elles virent alors un spectacle désolant : le palais était en ruines, le royaume dévasté, les villages brûlés. On ne voyait plus âme qui vive ! Elles partirent, se nourrissant en route d'orties. Après une longue marche, arrivant dans un autre royaume, elles allèrent au palais royal. Mais on les chassa. Un jour, enfin, un cuisinier eut pitié d'elles et leur permit de rester pour l'aider à la cuisine. Le fils du roi de ce royaume était le prince qui, autrefois, avait demandé la main de Méline.

Son père lui avait choisi une fiancée laide au cœur dur. La fiancée au visage disgracieux ne se montrait jamais. Elle restait enfermée dans sa chambre, où Méline venait lui apporter à manger. Le jour des noces arriva. La fiancée, qui avait honte de se montrer en public, dit à Méline : « C'est ton jour de chance ! Je me suis tordu le pied, tu me remplaceras lors du mariage. » Méline, menacée par la fiancée, fut forcée d'obéir. Elle mit la robe de mariée et les bijoux. À la cour, tous furent éblouis par sa beauté. Le roi, très fier, déclara à son fils : « C'est la mariée que je t'ai choisie. » Le marié, stupéfait, songea en lui-même : « C'est le portrait de Méline, si je ne la savais pas enfermée depuis des années dans sa tour, je croirais la voir devant moi. »

Il offrit son bras à la future mariée et la conduisit à l'église. Aux orties du bord de la route, Méline dit :
« Petites orties, le temps a existé où j'ai dû vous manger.
– Que dis-tu ? demanda le prince. – Rien, répondit-elle. Je pensais à la princesse Méline. » Le marié, surpris que sa fiancée connût Méline, se tut. Sur le chemin du cimetière, arrivée à la passerelle, elle parla de nouveau :
« Menu ponton, ne casse pas. Son épouse, ce n'est pas moi.
– Que disais-tu ? demanda le prince.
– Rien, je pensais à la princesse Méline.
– La connais-tu ?
– Non, rétorqua-t-elle. Mais j'ai entendu parler d'elle. » Devant la porte de l'église, Méline chuchota :
« Ne croule pas, portail étroit. Son épouse, ce n'est pas moi.
– Et maintenant, qu'as-tu dit ? s'étonna le prince.
– Je pensais encore à la princesse Méline », répondit-elle.

Dans l'église, le prince lui passa au cou un collier très précieux, et le prêtre les maria. De retour au palais, Méline courut dans la chambre, ôta la robe et les bijoux, et ne garda que le collier. La nuit, le marié, attendant dans sa chambre son épouse, la vit arriver, un voile sur son visage. Dès qu'ils furent seuls, le prince l'interrogea :
« Qu'as-tu dit aux orties, près de la route ?
– Je ne parle pas aux orties, dit la mariée.
– Si tu ne leur as pas parlé, tu n'es pas la vraie mariée, dit le prince. » Mais la mariée trouva la parade et courut retrouver Méline. « Qu'as-tu dit aux orties, près de la route ? lui demanda-t-elle.
– Je leur ai dit : "Petites orties, le temps a existé où j'ai dû vous manger." » La mariée retourna dans la chambre du prince et elle répéta les paroles qu'elle venait d'entendre.

« Et qu'as-tu dit au chemin du cimetière ? demanda à nouveau le prince.

— Au chemin du cimetière ? s'étonna la mariée. Je ne parle jamais aux chemins.

— Tu n'es donc pas la vraie mariée. » Elle courut demander à Méline : « Qu'as-tu dit au chemin du cimetière ?

— Je lui ai dit : "Menu ponton, ne casse pas. Son épouse, ce n'est pas moi".

— Cela te coûtera la vie, l'avertit la mariée », mais elle retourna vite auprès du prince pour lui répéter ces paroles. « Et qu'as-tu dit à la porte de l'église ?

— À la porte de l'église ? s'affola la mariée. Je ne parle pas aux portes.

— Tu n'es donc pas la vraie mariée. » Elle courut une fois de plus demander, folle de rage, ce que Méline avait confié à la porte. « Je lui ai juste dit : "Ne croule pas, portail étroit. Son épouse, ce n'est pas moi". » Et la fiancée répéta ces mots au prince.

« Où est le collier que je t'ai donné devant la porte de l'église ? demanda ensuite le prince.
– Quel collier ? répondit-elle. Tu ne m'as pas donné de collier.
– Je te l'ai moi-même passé autour du cou. Si tu ne le sais pas, tu n'es pas la vraie mariée. »
Alors il lui arracha son voile et vit son visage d'une grande laideur. Effrayé, il s'écria, en reculant : « Qui es-tu ?
– Je suis ta fiancée promise, mais j'avais peur qu'on se moque de moi en me voyant. Alors, j'ai ordonné à la petite souillon de mettre ma robe et d'aller à l'église à ma place.
– Où est cette fille ? demanda le prince. Je veux la voir, va la chercher ! »
La mariée déclara aux serviteurs que sa femme de chambre les avait trompés, et qu'il fallait lui couper la tête. Comme les serviteurs attrapaient Méline, celle-ci se mit à crier si fort que le prince accourut.

Il ordonna qu'on relâche la jeune fille et, voyant qu'elle portait le collier qu'il lui avait donné, il s'exclama :

« C'est toi la vraie mariée ! C'est toi que j'ai amenée à l'autel.

En allant à l'église, tu m'as parlé de la princesse Méline, à qui j'ai été fiancé. Si cela était possible, je penserais qu'elle est devant moi.

Tu lui ressembles tant ! » La jeune fille répondit :

« Je suis Méline, celle qui par amour pour toi fut emprisonnée pendant sept ans dans une tour obscure et a souffert de faim et de soif.

Mais aujourd'hui, on nous a mariés à l'église et je suis ta femme. »

Ils s'embrassèrent et vécurent heureux jusqu'à la fin de leurs jours.

DÉNICHET

Il était une fois un garde forestier qui chassait dans une forêt. Soudain, il entendit des cris semblables à ceux d'un enfant. Il se dirigea vers l'endroit d'où provenait ce bruit et arriva au pied d'un grand arbre. Un bébé était perché tout en haut. Il se trouvait là parce que sa mère s'était endormie avec lui sous cet arbre. Puis un oiseau de proie ayant aperçu l'enfant, il avait plongé, l'avait saisi avec son bec et déposé au sommet de cet immense arbre. Le garde forestier grimpa et en redescendit l'enfant, en se disant : « Je vais emporter ce bébé à la maison et l'élever avec ma petite fille Madelon. » Il le ramena donc chez lui, et les deux enfants grandirent ensemble.

Comme le petit avait été enlevé par un oiseau et trouvé dans un arbre, on l'appela Dénichet. Madelon et Dénichet s'aimaient si fort que, quand l'un des deux ne voyait plus l'autre, il en devenait tout triste.
La vie suivait son cours dans la demeure, les enfants grandissaient sous l'œil du père, des domestiques et d'une vieille cuisinière. Un soir, cette femme prit deux seaux pour aller chercher de l'eau.
Elle fit plusieurs allers et retours de la maison au puits. Madelon observa son manège et, curieuse, l'interrogea : « Dis donc, vieille Suzon, pourquoi portes-tu tant d'eau ?
– Je veux bien te le dire, mais promets-moi de ne le répéter à personne. » Madelon lui promit de garder le secret, alors la cuisinière lui avoua : « Demain matin, quand ton père sera à la chasse, je mettrai l'eau à chauffer et lorsqu'elle sera bouillante, je jetterai Dénichet dans le chaudron pour l'y faire cuire. »
Le lendemain, le garde forestier se leva à l'aube et partit à la chasse, tandis que les enfants étaient encore endormis.

À son réveil, Madelon dit à Dénichet :
« Si tu ne me quittes pas, je ne te quitterai pas non plus.
– Au grand jamais, lui répondit Dénichet.
– Je vais te dire un secret, continua Madelon.
Hier soir, la vieille Suzon a transporté tant de seaux d'eau dans la maison que je lui ai demandé ce qu'elle voulait en faire. Elle m'a fait promettre de ne le répéter à personne.

Puis elle m'a confié que de bonne heure, après le départ de notre père à la chasse, elle ferait bouillir plein d'eau dans le chaudron et qu'elle t'y jetterait pour te faire cuire. Mais nous allons vite nous lever et nous habiller, et nous fuirons ensemble. » Ils se levèrent donc, s'habillèrent rapidement et partirent en courant. Dès que l'eau se mit à bouillir dans le chaudron, la cuisinière se rendit dans la chambre pour prendre Dénichet et le jeter dedans. Mais quand elle entra et s'approcha de leurs lits, elle constata que les enfants étaient partis tous les deux. Une peur affreuse l'envahit alors.

« Que vais-je dire maintenant au garde forestier, quand il rentrera et verra que les enfants ne sont pas là ? pensa-t-elle. Qu'on se mette tout de suite à leur recherche pour les rattraper. » Elle envoya sur-le-champ trois valets à leur poursuite, avec l'ordre de les ramener. Les enfants, eux, étaient assis à l'orée de la forêt. Quand ils virent de loin les trois valets arriver en courant, Madelon dit à son ami : « Si tu ne me quittes pas, je ne te quitterai pas non plus.
– Au grand jamais, répondit Dénichet.
– Alors deviens un petit rosier, lui demanda-t-elle, et moi je serai une petite rose dessus. »

Quand les trois valets arrivèrent à l'orée de la forêt, il n'y avait là qu'un rosier, portant une petite rose tout en haut, et aucune trace des enfants. Les valets se dirent qu'il n'y avait plus rien à faire là, ils rentrèrent donc et déclarèrent à la cuisinière qu'ils n'avaient rien vu, si ce n'est un petit rosier avec une petite rose tout en haut. « Nigauds, les réprimanda la vieille femme. Vous auriez dû couper en deux le rosier et cueillir la petite rose pour la rapporter ici. Courez vite le faire ! » Et pour la seconde fois, ils partirent à la recherche des enfants. Mais lorsque ceux-ci les virent de loin, Madelon s'exclama : « Si tu ne me quittes pas, je ne te quitterai pas non plus.
— Au grand jamais, répondit Dénichet. »
Madelon dit alors : « Deviens donc une chapelle, et moi je serai la couronne à l'intérieur. »

Quand les trois valets approchèrent, il n'y avait là qu'une chapelle avec une couronne dedans. Ne sachant que faire, ils rentrèrent à la maison. Dès qu'ils arrivèrent, la cuisinière leur demanda s'ils n'avaient rien trouvé. Ils répondirent qu'ils n'avaient vu qu'une chapelle qui abritait une couronne. « Nigauds, gronda la sorcière, pourquoi n'avez vous pas démoli la chapelle et rapporté la couronne ici ? » Alors la cuisinière elle-même se mit en route et partit avec les trois valets à la poursuite des enfants.

Mais ceux-ci virent de loin les trois valets avec la cuisinière qui clopinait sur leurs talons.

« Si tu ne me quittes pas, je ne te quitterai pas non plus ! s'écria Madelon.

– Au grand jamais, répondit Dénichet.

– Alors deviens un étang, déclara Madelon, et moi je serai le canard qui nage dessus. » Quand la cuisinière arriva et qu'elle vit l'étendue l'eau, elle se pencha par-dessus et voulut la boire entièrement.

Mais le canard nagea vite vers elle, la saisit par la tête avec son bec, et l'entraîna au fond de l'eau. La vieille sorcière s'y noya.

Alors les enfants rentrèrent ensemble à la maison et ils y vécurent dans un profond bonheur. Et s'ils ne sont pas morts, ils y vivent encore.

FERNAND-LOYAL ET FERNAND-DÉLOYAL

Il était une fois un mari et une femme qui n'avaient pas eu d'enfant du temps qu'ils étaient riches, mais eurent un petit garçon quand ils furent devenus pauvres. À cause de leur grande pauvreté, personne ne voulait être le parrain de l'enfant dans le village. Seul un mendiant accepta, à une condition : « Je veux bien être le parrain, mais je suis trop pauvre pour donner le moindre cadeau à l'enfant. » Le petit garçon fut baptisé et le mendiant nomma l'enfant Fernand-Loyal.
Après la cérémonie, la sage-femme remit au mendiant une clef en lui disant : « Confiez-la au père de l'enfant, qu'il la garde chez lui jusqu'au moment où son fils sera âgé de quatorze ans. Alors, il faudra que l'enfant aille au château situé sur la lande. Avec la clef, il ouvrira la porte du château, et tout ce qu'il trouvera à l'intéricur sera à lui. »

Un jour, alors qu'il avait sept ans, le garçonnet entendit les autres enfants se vanter des magnifiques cadeaux qu'ils avaient reçus de leurs parrains.

« N'ai-je vraiment rien reçu de mon parrain, moi ? demanda-t-il.
– Mais si, lui répondit son père, il t'a donné une clef. Quand il y aura un château sur la lande, tu pourras y entrer. »
L'enfant y courut, mais il n'y avait pas de château.
Sept ans plus tard, quand il eut quatorze ans, il y retourna. Alors, il vit un château et en ouvrit la porte avec sa clef, mais n'y trouva rien d'autre qu'un cheval blanc. Aussitôt, le garçon le monta et galopa chez son père. Peu de temps après, il voulut voyager et partit avec sa monture.

En chemin, il trouva une plume d'oie taillée pour écrire. Comme il hésitait à la ramasser, il entendit une voix crier derrière lui : « Fernand-Loyal, emmène-moi avec toi ! » Alors il ramassa la plume. Un peu plus loin, il fallait passer le gué d'une rivière. Il vit un petit poisson qui, sorti de l'eau, allait mourir.
« Attends, mon petit poisson, je vais te remettre à l'eau ! »
Il sauta à terre, le saisit par la queue et hop ! le rejeta à l'eau. Le poisson le remercia : « Tu m'as secouru, je vais te donner un pipeau. Si un jour tu es dans le besoin ou que tu perds quelque chose dans l'eau, souffle dedans et je viendrai à ton secours. »

Fernand-Loyal s'en alla, son pipeau en poche, et rencontra un jeune homme qui lui demanda son nom :
« Fernand-Loyal, répondit-il.
– Tiens, dit l'autre, alors nous avons presque le même nom. Je me nomme Fernand-Déloyal. » Ils s'arrêtèrent tous deux dans une auberge. À l'intérieur, il y avait une jolie servante qui tomba amoureuse de Fernand-Loyal, car il était beau garçon.

« Pourquoi ne restez-vous pas ici ? dit la jeune fille à Fernand-Loyal. Vous pourriez trouver un emploi à la cour du roi. » La servante alla elle-même parler au roi, qui engagea Fernand-Loyal comme écuyer, car le jeune homme voulait rester près de son cheval.

Quand il apprit cela, Fernand-Déloyal fut très jaloux. Alors la servante, craignant qu'il ne se venge, le fit aussi engager par le roi comme valet.

Chaque matin, quand il habillait le roi, il l'entendait soupirer : « Ah, si seulement je pouvais avoir ma bien-aimée avec moi ! » Et comme Fernand-Déloyal voulait éloigner l'autre Fernand, il proposa un jour au roi :
« Vous n'avez qu'à envoyer votre écuyer la chercher, Majesté, et s'il ne remplit pas sa mission, il devra mourir ! » Le roi suivit son conseil, fit venir Fernand-Loyal et lui annonça : « Il y a quelque part dans le monde une princesse que j'aime. Tu iras l'enlever, sinon, tu mourras !

— Pauvre de moi ! gémit Fernand-Loyal.

— Pourquoi pleures-tu ? » fit une voix derrière lui. Il se retourna, étonné d'entendre son cheval lui parler. « Je dois partir chercher la fiancée du roi. Mais comment puis-je y parvenir ?

— Va retrouver le roi, dit le cheval, et exige qu'il te donne deux navires, l'un chargé de viande, l'autre de pain, car tu devras affronter de terribles géants sur la mer et des oiseaux féroces, que tu apaiseras en donnant aux uns la viande et aux autres le pain. » Quand les navires furent prêts, le cheval dit à son maître : « Maintenant, monte en selle et conduis-moi sur le navire. Quand les géants arriveront, tu diras : "Mes chers gentils géants, tout doux, j'ai à bord quelque chose pour vous." Ensuite, quand viendront les oiseaux, tu diras : "Mes chers petits oiseaux, tout doux, j'ai à bord quelque chose pour vous." Alors, ils ne te feront aucun mal.

Puis les géants t'aideront à entrer dans le château, et à transporter la princesse endormie sur le bateau. » Tout se passa exactement comme le cheval l'avait prédit. Cependant la princesse, une fois chez le roi, déclara qu'elle ne pouvait rester, car elle avait besoin de ses écrits laissés dans son château et d'une plume. Sur le conseil de Fernand-Déloyal, le roi renvoya son écuyer chercher les papiers, sous peine de mort. Désespéré, Fernand-Loyal raconta tout à son cheval blanc.

À nouveau, on chargea les navires, et tout se déroula comme la première fois. Une fois les géants et les oiseaux rassasiés, Fernand-Loyal entra dans le château de la princesse, y trouva les écrits et les emporta. Le navire reprit la mer, mais Fernand-Loyal fit tomber la plume d'oie dans l'eau. Aussitôt, il se mit à jouer du pipeau et le poisson arriva, rapportant la plume dans sa bouche. Fernand-Loyal alla remettre les écrits et la plume à la princesse.

Pendant ce long voyage, on avait célébré les noces de la princesse avec le roi. Mais la nouvelle reine aimait Fernand-Loyal, et pas du tout son époux. Un jour, elle proposa de faire un tour de magie devant toute la cour. « Je peux décapiter quelqu'un et lui remettre sa tête en place, comme si de rien n'était. Qui veut essayer ? » demanda-t-elle à la foule assemblée. Comme personne ne se portait volontaire, Fernand-Déloyal fit désigner Fernand-Loyal. La reine lui coupa la tête, et la replaça ensuite sur son cou, comme si de rien n'était. Le roi voulut à son tour essayer. Alors la reine le décapita, mais feignit de ne pas pouvoir remettre sa tête en place. Une fois le roi enterré, elle épousa Fernand-Loyal, qui devint le nouveau roi. Comme il chevauchait dans la campagne, Fernand-Loyal, à la demande de son cheval, fit trois fois le tour d'un pré au triple galop. Alors le cheval se dressa sur ses pattes arrière, et fut transformé en un jeune garçon, qui devint le fils du roi. Quant à Fernand-Déloyal, on n'en entendit jamais plus parler.

LA GARDEUSE D'OIE À LA FONTAINE

Un jour, il y a très longtemps, le fils d'un puissant comte errait dans une forêt sauvage et y rencontra une vieille femme en train de lier un énorme tas d'herbe fraîche. « Voulez-vous que je vous aide à porter ce tas d'herbe ? lui proposa le jeune comte.
– Volontiers, dit la vieille. Prenez donc aussi mes paniers de pommes. » Le chemin grimpait durement, l'herbe pesait lourd comme du plomb, les pommes avaient le poids du bronze.
« Je n'en peux plus, dit le jeune comte, s'arrêtant pour reprendre haleine.
– Ah ! Ah ! fit la vieille en ricanant. Jeune comme tu es, ne peux-tu pas soulever ce que je transporte tous les jours ? » Et, ricanant de plus belle, la vieille sauta sur le tas d'herbe. Elle pesait plus lourd qu'un plein tonneau de vin !

« Assez, vieille sorcière ! », cria-t-il en cherchant à se débarrasser de son fardeau. Mais c'était impossible : les paniers restaient fixés à ses mains et l'herbe attachée sur son dos. Au sommet de la montagne, la cabane de la vieille femme apparut enfin. Alors, une horrible gardeuse d'oies s'élança vers la sorcière en s'exclamant : « Comme vous revenez tard, que vous est-il arrivé ?
– Rien de grave, dit-elle, cet aimable jeune homme m'a offert de m'aider et le temps a passé très vite. » Enfin, la vieille sauta à terre et délivra son porteur. Épuisé, celui-ci s'écroula sur un banc et s'endormit. Quelques instants plus tard, une main brutale le réveilla. « Voici ta récompense, lui dit la vieille. Si tu en fais bon usage, elle t'apportera le bonheur. »

Le comte regarda le cadeau : c'était un coffret d'émeraude contenant une grosse perle.

Il remercia la vieille et s'en alla. Après trois jours de marche, il arriva dans une ville. Au palais, il fut reçu par le roi et la reine. Quand il offrit son coffret d'émeraude à la reine, celle-ci s'évanouit. Tandis qu'on la ranimait, le roi interrogea le comte : « Comment avez-vous eu cette perle ? Je donnerais tout au monde pour retrouver celle qui l'a perdue.
— Je ne sais pas qui l'a perdue, répondit le comte. Mais celle qui me l'a donnée ne mérite pas tant d'intérêt. »
Et il raconta ce qu'il savait de la sorcière. Le roi l'écouta avec attention et le supplia de le conduire aussitôt auprès d'elle. La reine, revenue à elle, insista pour se joindre à eux et tous trois partirent.

À la nuit tombante, ils s'égarèrent et le comte se retrouva seul dans une vallée où il décida de passer la nuit.
Près de s'endormir, il aperçut une forme humaine descendant la vallée : c'était la gardeuse d'oies. Penchée sur la fontaine, elle ôta les nattes grises qui couvraient ses cheveux et le masque de peau qui cachait son visage, puis, se penchant sur l'eau, elle mouilla ses bras et sa figure. Alors elle apparut, belle comme le jour, avec son teint de lis, ses yeux clairs et le manteau d'or de ses cheveux qui la couvrait toute entière. Le comte n'en croyait pas ses yeux, il écarta les feuilles pour mieux voir.
Mais son geste fit craquer une branche et, telle une biche effarouchée, la jeune fille remit son masque et disparut à travers les buissons. Le comte s'élança à sa poursuite.
Il ne put la rejoindre, mais dans sa course il retrouva le roi et la reine endormis.

À leur réveil, quand il leur raconta ce qu'il venait de voir, l'émotion de la reine s'accrut et elle voulut aussitôt reprendre les recherches. Ils marchèrent longtemps. Puis au sommet de la montagne, ils aperçurent une lumière. La sorcière veillait encore, et, dès qu'ils frappèrent, la porte s'ouvrit. « Que désirez-vous ? dit la vieille, hargneuse.
– Madame, répondit la reine, d'où tenez-vous cette perle ?
– C'est une larme que pleurait une pauvre fille, chassée par ses parents.
– Ma fille aussi pleurait des perles, dit la reine.
– Et moi, je l'ai chassée, ajouta le roi.
Si ma fille est encore en vie, s'écria la reine, dites-le-moi, par pitié. » Mais la sorcière refusa de répondre et lui demanda quel crime avait bien pu commettre son enfant pour qu'elle soit chassée.

« J'avais trois filles, commença la reine, la plus jeune était ma préférée.
— Elle était aussi ma préférée, poursuivit le roi. Mais un jour, j'ai voulu savoir à quel point mes filles m'aimaient. L'aînée m'a répondu qu'elle m'aimait comme la plus douce des sucreries. La seconde me dit qu'elle me préférait à sa plus belle robe. La troisième me répondit : « Je vous aime comme j'aime le sel. » Alors je l'ai chassée et j'ai partagé mon royaume entre les deux autres. « Votre fille voulait dire que, sans vous, la vie n'aurait plus de saveur, et vous l'avez chassée ! s'écria la sorcière.
— Hélas ! dit la reine. Nous l'avons compris trop tard ! Nous avons fait en vain fouiller la forêt et la montagne. Notre fille a dû être dévorée par des bêtes sauvages.

– Sans doute, dit la sorcière et, en se levant, elle ouvrit une porte et appela :
« Viens, ma fille ! » À leur grande surprise, ce ne fut pas la gardeuse d'oies qui entra, mais la belle princesse que le comte avait aperçue au bord de la fontaine. Elle se jeta en pleurant de joie dans les bras de ses parents, et ses larmes étaient des perles. Le comte observait la scène en silence. Quand son regard se détacha de la belle princesse pour se fixer sur la sorcière, il ne la reconnut plus, un souffle de joie la transfigurait.
Alors, il comprit que cette sorcière était en réalité une bonne fée déguisée. « Puisque vous avez déshérité votre enfant, dit-elle, avant de vous la rendre, laissez-moi la doter. »

« Pour fortune, je lui donne le monceau de perles, qui sont toutes les larmes qu'elle a versées sur vous. Pour demeure, je lui offre cette chaumière, où elle a vécu loin de tout danger, sans autre chagrin que votre absence. Pour époux, je lui suggère de prendre ce jeune comte dont le cœur est bon, puisqu'il a tour à tour secouru une vieille femme ployant sous son fardeau, et aussi des parents accablés par le chagrin. » À peine avait-elle achevé sa phrase que la chaumière se transforma en un splendide palais, et la montagne devint soudain fertile et peuplée. Nul ne revit la bonne fée, mais la fille du roi et le fils du comte vécurent longtemps heureux et puissants à l'endroit même où, autrefois, il avait été si difficile de nourrir un troupeau d'oies.

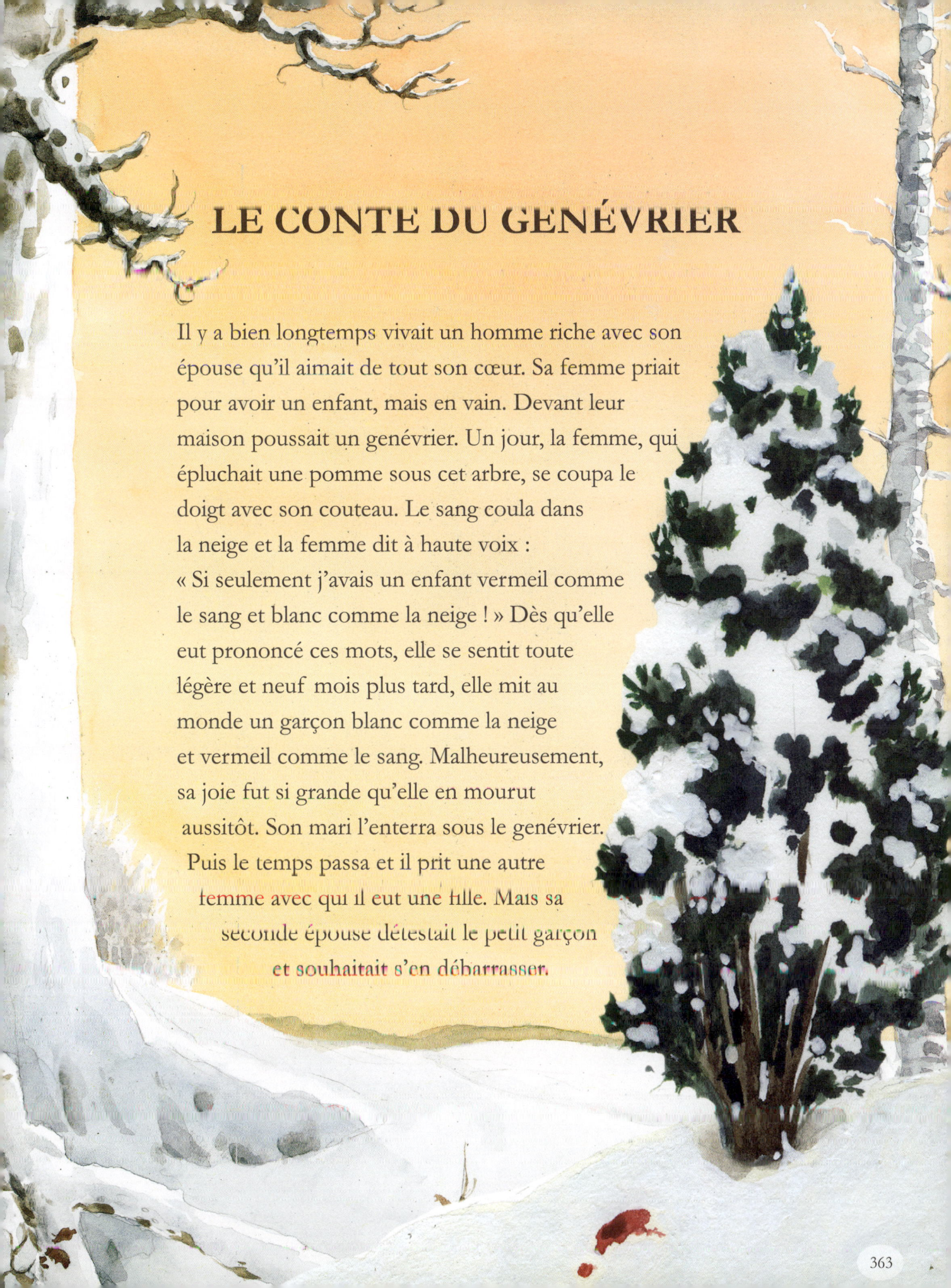

LE CONTE DU GENÉVRIER

Il y a bien longtemps vivait un homme riche avec son épouse qu'il aimait de tout son cœur. Sa femme priait pour avoir un enfant, mais en vain. Devant leur maison poussait un genévrier. Un jour, la femme, qui épluchait une pomme sous cet arbre, se coupa le doigt avec son couteau. Le sang coula dans la neige et la femme dit à haute voix : « Si seulement j'avais un enfant vermeil comme le sang et blanc comme la neige ! » Dès qu'elle eut prononcé ces mots, elle se sentit toute légère et neuf mois plus tard, elle mit au monde un garçon blanc comme la neige et vermeil comme le sang. Malheureusement, sa joie fut si grande qu'elle en mourut aussitôt. Son mari l'enterra sous le genévrier. Puis le temps passa et il prit une autre femme avec qui il eut une fille. Mais sa seconde épouse détestait le petit garçon et souhaitait s'en débarrasser.

Un jour, elle promit de lui donner une pomme qui se trouvait dans un grand coffre avec un lourd couvercle. Elle l'amena devant le coffre, qu'elle ouvrit. Au moment où le petit garçon se penchait pour prendre le fruit, elle rabattit si fort le lourd couvercle qu'il coupa la tête de l'enfant. La tête roula au milieu des pommes rouges. Terrifiée, elle courut chercher un foulard blanc, replaça la tête sur le cou du garçon, et l'assit sur une chaise, une pomme dans la main. La petite Marlène, sa fille, vint lui dire :
« Mon frère est assis, il est tout blanc. Quand je lui ai demandé sa pomme, il ne m'a pas répondu. J'ai peur !
– Retourne le voir, dit la mère, et s'il ne te répond pas, flanque-lui une bonne claque ! » Marlène fit ce qu'on lui dit et lui donna une gifle. La tête de son frère roula par terre et la petite fille hurla : « J'ai arraché la tête de mon frère !
– Quel malheur ! s'écria la mère, ne dis rien à personne. »

Elle alla chercher le corps du garçonnet et le coupa en morceaux pour en faire un ragoût. Le père rentra à la maison pour manger et ne vit pas son fils. Sa femme lui dit qu'il était parti chez sa tante. Sans poser plus de questions, le père commença son repas, trouva le ragoût délicieux, le mangea en entier et jeta les os sous la table. Marlène ramassa les os dans son foulard, qu'elle noua. Puis, en pleurant, elle alla déposer son fardeau sous le genévrier. L'arbre s'agita et un brouillard l'enveloppa. Au milieu brûlait un feu d'où sortit un oiseau splendide.
Il chanta merveilleusement et s'envola très haut dans le ciel. Marlène se sentit toute joyeuse, comme si son frère était vivant. Et elle rentra à la maison.

L'oiseau se posa sur la maison d'un orfèvre et se mit à chanter : « Ma mère m'a tué, mon père m'a mangé, ma sœurette Marlène a pris bien de la peine pour recueillir mes os jetés, dessous la table, et les nouer dans son foulard de soie, qu'elle a porté sous le genévrier. Kywitt, kywitt, bel oiseau que je suis ! »
L'orfèvre, occupé à fabriquer une chaînette d'or, sortit pour écouter chanter l'oiseau et lui dit : « Prends la chaînette d'or et chante encore une fois. » L'oiseau prit la chaînette et reprit son chant. Puis il alla se poser sur la maison d'un cordonnier, et y répéta sa chanson. En entendant cela, le cordonnier et toute sa famille sortirent écouter l'oiseau.

La femme du cordonnier offrit à l'oiseau des chaussures rouges pour qu'il recommence.
L'oiseau prit les chaussures et chanta, puis il s'envola, serrant la chaîne d'or et les souliers dans ses pattes.
Il vola très loin, jusqu'à un moulin. Là, vingt garçons meuniers fabriquaient une meule. L'oiseau, perché dans un tilleul, se mit à chanter. À la fin, pour réentendre le chant, les garçons donnèrent la meule à l'oiseau, qui se la mit autour du cou comme un collier. Puis avec la chaînette d'or, la paire de souliers et la meule, il s'envola très loin, jusqu'à la maison de son père. Là, le père, la mère et la petite Marlène étaient assis à table.
Soudain, le père se sentit tout joyeux.

Au contraire, la mère avait peur, et elle déchira son corsage de peur d'étouffer. La petite Marlène pleurait. L'oiseau, venu se percher sur le genévrier, se mit à chanter :

« Ma mère m'a tué. »

Alors les oreilles de la mère bourdonnèrent et ses yeux la brûlèrent.

« Mon père m'a mangé. »

– Oh mère, dit le père, dehors il y a un splendide oiseau qui chante merveilleusement.

« Ma sœurette Marlène a pris bien de la peine. »

La petite Marlène pleurait de plus en plus.

Elle voulait sortir pour voir l'oiseau.

Mais sa mère protesta, il lui semblait que toute la maison s'effondrait dans les flammes.

Le père sortit écouter l'oiseau qui chantait.

« Pour recueillir mes os jetés dessous la table, et les nouer dans un foulard de soie qu'elle a porté sous le genévrier. Quivit, Quivit, bel oiseau que je suis ! »

À la fin, l'oiseau lâcha la chaîne d'or, qui tomba autour du cou du père. Celui-ci rentra montrer le cadeau du bel oiseau à sa femme, qui s'écroula à terre. L'oiseau, de nouveau, chantait : « Ma mère m'a tué, mon père m'a mangé. Ma sœurette Marlène a pris bien de la peine pour recueillir mes os jetés, dessous la table et les nouer dans son foulard de soie. »

La petite Marlène sortit à son tour pour voir le cadeau que lui apportait l'oiseau. Celui-ci lui lança les souliers.

« Qu'elle a porté sous le genévrier. Quivit, Quivit, bel oiseau que je suis ! »
Tout devint lumineux, la petite Marlène, joyeuse, enfila les souliers rouges et se mit à danser dans la maison. La femme revint à elle, mais elle se sentit très mal et sortit. Dès qu'elle fut dehors, badaboum ! L'oiseau laissa tomber la meule sur sa tête et la lui écrasa. Le père et petite Marlène, entendant ce fracas, accoururent. Ils virent jaillir un jet de flammes, et quand ce feu disparut, le petit frère était là. Il les prit par la main et tous trois, pleins de joie, rentrèrent dans la maison et se mirent à table.

L'HOMME À LA PEAU D'OURS

Il était une fois un jeune gaillard qui s'était engagé dans l'armée. Il fit preuve d'un grand courage pendant la guerre, mais une fois la paix conclue, il fut congédié. Ses parents étant morts, il n'avait plus de foyer et ses frères refusèrent de l'héberger. Alors il prit son fusil et s'en alla par-delà le vaste monde. Au milieu d'une plaine, il s'allongea sous un bouquet d'arbres, en songeant tristement :

« Sans argent, sans métier, que vais-je devenir ? » Soudain, il entendit un bruissement derrière lui. Il se retourna et vit un inconnu tout de vert vêtu, avec un affreux pied de cheval.

« Si tu n'es pas poltron, je peux t'apporter argent et vie heureuse », dit-il.

« Mets-moi à l'épreuve », répondit le soldat.

Quand l'homme en vert lui demanda de se retourner, le soldat vit un ours énorme foncer sur lui en grognant furieusement. Alors, sans hésiter, il épaula et tira, touchant l'ours en plein museau, et l'abattit d'un coup. L'inconnu vit que le soldat ne manquait pas de courage, mais il lui imposa une autre condition : « Pendant sept années, tu ne dois ni te laver ni te coiffer, ne pas te raser la barbe, ne pas te couper les ongles, et tu devras porter tout le temps le costume et le manteau que je vais te donner. Si tu meurs au cours de ces sept années, tu es à moi. Si tu restes en vie, par contre, tu seras libre et riche jusqu'à la fin de tes jours. »

Le soldat accepta la proposition. Alors le diable enleva son habit vert pour le lui donner. « Tant que tu porteras cet habit, tu auras de l'or en poche », ajouta-t-il. Puis il prit la peau de l'ours, qu'il dépouilla en un clin d'œil, et la lui remit en ajoutant : « Ce costume sera à la fois ton manteau et ton lit. Tu seras appelé Peau-d'Ours », puis le diable disparut. Le soldat, revêtu de l'habit vert, mit aussitôt la main à la poche et y trouva bien de l'or. Il jeta la peau de l'ours sur son dos et repartit dans le vaste monde, dépensant sans compter. Mais au bout de la deuxième année, il avait l'air d'un monstre : ses cheveux longs cachaient son visage, ses ongles ressemblaient à des griffes de rapace, et sa peau était recouverte d'une telle couche de crasse que si l'on y avait semé de l'herbe, elle y aurait poussé ! En le voyant, les gens fuyaient.

Pourtant, comme il était généreux avec les pauvres, il arrivait encore à se faire héberger partout. Au bout de quatre ans, il arriva un jour dans une auberge. L'hôtelier refusa de le laisser entrer. Mais lorsque Peau-d'Ours sortit de sa poche des poignées de ducats, on lui donna une chambre sur l'arrière cour, en lui faisant promettre de ne se montrer à personne.

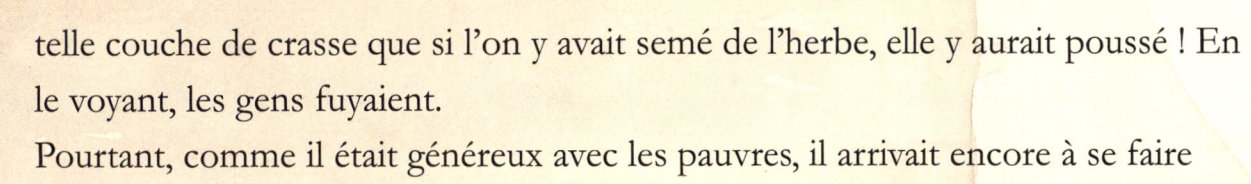

Seul dans sa chambre, Peau-d'Ours entendit gémir dans une chambre voisine. Il alla en ouvrir la porte et vit un vieillard en larmes.

Peau-d'Ours lui demanda la raison de son chagrin. Le vieil homme expliqua qu'il était si pauvre qu'il ne pouvait plus nourrir ses filles ni même payer son auberge. Alors Peau-d'Ours régla sa note et glissa une bourse pleine d'or dans la poche du vieillard. Pour le remercier, le vieil homme voulu lui donner pour épouse l'une de ses filles, qui était d'une grande beauté. Peau-d'Ours, enchanté, suivit le vieillard jusque chez lui. Mais la fille aînée, quand elle le vit, poussa un cri et se sauva. La deuxième l'examina et déclara : « Comment prendrais-je un mari qui n'a pas figure humaine ? J'aime encore mieux l'ours rasé déguisé en homme que nous avons rencontré ! »

Quant à la cadette, elle déclara : « Mon père, il faut qu'il soit brave homme pour vous avoir secouru dans votre grande détresse. Puisque vous lui avez promis une fiancée, votre parole doit être honorée. » Si la crasse et le poil n'avaient pas couvert le visage de Peau d'Ours, on eût vu rayonner sur son visage une grande joie en entendant ces paroles.

Il retira la bague qu'il avait à son doigt, la brisa en deux, et grava son nom sur une moitié qu'il donna à sa fiancée. Puis il grava le nom de la jeune fille sur la moitié qu'il gardait pour lui en disant : « Il faut que tu m'attendes pendant trois ans. Si je reviens, nous nous marierons, si je ne reviens pas, c'est que je serai mort et tu seras libre. » La pauvre fiancée s'habilla de noir et attendit. Elle pleurait quand elle pensait à son promis.

Ses deux sœurs se moquaient d'elle. Pendant ce temps, Peau-d'Ours parcourait le monde. Quand fut arrivé le dernier jour des sept années, il alla à nouveau s'asseoir sous le bouquet d'arbres. Bientôt, il vit surgir devant lui le diable, qui lui lança ses vieilles hardes et réclama son habit vert. « Il faut d'abord que tu me fasses ma toilette », répondit le soldat. Bon gré mal gré, le diable s'exécuta et nettoya l'ours qui, lavé et débarrassé de sa peau d'ours, se transforma en vaillant guerrier. Puis le diable partit et notre beau guerrier se sentit le cœur léger.

À la ville, il s'acheta un magnifique habit de velours, prit place dans un carrosse et se rendit chez sa fiancée. Personne ne le reconnut, on le prit pour un officier libéré de l'armée. En le voyant, les deux filles aînées lui firent bon accueil, séduites par sa beauté. Sa fiancée, elle, était assise, les yeux baissés, dans son vêtement de deuil, sans prononcer une parole. Quand le visiteur demanda au vieux père la main de sa fille, les deux aînées coururent dans leur chambre pour se parer de leurs plus beaux atours.

Mais le jeune inconnu, une fois seul avec sa fiancée, prit la demi-bague qu'il gardait dans sa poche et, en cachette, la fit tomber dans une coupe de vin qu'il poussa vers la jeune fille. Quand elle eut vidé la coupe, la fiancée trouva l'anneau brisé dans le fond. Elle l'appliqua contre le fragment qu'elle portait à son cou et vit qu'ils s'ajustaient parfaitement. « Je suis le fiancé que tu as connu dans sa peau d'ours et qui a, grâce à Dieu, retrouvé son air humain. » Quand les deux sœurs virent que le beau cavalier avait choisi leur cadette, et qu'il n'était autre que Peau-d'Ours, elles entrèrent dans une rage folle et s'enfuirent en courant vers la mort. L'une se noya en se jetant dans le puits, l'autre se pendit à la branche d'un arbre. Le soir même, on frappa à la porte et le fiancé alla ouvrir : c'était le diable vert qui déclara :
« Eh bien, tu vois ! À la place de la tienne, ce sont deux âmes que j'ai eues ! »

L'INTELLIGENTE FILLE DU PAYSAN

Il était une fois un paysan qui n'avait pas de terre, mais seulement une petite chaumière et une fille unique, qui lui dit un jour :
« Nous devrions demander un bout de terre à cultiver à notre seigneur le roi. » Sa Majesté leur fit don d'un coin de pré, et le père et la fille se mirent à retourner cette terre afin d'y semer du blé. Comme ils finissaient de labourer le pré, ils découvrirent un magnifique mortier d'or pur enfoui dans la terre. « Nous devrions porter ce mortier à Sa Majesté, qui nous a donné ce bout de terre », dit le père à sa fille. Mais celle-ci répondit :
« Père, nous ferions mieux de ne rien dire, car il nous réclamera le pilon qui l'accompagne, et nous ne l'avons pas. »
Mais le père ne voulut rien entendre et porta le mortier au roi, en lui expliquant qu'il l'avait trouvé en labourant son champ. Le roi examina le mortier et lui dit qu'il lui fallait aussi apporter le pilon.

Le paysan eut beau dire qu'il ne l'avait pas trouvé, le roi ne le crut pas et le jeta en prison. Il devait y rester tant que le pilon n'aurait pas été retrouvé. Les serviteurs qui lui apportaient chaque jour du pain sec et de l'eau dans son cachot l'entendaient répéter sans cesse : « Ah ! Si j'avais écouté ma fille ! » Ils s'en étonnèrent et le rapportèrent au roi. Le roi, étonné, voulut parler au prisonnier et demanda au paysan les raisons de ces paroles. « Ma fille m'avait dit de ne pas apporter le mortier, car sinon, on allait me réclamer le pilon, déclara le paysan.
– Quelle fille intelligente tu as ! Il faut que je la voie, s'exclama le roi. » La fille du paysan comparut devant le roi qui lui demanda si elle était aussi intelligente que cela. Il ajouta qu'il avait une énigme à lui proposer. Si elle savait y répondre, il serait prêt à l'épouser. Elle répondit aussitôt oui et voulut deviner. « Bien, dit le roi, je t'épouserai si tu peux venir vers moi ni habillée, ni nue, ni à cheval, ni en voiture, ni par la route, ni hors de la route. » Elle s'en alla et une fois chez elle, elle se mit nue comme un ver pour ne pas être habillée, s'enroula dans

un filet de pêche pour ne pas être nue, loua un âne et suspendit son filet à la queue de l'âne pour se faire tirer. Ainsi elle n'était ni à cheval, ni en voiture.

Ensuite, elle fit cheminer l'âne dans l'ornière, de telle manière qu'elle ne touchait le sol que du bout de l'orteil. Ainsi, elle n'allait ni par la route, ni hors de la route.

Quand il la vit arriver de cette manière, le roi déclara qu'elle avait résolu l'énigme.

Il libéra le père de la prison et épousa la jeune fille qui devint la reine.

Des années plus tard, alors que le roi passait ses troupes en revue, des paysans qui revenaient de vendre leur bois s'arrêtèrent devant l'entrée du château. Les uns avaient des attelages de bœufs, les autres de chevaux. L'un d'eux avait attelé trois chevaux, dont une jument qui venait de mettre bas. En se débattant, le poulain tomba sous le ventre de deux bœufs attelés à une charrette.

L'un des paysans prétendait garder le poulain qui était sous le ventre de ses bœufs, et l'autre le réclamait car sa jument l'avait mis bas. Une dispute éclata et le roi dut intervenir. Il affirma qu'où était le poulain, là il devait rester, donnant ainsi raison au paysan aux bœufs, bien que le poulain ne soit pas à lui. Le paysan aux chevaux s'en alla en se lamentant de la perte de son poulain. Ayant entendu dire que la reine avait bon cœur, il alla la trouver et lui demanda son aide pour qu'il pût rentrer en possession de son poulain. « Je vais te dire comment il faut faire, répondit la reine. Demain matin, quand le roi sortira pour passer sa garde en revue, tu te mettras en travers de son chemin, puis tu feras semblant de pêcher des poissons avec un grand filet de pêche. » Elle lui dit également ce qu'il lui faudrait répondre aux questions que le roi ne manquerait pas de lui faire poser.

Le lendemain, quand passa le roi, le paysan était en train de pêcher sur le sec. Le roi envoya son messager lui demander comment il pouvait pêcher, puisqu'il n'y avait pas d'eau. « De même que deux bœufs peuvent avoir un poulain, répondit le paysan, de même on peut pêcher là où il n'y a pas d'eau ! » Le messager rapporta ces paroles au roi, qui fit venir le paysan, lui disant que cette réponse n'était pas de lui et voulait savoir de qui il l'avait apprise. Comme le paysan lui affirmait que cette réponse venait de lui, le roi le fit bâtonner si longtemps qu'il finit par reconnaître que c'était Sa Majesté la reine qui l'avait conseillé. Le roi alla trouver la reine et lui demanda : « Pourquoi cette conduite d'une duplicité impardonnable ? Je ne veux plus de toi comme épouse. Comme cadeau d'adieu, tu peux emporter avec toi la chose que tu aimes le mieux.
– Très bien mon cher mari, dit la reine en l'embrassant, je ferai ce que tu dis. »

Elle prépara une boisson dans laquelle elle mit un somnifère et la présenta au roi comme le verre de l'adieu. Le roi en but une bonne dose tandis qu'elle faisait semblant d'y tremper ses lèvres. Quand le roi s'endormit, elle appela ses serviteurs et on l'enveloppa dans une toile de lin blanche. Puis elle leur fit porter ce lourd paquet jusqu'à sa voiture, devant la porte du palais. Elle emporta le dormeur dans sa chaumière et le coucha dans son lit de jeune fille pour l'y laisser dormir aussi longtemps que se prolongea l'effet du somnifère.

Lorsque le roi se réveilla, il regarda, stupéfait, autour de lui, ne comprenant pas ni où il se trouvait ni ce qui lui arrivait. Il appela ses serviteurs, mais personne ne vint et nul ne répondit. Ce fut sa femme qui arriva devant son lit et qui lui dit : « Mon seigneur, vous m'avez permis d'emporter du château ce que j'aimais le plus et ce que je tenais comme le bien le plus précieux. Comme je n'aime rien au monde plus que vous, comme je n'ai aucun bien qui me soit plus précieux, je vous ai pris avec moi pour vous garder dans ma chaumière ! » Le roi, les larmes aux yeux, lui déclara :
« Ma chère femme, tu es mienne comme je suis tien ! »
Et il la ramena dans son château pour y célébrer de nouvelles noces.

LES SIX COMPAGNONS

Il était une fois un homme habile dans tous les métiers. Il se fit soldat, mais une fois la guerre finie, on le renvoya chez lui.

Très en colère, il se promit, s'il trouvait des compagnons, de forcer le roi à lui donner tous les trésors de son royaume. Dans la forêt, il vit n homme abattre six grands arbres à la main et lui demanda :

« Veux-tu me suivre et me servir ?

– Volontiers, dit l'autre, en emportant les six arbres sur son épaule. »

Alors son maître lui dit : « À nous deux, nous viendrons à bout de tout ! »

Peu après, ils rencontrèrent un chasseur qui pointait sa carabine.

« Je vise une mouche, posée à deux kilomètres d'ici, sur un chêne, je veux tirer dans son œil gauche », expliqua-t-il.

« Suis-moi, dit le soldat. À nous trois, nous viendrons à bout de tout ! »

Le chasseur le suivit, et ils arrivèrent devant sept moulins à vent qui tournaient, alors que ne soufflait aucun vent.

À deux kilomètres de là, ils virent un homme dans un arbre, qui tenait une de ses narines bouchées, et de l'autre soufflait. « Que souffles-tu là-haut ? lui demanda le soldat.
– Je souffle pour faire tourner ces sept moulins à vent qui sont à deux kilomètres d'ici, répondit-il.
– Viens avec moi ! dit le soldat. À nous quatre, nous viendrons à bout de tout ! »
Le souffleur quitta son arbre et les suivit. Peu après, ils virent un homme qui se tenait sur une seule jambe. « Je suis coureur, dit-il au soldat qui le regardait, étonné. Je me suis décroché une jambe, car avec les deux je cours trop vite.
– Viens avec moi ! dit le soldat, à nous cinq, nous viendrons à bout de tout. »

Le coureur partit avec eux. Peu après, ils rencontrèrent un homme avec un petit chapeau posé sur l'oreille. Le soldat lui dit : « Pourquoi votre chapeau est-il de travers ?

– Si je mets mon chapeau droit, répondit l'homme, il se met à faire si froid que les oiseaux gèlent en l'air.

– Viens avec moi ! dit le soldat, à nous six, nous viendrons à bout de tout ! » Tous les six entrèrent dans une ville où le roi avait fait publier l'avis suivant :

« Celui qui voudra lutter à la course avec ma fille l'épousera, s'il est vainqueur. » Le soldat proposa de faire courir un de ses hommes à sa place. « D'accord, dit le roi, mais s'il est vaincu, on coupera votre tête à tous les deux. » Le soldat ordonna au coureur d'accrocher sa seconde jambe et de courir de toutes ses forces. Pour remporter la victoire, il fallait être le premier à rapporter de l'eau d'une fontaine.

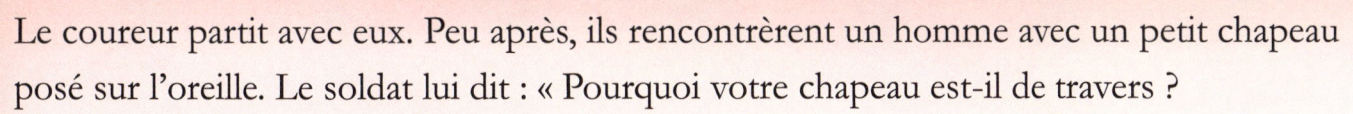

Le coureur et la fille du roi s'élancèrent chacun avec une cruche. Le coureur fut le premier à remplir sa cruche, mais en revenant, il la posa à terre et s'endormit, mettant comme oreiller sous sa tête un crâne de cheval. Pendant ce temps, la princesse avait rempli sa cruche et se hâtait de revenir. Voyant le coureur endormi près de sa cruche, elle la vida et continua son chemin. Heureusement, le chasseur, du haut du château, avait tout vu de ses yeux perçants. « Il ne faut pas que la princesse gagne la course ! » se dit-il.

Et d'un coup de carabine, il brisa le crâne servant d'oreiller au dormeur.

Celui-ci, réveillé en sursaut, vit sa cruche vide. Il courut la remplir à la fontaine et arriva malgré tout dix minutes plus tôt que la princesse.

Le roi et sa fille, furieux, voulurent se venger du soldat et de ses compagnons. Sous prétexte de les régaler, le roi les fit entrer dans une chambre dont le plancher, les portes et les fenêtres étaient en fer. Au milieu, un repas somptueux était servi.
« Entrez, leur dit le roi, et régalez-vous bien. » Quand ils furent entrés, il verrouilla toutes les portes du dehors.
Puis il fit allumer sous la chambre un feu si fort que le plancher de fer rougit. Les six compagnons, attablés, étouffant de chaleur, voulurent sortir. Mais ils trouvèrent les portes et les fenêtres verrouillées. « Le roi a voulu nous jouer un mauvais tour, dit l'homme au petit chapeau, mais je vais faire venir un tel froid que le feu reculera. » Dès qu'il posa son chapeau tout droit sur sa tête, les plats gelèrent sur la table.

Au bout de deux heures, le roi ouvrit la chambre, croyant les six hommes morts de chaleur. Mais il les trouva frais et dispos. Le roi, en rage, inventa alors une autre ruse pour chasser cette troupe. Il dit au soldat : « Si tu veux abandonner tes droits sur ma fille, je te donnerai autant d'or que tu voudras.

– D'accord, Sire, mais donnez-moi autant d'or qu'un de mes serviteurs pourra en porter, dit le soldat. » Tous les tailleurs du royaume lui fabriquèrent un énorme sac. L'homme qui déracinait les arbres avec sa main se présenta au palais avec ce sac.

« Qui est cet hercule qui porte un ballot gros comme une maison ? » demanda le roi, effrayé en pensant à tout l'or qu'il faudrait pour le remplir.

Et il fit venir une tonne d'or.

Mais l'hercule d'une main la jeta dans le sac et dit :

« Pourquoi m'en a-t-on apporté si peu, il n'y a même pas de quoi garnir le fond de mon sac ! » Bientôt, tout le trésor du roi fut englouti dans le sac.

On fit venir encore sept cents voitures chargées d'or de toutes les parties du royaume, que l'on fourra dans le sac. « Il n'est pas encore rempli ! » s'écria l'hercule. Cependant, il ferma le sac et rejoignit ses compagnons. Voyant qu'on emportait toutes ses richesses, le roi, furieux, ordonna à ses cavaliers de rattraper les six compagnons pour leur reprendre le sac. « Vous êtes prisonniers, rendez le sac et l'or ou vous serez massacrés ! », leur crièrent les deux régiments du roi.

« Vous dites que nous sommes prisonniers ? répliqua le souffleur. Mais d'abord, vous danserez en l'air. » Il boucha une de ses narines, se mit à souffler de l'autre sur les deux régiments et les dispersa dans le ciel. Un vieux sergent-major cria grâce, alors le souffleur s'arrêta et le sergent retomba sans se blesser. « Va voir ton roi et dis-lui qu'il aurait dû envoyer plus de monde contre nous, et que je les aurais tous fait sauter en l'air. » Au récit de cette aventure, le roi céda :
« Laissez donc ces drôles, ce sont des sorciers. » Les six compagnons emportèrent donc leurs richesses qu'ils se partagèrent et vécurent heureux.

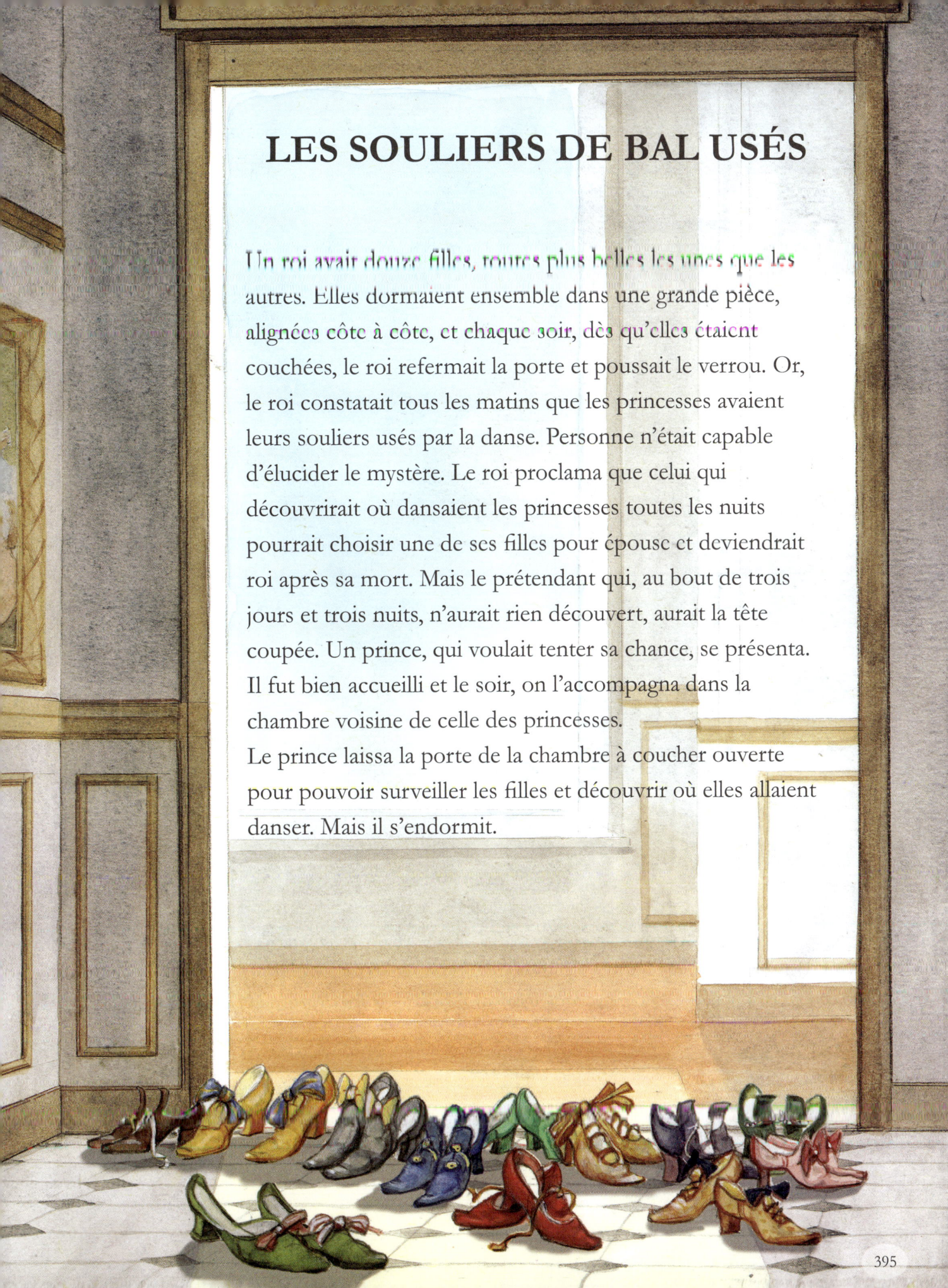

LES SOULIERS DE BAL USÉS

Un roi avait douze filles, toutes plus belles les unes que les autres. Elles dormaient ensemble dans une grande pièce, alignées côte à côte, et chaque soir, dès qu'elles étaient couchées, le roi refermait la porte et poussait le verrou. Or, le roi constatait tous les matins que les princesses avaient leurs souliers usés par la danse. Personne n'était capable d'élucider le mystère. Le roi proclama que celui qui découvrirait où dansaient les princesses toutes les nuits pourrait choisir une de ses filles pour épouse et deviendrait roi après sa mort. Mais le prétendant qui, au bout de trois jours et trois nuits, n'aurait rien découvert, aurait la tête coupée. Un prince, qui voulait tenter sa chance, se présenta. Il fut bien accueilli et le soir, on l'accompagna dans la chambre voisine de celle des princesses.

Le prince laissa la porte de la chambre à coucher ouverte pour pouvoir surveiller les filles et découvrir où elles allaient danser. Mais il s'endormit.

À son réveil, il constata que les princesses étaient allées danser au bal toute la nuit. Leurs souliers étaient complètement usés. Le deuxième et le troisième soir, il en fut de même. Comme prévu, le prince eut la tête coupée. Par la suite, de nombreux garçons, comme lui, payèrent de leur vie leur audace.

Puis un jour, un soldat pauvre et blessé, qui ne pouvait plus servir dans l'armée, marcha vers la ville où siégeait le roi. Une vieille femme lui demanda ce qu'il comptait faire :

« Je ne sais pas bien moi-même, répondit le soldat. J'aimerais découvrir l'endroit où ces princesses dansent toutes les nuits !

– C'est facile, répondit la vieille femme. Il faudrait que tu ne boives pas le vin que l'on va te servir et que tu fasses semblant de dormir d'un sommeil de plomb. Prends cette cape, ainsi tu deviendras invisible, et tu pourras épier les douze danseuses. » Alors, fort de ces conseils, le jeune homme se rendit au palais pour relever le défi. Le soir venu, avant qu'il ne se couche, la princesse aînée lui apporta une coupe de vin. Mais le soldat avait caché sous son manteau un petit tuyau. Ainsi, il fit couler le vin dans le tuyau et n'en avala pas une goutte.

Puis il se coucha et se mit à ronfler. Dès que les princesses l'entendirent, elles se levèrent, et préparèrent leurs robes pour la soirée. Mais la plus jeune se méfiait.

« Ne sois pas inquiète, dit l'aînée. As-tu déjà oublié combien de princes nous ont déjà surveillées en vain ? Le soldat dort profondément, il ne se réveillera pas. »

Quand les douze princesses furent prêtes, elles allèrent jeter encore un coup d'œil sur le soldat. Il avait les yeux fermés. Alors l'aînée s'approcha de son lit et frappa. Le lit s'effaça aussitôt pour laisser place à un escalier souterrain.

Les sœurs le descendirent, l'aînée en tête.
Le soldat, qui avait tout vu, jeta sa cape sur ses épaules et, devenu invisible, descendit derrière la benjamine. Au milieu de l'escalier, il marcha un peu sur sa jupe. La princesse eut peur et s'écria :
« Qui est-ce qui tient ma robe ?
– Tu as dû t'accrocher à un clou », la fit taire l'aînée.
Elles descendirent et se trouvèrent tout en bas dans une allée merveilleuse. Les feuilles des arbres étaient en argent, et le soldat voulut en casser une petite branche pour en garder une preuve. Mais l'arbre craqua très fort.
« Avez-vous entendu ce bruit ? s'écria, anxieuse, la plus jeune princesse.
– Ce sont des coups de canons en notre honneur, dit l'aînée pour la calmer. »

 Elles avancèrent ensuite dans une allée où les feuilles étaient en or, puis dans une autre où les feuilles étaient des diamants étincelants. Le soldat arracha une petite branche dans chacune des allées. À chaque craquement, la plus jeune des princesses sursautait.

Puis elles arrivèrent à un lac. Là voguaient douze barques avec, dans chacune d'elles, un très beau prince. Les douze princes attendaient leurs douze princesses. Chacun en prit une dans sa barque. Le soldat s'assit près de la plus jeune. « Je ne comprends pas, s'étonna le prince. La barque me semble plus lourde que d'habitude.
– Cela doit être la chaleur », soupira la petite princesse.

Sur l'autre rive brillait un magnifique palais illuminé, d'où s'échappait une joyeuse musique. Les princes et les princesses accostèrent et entrèrent dans le palais. Puis chaque prince invita une princesse à danser, lui offrant aussi à boire dans des coupes. Ils dansèrent ainsi jusqu'à trois heures du matin. À ce moment, les souliers des princesses étaient déjà usés par la danse, et elles durent s'arrêter.

Les princes les ramenèrent sur l'autre rive. Le soldat s'était cette fois-ci assis à côté de l'aînée. Les princesses prirent congé des princes et promirent de revenir. Le soldat les devança, monta les marches et sauta dans son lit. Quand les douze princesses arrivèrent dans la chambre, un ronflement sonore y résonnait déjà. Les princesses, rassurées, rangèrent leurs souliers usés et se couchèrent.

Le lendemain, le soldat ne dit rien. Il voulait aller au moins une fois encore avec elles pour être témoin de leurs réjouissances.

  Il suivit donc les princesses la deuxième et la troisième nuit, et tout se passa exactement comme la première fois. La troisième nuit, le soldat emporta une des coupes comme preuve. Enfin, le soldat partit donner sa réponse au roi. Il mit dans sa poche les trois petites branches ainsi que la coupe, et se présenta devant le trône. Les douze princesses écoutaient derrière la porte. Le roi demanda d'emblée :
« Où mes douze filles dansent-elles pour user tous leurs souliers ?
– Dans un palais souterrain, répondit le soldat. Elles y dansent avec douze princes. »

Et il se mit à raconter comment tout cela se passait, preuves à l'appui. Le roi appela ses filles pour confirmer les dires du soldat. Les princesses, voyant que leur secret était découvert, durent reconnaître les faits. Lorsqu'elles avancèrent, le roi demanda au soldat laquelle des douze princesses il souhaitait épouser. Il choisit la fille aînée et ils se marièrent le jour même. Le roi promit au soldat qu'après sa mort, il deviendrait roi. Quant aux douze princes, enfermés par un sortilège dans leur palais souterrain, ils durent attendre, pour être délivrés, autant de jours qu'ils avaient dansé de nuits avec les princesses.

LA PETITE TABLE, L'ÂNE ET LE BÂTON

Il était une fois un tailleur qui avait trois fils et une chèvre. Un jour, l'aîné mena la chèvre au cimetière, où l'herbe était belle. Le soir, il demanda à la chèvre si elle était repue. « Oui ! » répondit-elle. Mais au retour, quand le père demanda à la chèvre si elle était repue, elle lui dit : « Je n'ai rien trouvé à manger ! » Le père, en colère, jeta son fils dehors. Le lendemain, le second fils conduisit la chèvre au jardin, où poussaient de belles herbes. Le soir, il demanda à la chèvre si elle était repue. « Oui ! » répondit-elle. Mais au retour, quand le père questionna la chèvre, elle répondit : « Je n'ai rien trouvé à manger ! » Le père, furieux, chassa son fils. Le jour suivant, le troisième fils partit faire brouter la chèvre dans les taillis touffus. La même aventure lui arriva et son père le renvoya.

Le lendemain, le tailleur conduisit lui-même la chèvre aux champs. À la fin de la journée, il lui demanda si elle était repue. « Oui ! » dit-elle. Mais le soir, à l'écurie, quand il l'interrogea, elle dit encore : « Je n'ai rien trouvé à manger ! » Il comprit alors qu'il avait congédié ses fils sans raison. Pour punir la chèvre, il la rasa de la tête à la queue et la chassa à coups de cravache. Il était triste, car il ne savait pas ce qu'étaient devenus ses fils. En fait, l'aîné travaillait chez un menuisier. Avant qu'il ne parte, son patron lui offrit une petite table en bois. Il suffisait de la poser quelque part et de dire : « Petite table, mets le couvert ! » et un délicieux repas y était servi. Le jeune homme parcourut le monde, posant la petite table où il voulait et disant : « Petite table, mets le couvert ! » et tout ce qu'il désirait était là.

Un jour, il voulut revoir son père. En route, s'arrêtant dans une salle d'auberge, il prononça sa phrase habituelle. Aussitôt, des mets furent servis, au grand étonnement des clients et de l'aubergiste.

Le soir, le menuisier se coucha près de sa table magique. Pendant la nuit, l'aubergiste apporta une table semblable à celle du menuisier et l'échangea. Au matin, le garçon repartit chez son père, sa table sur le dos, sans savoir que ce n'était pas la bonne. Quand son père demanda ce qu'il rapportait de son voyage, il répondit :

« Une table magique ! » Mais quand il posa la petite table au milieu de la pièce, et dit : « Petite table, mets le couvert ! » la table resta vide. Comprenant qu'on lui avait échangé sa table, il eut honte et quitta à nouveau ses parents pour chercher du travail ailleurs.

Le deuxième fils avait été apprenti chez un meunier.
Ce dernier lui fit cadeau d'un âne très particulier,
qui crachait de l'or, et lui expliqua :
« Si tu le places sur un drap et que tu dis "BRICKLEBRIT",
l'âne crache des pièces d'or par-devant et par-derrière. »
Le garçon le remercia et partit de par le monde.
Quand il avait besoin d'argent, il n'avait qu'à dire
« BRICKLEBRIT » et de son âne pleuvaient des pièces d'or.
Un jour, voulant revoir son père, il s'arrêta par hasard
à l'auberge même où la table de son frère avait été échangée.
Là, il mena son âne à l'écurie.
Après le repas, le jeune homme, pour payer, dit à l'aubergiste :
« Attendez, je vais aller chercher de l'or. »
Et il emporta la nappe.

Curieux, l'aubergiste épia par un trou du mur son client, qui venait de s'enfermer dans l'écurie. Le garçon avait mis la nappe sous l'âne et criait « BRICKLEBRIT ! » Alors l'âne cracha de l'or par-devant et par-derrière. « Quelle fortune ! » se dit l'aubergiste. Puis le client paya et alla se coucher. Pendant la nuit, l'aubergiste échangea l'âne d'or contre un autre. Au matin, le jeune homme prit la route avec un âne qu'il croyait être le sien. Arrivé chez lui, quand son père lui demanda ce qu'il rapportait, il répondit : « Un âne qui crache des pièces d'or. » Mais lorsqu'il étendit le drap sous l'âne et cria : « BRICKLEBRIT ! » aucune pièce d'or ne tomba. Comprenant qu'on lui avait échangé son âne, tout penaud, il partit travailler chez un meunier.

Le troisième frère avait été apprenti chez un tourneur sur bois. Ses frères lui racontèrent dans une lettre comment l'aubergiste leur avait volé leurs cadeaux magiques. À la fin de son apprentissage, son maître lui offrit un sac et lui dit :
« Il y a un bâton dedans. Si quelqu'un s'en prend à toi, tu n'auras qu'à dire : "Bâton, hors du sac !" et aussitôt, le bâton sortira d'un bond et frappera jusqu'à ce que tu prononces : "Bâton, dans le sac !" Le compagnon le remercia et mit le sac sur son dos. Si quelqu'un s'approchait pour l'attaquer, il disait : « Bâton, hors du sac ! » et aussitôt, le bâton secouait les malandrins jusqu'à ce qu'ils hurlent de douleur.

Un soir, le jeune homme arriva chez l'aubergiste qui avait dupé ses frères. Il lui raconta qu'il avait un trésor dans son sac. L'aubergiste songea qu'il le lui fallait absolument. Pour dormir, le tourneur prit son sac en guise d'oreiller. Quand l'aubergiste le crut endormi, il tenta de retirer doucement le sac pour le remplacer par un autre.

Mais à la dernière poussée, le garçon cria : « Bâton, hors du sac ! » Aussitôt, le bâton surgit et frappa le dos de l'aubergiste jusqu'à ce qu'il tombât sur le sol. Alors le tourneur le menaça :
« Si tu ne me rends pas la "petite-table-mets-le-couvert" et l'âne à or, la danse recommencera.
– Oh non ! s'écria l'aubergiste. Je rendrai tout. » Alors le tourneur cria : « Bâton, dans le sac ! » et il le laissa tranquille. Le lendemain, il partit avec la « petite-table-mets-le-couvert » et l'âne à or chez son père.

Quand celui-ci lui demanda ce qu'il rapportait, il répondit : « Un bâton dans un sac. Quand je dis "Bâton, hors du sac !", il en bondit et donne à celui qui m'attaque une telle correction qu'il en tombe par terre et supplie qu'il s'arrête. Avec ce bâton, j'ai pu reprendre la "petite-table-mets-le-couvert" et l'âne à or à l'aubergiste qui les avait dérobés à mes frères. » Le tourneur étendit un drap dans la chambre. Quand son frère meunier s'écria : « BRICKLEBRIT ! » une pluie de pièces d'or tomba sur le drap. Puis le tourneur alla chercher la petite table. Au moment où le menuisier dit : « Petite table, mets le couvert ! » un délicieux repas fut servi. La famille festoya joyeusement et le tailleur vécut heureux avec ses trois fils. Quant à la chèvre, nul ne sait où elle s'en est allée.

Index

Apprenti meunier et la Petite Chatte (L')	163-170
Belle au bois dormant (La)	43-50
Blanche-Neige	11-18
Blanche-Rose et Rose-Rouge	171-178
Cendrillon	27-34
Conte du genévrier (Le)	363-370
Dame Hiver (Dame Holle)	187-194
Demoiselle Méline	331-338
Dénichet	339-346
Diable et sa grand-mère (Le)	147-154
Douze Frères (Les)	99-106
Enfant de la bonne Vierge (L')	195-202
Esprit dans la bouteille (L')	115-122
Fernand-Loyal et Fernand-Déloyal	347-354
Fille du roi et la Grenouille (La)	107-114
Frérot et Sœurette	83-90
Gardeuse d'oie à la fontaine (La)	355-362
Griffon (Le)	203-210
Hans-Mon-Hérisson	235-242
Hansel et Gretel	75-82
Histoire de celui qui s'en alla apprendre la peur	211-218
Homme à la peau d'ours (L')	371-378
Intelligente Fille du paysan (L')	379-386
Jean le chanceux	307-314
Jean le fidèle	131-138

 Index

Jorinde et Joringel	123-130
Loup et les Sept Chevreaux (Le)	67-74
Lumière bleue (La)	227-234
Maître-Voleur (Le)	291-298
Mariée blanche et la Mariée noire (La)	155-162
Musiciens de Brême (Les)	19-26
Oie d'or (L')	243-250
Ondine de l'étang (L')	259-266
Ours et le Roitelet (L')	315-322
Pauvre et le riche (Le)	251-258
Pêcheur et sa femme (Le)	179-186
Petit Chaperon rouge (Le)	59-66
Petit Poucet (Le)	35-42
Petite Table, l'âne et le bâton (La)	403-410
Poêle en fonte (Le)	283-290
Raiponce	91-98
Sept Souabes (Les)	275-282
Serpent blanc (Le)	299-306
Six Compagnons (Les)	387-394
Souliers de bal usés (Les)	395-402
Trois Cheveux d'or du diable (Les)	323-330
Trois Fileuses (Les)	139-146
Trois Plumes (Les)	219-226
Unœil, Deuxyeux, Troisyeux	267-274
Vaillant Petit Tailleur (Le)	51-58